沃尔特·特维斯 作品

金钱本色

The Color of Money

〔美〕
沃尔特·特维斯
著

大海 译

人民文学出版社
PEOPLE'S LITERATURE PUBLISHING HOUSE

著作权合同登记号　图字 01-2021-0732

THE COLOR OF MONEY by WALTER TEVIS
Copyright ©1984, 2014 by WALTER TEVIS
This edition arranged with SUSAN SCHULMAN LITERARY AGENCY, LLC
through BIG APPLE AGENCY, LABUAN, MALAYSIA.
Simplified Chinese edition copyright:
©2023 PEOPLE'S LITERATURE PUBLISHING HOUSE CO., LTD.
All rights reserved.

图书在版编目(CIP)数据

金钱本色/(美)沃尔特·特维斯著;大海译. —北京:人民文学出版社,2023
(沃尔特·特维斯作品)
ISBN 978-7-02-018210-7

Ⅰ.①金… Ⅱ.①沃… ②大… Ⅲ.①长篇小说—美国—现代 Ⅳ.①I712.45

中国国家版本馆CIP数据核字(2023)第170469号

责任编辑	张海香　翟　灿
装帧设计	刘　远
责任印制	王重艺

出版发行	人民文学出版社
社　　址	北京市朝内大街166号
邮政编码	100705
印　　刷	三河市鑫金马印装有限公司
经　　销	全国新华书店等
字　　数	202千字
开　　本	850毫米×1168毫米　1/32
印　　张	10.375　插页3
印　　数	1—8000
版　　次	2023年10月北京第1版
印　　次	2023年10月第1次印刷
书　　号	978-7-02-018210-7
定　　价	52.00元

如有印装质量问题,请与本社图书销售中心调换。电话:010-65233595

献给
托比·卡瓦诺
那个教会我打台球的人

将一切所造之物尽数摧毁，

化为绿荫下一团绿色的思维。

——安德鲁·马维尔《花园》

第 1 章

The
Color
of
Money

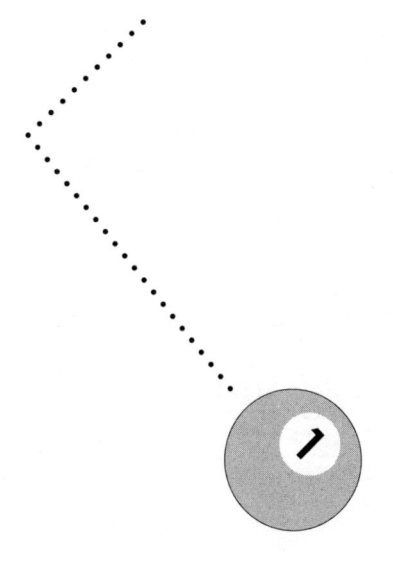

从朝向高速公路的一侧看过去，旭日酒店不过是又一家汽车旅馆。然而它主建筑的背后，却坐落着一组六栋带碎石花园的混凝土小屋，或者叫公寓。它所在的岛位于一众以"基"开头命名的岛屿中，就是基拉戈岛南面的那一座。从迈阿密机场驱车向南，埃德原本在脑海中构想的是一座有着大露台和网球场的度假酒店，但这一家却是老式风格。他把车停在一株朱槿边上，下车迈进了扑面而来的佛罗里达热浪。四号房位于碎石路的对面，有着一览无余的海景。正值下午五六点，阳光亮得刺眼。

　　就在他走上前去的时候，纱门开了，一个异常肥胖的男人走了出来。他穿着百慕大短裤❶，将一条湿漉漉的泳裤拎在手里，然后走到狭小门廊的一处角落，气鼓鼓地把水拧到旁边的树丛中。正是他。尽管老态龙钟，还愈加地胖了，但毫无疑问就是这人。埃德走到台阶前面，用手挡着阳光，友好地说道："你是乔治·赫格曼。"

❶　一种及膝的短裤，也称为正装短裤，在热带地区常可作为休闲商务装使用。

那胖子哼了一声,继续拧他的泳裤。

"我们以前认识,在芝加哥……"

那人转过身来看着他,"我记得。"

"我来找你是想谈些工作上的事。"埃德眯起眼睛说道。他开始感觉不舒服。天气实在太热了。"能不能给我来口喝的?"

胖子转过去,拧干了他的泳裤。门廊的一侧有个木头扶手,他把泳裤搭在上面,摊开晾干。真是一条肥大无比的泳裤。然后,他转过来对着埃德,"我正要出湾一趟,你可以一起。"

埃德盯了他一秒钟,"坐船?"

"没错。"

· · ·

赫格曼站在舵轮前面,浑身的穿戴只有百慕大短裤和墨镜。他熟练地掌控着小船,向西沉的落日方向驶去。水面又平又浅,一抹蓝色乃埃德平生常见。身后的马达声着实让人没有办法谈话,除了能偶尔嚷嚷那么一句。

过了一会儿,赫格曼把油门控制杆向前一推,小船随即开始震动前进,像一块正在打水漂的扁平石头那样把埃德一颠一颠地用力砸向身下的座椅。他也和另外那人一样站起身来,扶住了眼前的一根横杆。溅起的水花打在他的脸上,弄湿了他的墨镜。他们开始穿过一些隆起的、由相互纠缠的植物所生成的岛屿。"那是什么?"他对着正在经过的这样一座小岛扯着嗓子问道。胖子也大吼着回答他:

"红树林。"埃德没有接话,因无知而自觉愚蠢。他的衬衫已经湿透,鞋里也进了水。他坐下来试图把鞋脱掉,但船摇晃得太厉害,他没能成功。水体已经变成一种令人惊叹的晶蓝色。深邃无云的天空之蓝正熠熠生光。

突然,赫格曼把油门控制杆往回一拉,震动也随之停止。马达的声响变成了猫咪咕噜咕噜的叫声一般。埃德把鞋脱了下来。浮现在眼前的是一座真正的岛屿和一抹浅滩。他们朝那里驶去。

浅滩的后面耸立着一片巨大的树林,阳光从枝叶的隙缝中穿过。距离还有几百码时,胖子停掉了马达,他们的船开始漂浮前行。这时,他从旁边的座位中打开一个储物箱,小心翼翼地拉出了一个黑色的东西。是一部相机。他又从里面拿出了一个圆柱形的黑色套子,拉开拉链,取出一只足有一英尺长的镜头接到机身上。埃德在旁边的椅子上把鞋摆好,看着这个胖子在他的座椅旁竖起三脚架,并把相机固定在上面。埃德知道还是不要问什么的好,于是保持安静继续观察。他的上衣口袋里有一盒烟尚未开过,所以还是干的。打开烟盒点上一支烟后,他脱掉湿透的衬衫,伸过船舷把水拧掉,然后平铺在一旁的空座上。胖子架好相机,把镜头对准了树林的方向。他硕大的身躯填满了座椅,只需稍一侧身就能把眼睛对上取景器。埃德边抽烟边靠在椅背上等待着。水面泛起阵阵涟漪,波谷处映出绚丽的虹彩。轻轻地,水浪拍击着船侧。

猛然间,树丛的边缘传出动静,三只高大粉色的鸟如同幽灵一般向他们走来。胖子立刻侧身,开始按下快门。这些大鸟实在令人震惊,埃德从未见过类似之物。它们庄严地朝水边行进,不时左顾右盼。中间的一只悄无声息地迈了几步,膝盖向后弯着,继而将粉色边缘的翅膀抬起,直直地伸长脖子,扇动着升上了天空。先前笨拙的怪模怪样不见了,它飞了起来。其余两只也随即跟上。就在第三只起飞的时候,埃德看到它长长的喙上奇异地长着一个宽宽的喙尖,像是生出了一个球茎。尽管此等尊容让这个大家伙看起来又可怜又搞笑,但当它加入另外两只的行列升上天空时,它飞得如梦一般。绕岛一圈后,这些鸟懒洋洋又静悄悄地朝左边飞走了。它们的脖子从身体里径直探出,有如试验用的飞机。埃德看得鸡皮疙瘩都起来了。胖子一直在拍照片,追随着直到它们飞出视线。等三只鸟彻底消失后,他向后靠了靠,用一条巨大的胳膊围住了椅背,瓮声瓮气地说:"行了。"

"实在震撼。"埃迪❶说。他感觉好了不少。在这些鸟出现前,他还以为自己要被坑了;整个过程就像是在徒劳无功地寻找野雁。不过那几只鸟可不是什么野雁。"是苍鹭吗?"他问道。

"玫瑰。"胖子开始拆卸他的相机。把它放回储物箱时,他伸手够向旁边的甲板,掀起盖子,拽出了一个瓶口包着锡纸的玻璃瓶。他把瓶子打开,递给了埃德。标签上写着"Dos Equis",一种墨西哥啤酒。"谢谢。"埃迪说道。"玫瑰琵鹭。"胖子嘟囔了一声,向下够着取出一个绿色的瓶子打开。是一瓶巴黎水。

---

❶ 即埃德。

埃德笑了,"我记得你一直都是喝进口啤酒的。"

"如今我有个很会劝人的医生。"

埃德灌了一大口啤酒。"我想和你谈的是一个巡回表演赛。"他说。

胖子吮吸着他的巴黎水,什么都没说。

"有个开有线电视公司的人,他想把我们放到有线台的节目里。"

"我不知道你在说什么。"胖子说。

"他想让咱俩进行全国巡回对抗赛,他录下来,然后在有线台播放。可能会放在'体育大世界'。"

"ESPN[1],还是 HBO[2]?"

"中部美国人台。"

"中部美国人台是什么?总部在哪儿?"

埃德又喝了一口啤酒,"肯塔基州列克星敦市,我现在住的地方。"

胖子没说什么,开始拆他的三脚架,"我想趁天黑之前回去。"

回程路上,他一直坐在舵轮前,开得也慢了许多。水面的颜色已经变深,如凝胶般平滑,仿佛可以在上面行走一样。太阳这会儿已经在他们身后了。埃德摘下墨镜。他们驶过那些红树林岛屿,向海岸前进着。过了几分钟,胖子开口说道:"我已经有十五年没听过

---

[1] 即 Entertainment and Sports Programming Network,娱乐与体育电视网,一家24小时专门播放体育节目的美国有线电视联播网。

[2] Home Box Office,家庭票房,美国第二大付费有线和卫星联播频道。

你的名字了。"

"我一直在经营一家台球厅。"

"真浪费。"胖子说。

"一开始看着还行。你觉得上电视这个事怎么样?"

"你先说说看。"

"根据合同,一个人600块一次的出场费,外加25%的提成。这是如果ABC❶或者别的什么公司选中这个节目的情况。花销另计。"

"14-1❷规则?"

"对。"

"多少个城市?"

"7个。我们可以从迈阿密开始,两个月后。"

胖子喝完了他的巴黎水,把瓶子放回甲板下的储物空间。"我不需要。"他说,"我已经退休六年了。"

他们的船正靠近最大的一片红树林,胖子把船头掉向了那里。藤蔓间有个狭小的开口,像一条隧道。埃德一低头,两个人进到了里面。他们此刻正伴着头顶的盘枝和耳旁的虫鸣行驶在黑色水面的

---

❶ American Broadcasting Company,美国广播公司,美国三大广播电视公司之一。

❷ 14-1是台球运动的其中一类规则,比赛目标是将15颗彩球逐一打进,每球一分,无顺序要求。打完一轮后,如果进球没有中断,则继续打下一轮。比赛的胜利目标通常设定为80或100分;职业赛通常要求150分。

一条小路上。红树林植物群那些湿漉漉的树根交错缠绕着生长，在他们上方形成了一片密不透风的树叶屏障。此番原始宛如电视节目中讲述人类起源时的场景。正是那种有蛇出没的地方。

就在埃德开始感到不安时，这条小路豁然开朗，他们驶入了一片宽阔而漆黑的湖中。湖面被红树林围绕，尽管闪现着点点微光，却被渐暗的天空抹去了影子。眼前的景象令他觉得仿佛置身教堂。胖子左边的船舷上扣着两副渔竿和卷线器。"钓鱼吗？"

"行啊。"

"把你前面的储物空间打开，里面有做饵用的虾。"

埃德拉起圆环向里望去。微弱的光线将将够他看清那些在水中穿梭的小虾。虽说在几年前，他想方设法就为了出门走走的时候，也用虫子和蚱蜢在河里钓过鱼，但却从没用虾子海钓过。那人转身递给他一根轻型渔竿说道："当心渔钩。"埃德咬着牙把手伸进去，一番努力后，抓上来一只虾。虾子挠得他手心直痒痒。他把虾递给前面的胖子："渔钩穿在哪儿？"

"尾巴上。把钩抛在靠近树根的地方，但别缠住了。"

埃德抓了另一只虾，在尾巴处穿上了渔钩。"咱们钓的是什么鱼？"

"灰笛鲷。"说着，胖子懒散地甩了下胳膊，手上的渔竿优雅地画了个弧线。扑通一声，一圈涟漪在左边大约一英尺的地方扩散开来。正如可以预料到的那样，这是一次完美的抛钩。埃德把他的渔钩抛向了右边，也很完美。肌肉记忆还在。

几乎同时，他俩都有鱼咬钩了。收线后他们发现，两条鱼虽然都只有巴掌大小,但却十分肥美。

二十分钟之后天色已黑,不过他们已经陆续钓上了十几条鱼。就在胖子把渔竿收起来的时候,他问道:"我们在迈阿密的什么地方比赛?"

"本森百货商店。在一家新开的购物中心里。"

"之后呢?"

"辛辛那提、芝加哥、罗切斯特和丹佛。"

"也都在百货商店里?"

"有一处是在新开的电影院里,还有一处是在一个集市上,靠近阿尔伯克基。"

胖子打开航行灯,启动了马达。他掉转船头,向着他们进来的那个缺口驶去。

"我希望这儿没有蛇。"埃德说。

"没有蛇的,豪注埃迪。"胖子说道。他载着二人穿过幽暗的隧道,回到了已经几乎全黑的海湾。然后,他把船头对准岸边,把加速杆推到了前面。小船开始颠簸,埃德也重新站起来握住横杆,感受着在他裸露的胸膛上溅上的水花。透过暮色,他可以看到伊斯拉莫拉达那边的光亮。全速前进了五分钟左右后,胖子调低了发动机的功率,他们缓缓地驶入码头。一群小蚊虫正围着一只水银蒸汽灯嗡嗡地哼个不停。"不合我意。"胖子说道,"太廉价了。"

"这点上我并不否认。"

"那你为什么跑来找我?"

此时他们正漂浮着靠向几码外的码头。"怎么说呢,肥佬,"埃德说道,"我也没有更好的事情可做了。"

• • •

肥佬的公寓小屋有三个大房间,家具陈设看起来价格不菲。他一边收拾鱼,一边在音响上放着古典音乐。埃迪坐在沙发上,又喝了一瓶啤酒。外面已经一片漆黑,一缕暖风透过纱门吹了进来。肥佬仍然只穿着短裤。把鱼排放进烤箱后,他走进客厅问道:"旅行怎么安排?"

"租车或者坐飞机,都有。"

"头等舱?"

"经济舱。"

"酒店房间什么标准?"

"60块一晚。"

肥佬摇了摇头,"真抠。"

"40块一天的餐费。"

肥佬沉下了脸,"你要刺山柑吗?"

"刺山柑?"

"放在鱼上的。"

他完全不知道刺山柑是什么,"可以试试。"

肥佬回到厨房忙活了几分钟。出来时,他一手端着一只大盘子,把它们放到了餐桌上。埃迪来到桌前兀自坐了下来。摆盘看起来十分专业,一边是炙烤过的灰笛鲷鱼排,另一边是四季豆和某种加了胡椒的面条。肥佬又递给他一瓶啤酒,自己拿了瓶巴黎水坐下。"我已经六年没打过比赛了。"他说。

"他们绝对看不出来。"埃迪咧嘴笑着说。

"我的健康状况很糟糕。"

"那说不定这还对你有好处。"

肥佬挑起满满一叉子鱼:"在购物中心打14-1?住华美达连锁小旅馆?"

"咱们以前是过得比这好。"

"别提这茬。"肥佬说道。一大口鱼下肚后,他把叉子放下,"我要1000块一局,外加100块一晚的酒店。"

"这可没戏。"埃迪说,"除非我们能和ABC搭上。"

"那就先和ABC搭上再来找我。"

"那人试过了,肥佬。他们说得先看到节目片段再说。"

"定金是多少?"

"每人500块,签约时候付。是旅行费用的一部分。"

"给我1000块一局咱们再说。这儿的电话你随便用。"

"肥佬……"

"好好吃完你的晚饭,豪注埃迪。"

• • •

他们吃了一种叫作酸橙派的东西作为餐后甜点。肥佬吃了两块,然后煮了几小杯黑咖啡。这一餐就像在埃迪从前有钱时喜欢的餐馆里的那样。

"你在芝加哥赢了我之后,"肥佬说,"我还以为你会复出。"

"伯特·戈登那时候完全不给我活路。"

"他已经死了十年了。他们和台球也没什么关系了——不管怎么说,不是他们的问题。"

"我知道。但我也再没重新打球。"

"你为什么不自己打这个表演赛?我已经老了。"

埃迪把咖啡一饮而尽,"他们想要咱们两个都出场。有线电视的那个人说我们是一对传奇。"

肥佬站起身来走到冰箱前,又拿了一块甜点,连同洗碗机上的一个小药瓶一起放回桌上。"他们写信给我了。"他说。

"伊诺克告诉我了。你没有回应。"

"我不喜欢电视。我喜欢读书,然后在我的暗房里工作。"

一个巨大的书架立在一面墙边,上面摆满了精装书。咖啡桌上堆着《奥杜邦》和《新共和》的若干期杂志,以及一册又黑又重的大部头。肥佬做饭的时候埃迪捡起来看过,那是一本《哲学百科全书》。肥佬吃完了第三块甜点,然后就着咖啡吞下了一些药。

"那些百货商场和那个集市呢,他们不用付钱吗?"

"我猜日常花销用的就是从那些地方收来的钱。"

"那就让那个有线电视男再多付点钱。"

"他还没那么多钱可付。这是门新的生意。"

"荒唐。"肥佬说道,"如果我们是一对传奇,就应该比他们开的价码值钱。"

"已经过了二十年了。"埃迪说,"现在的孩子们从来没听说过我们。那些有年头的大球厅都被推平了,他们如今就在酒吧里的投币台球桌上打打八球。完全不一样了。"

"不提也罢。"

"你现在靠什么过活?"

"投资。货币市场基金和 AA 级的债券。"

"你这儿有足够的地方放一张台球桌。"

"我不想要什么台球桌。"肥佬说道,"绕着台球桌走来走去会伤到我的脚。"

"你打的 14-1 是我见过最好的。"埃迪说。

"你还不是赢了我。"

"我那时应该跟伯特·戈登一起干的,即使他想要一半的抽成。"埃迪移开视线,朝旁边的一面墙看过去,上面挂着几张大开幅的滨鸟照片,"我在各种小地方混了几年日子,然后买了间台球厅,结了婚。确实很蠢。但是如果我出去打随便什么重要点的比赛,他们都一定会把我胳膊打折的,而且我也没打算分一半钱给他们。"

"现在搞的都是贩毒和嫖娼那些了。"肥佬说,"还有闹工会。"

埃迪把身体向前探去,"我真的想做成这件事,肥佬。我想卷土重来。"

肥佬看了看他,说道:"800 块一场,然后餐费再加 10 块,我就干。"

"那就只能从我那部分钱里出了。"

"说得对。"

第 2 章

The
Color
of
Money

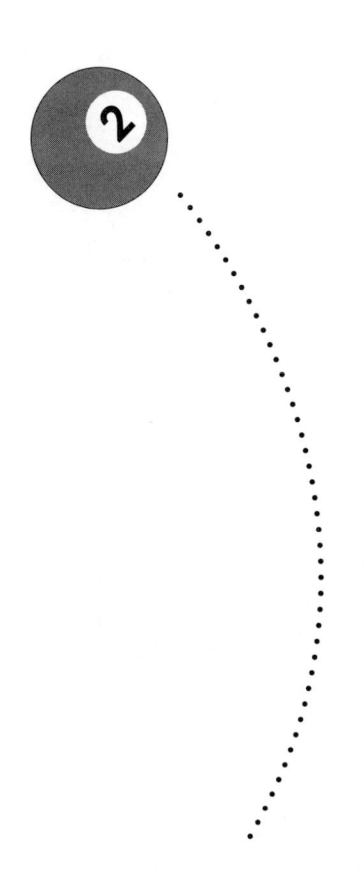

他从前门开锁进去，却发现里面实在太热。于是他不得不先把空调打开，又转身折回停车场。在旁边的弗雷迪卡牌店等了十分钟后，他走回了台球厅。十二张球桌全部都被灰色塑料布罩着。广告明天就会见报。每打一局球，那个混蛋胖子都会从他这里顺走200美元。这些上佳的、绿色羊毛粗呢台面的宾士域球桌也要被卖掉了。数年来，他每天早晨都会仔细地刷扫每张球台的表面；可现在，它们却即将沦落到医生们豪宅里的地下室，或大学兄弟会里的游戏房。再没有人会用正规的手法给球杆装上皮头，用砂纸打磨它的边缘，然后再用真皮搓去多余的部分。现在的人们已经不懂得怎么做这类事了。最近一次换台布的时候，他被迫拿着平头锤和拉布机亲自上阵，就因为以前一直做这事的老头死了，而且没人接他的班。真是莫大的遗憾。如今这些东西中的一半成了玛莎的，连同房子和车子一起。但他不用付离婚赡养费。凭着对他的了解，她知道要了也是白要。先是玛莎，现在又来了这位明尼苏达肥佬，他似乎就是抓不住属于自己的东西。伯特在二十年前就称他为"天生输家"，伯特也一如既往地正确。他只知道自己算是史上最好的台球选手，可现在他年届半百,濒临破产。

他伫立在那里,良久地凝视着周围的一切:厚重的台球桌,墙上的杆架,金属的巧粉出粉器,半醉时候买的、一开始就铺得不对的棕色丙纶地毯,可口可乐售货机,香烟贩卖机,三号桌绿色台面上的污渍,七号桌磨破的球袋,四号桌一块松动的库边,就是那张向右打长杆球时总朝边库偏转的桌子。写字台后面是一台收银机,一份玛莎邮购的、每页介绍一幅名作的大都会博物馆日历,以及四本未读的、作者包括格雷厄姆·格林在内的平装书。写字台上摆着一只可以给每张球桌单独计时的数码电子钟,上面贴着十几年来逐步上涨的收费标准;现在的价格是每小时2美元。整个房间就像一个长方形的集装箱,混搭着黄色混凝土砌成的墙体、棕色的地板和烟痕遍布的甘蔗板屋顶——埃迪对这一切熟悉得有如自己的右手,又如他那已经分道扬镳了的妻子。

他走到收银机边上的写字台,掀起可开合的木板,又回到最里面的那侧墙边。在那里,一台收音机的上方固定着专门用来存放私人球杆的杆架,如今上面已经快空空如也。他从口袋里掏出钥匙,开锁取下了中间的那根。这是一柄价值900美元的巴拉布什卡球杆;它的后节用亚麻布包着,枫木制成的前节完美无瑕。长长的象牙先角上,装在顶端的是用法国真皮包裹、完美磨制过的皮头;前后两节间的金属接头也抛得锃亮。球杆在他手中握感极好,不啻为他的武装。他把球杆从接合处小心地拧开,又从桌下拿出蛇皮杆套,把两节球杆熟练地放进其中,然后合下盖子搭上了铜扣。关掉空调和所有的灯后，他带上球杆，头也不回地离开了这里。

· · ·

由于飞机晚点，他只得坐上出租车直接赶往购物中心，身旁放着他的尼龙包和球杆套。车内的空调出了问题，当司机开进那片偌大的停车场时，埃迪汗涔涔的后背已经贴住了衬衫，他还因为抽了太多的烟而一阵咳嗽。时间是一点四十五分，比赛将在两点钟开始。巨大的西尔斯百货商店在入口处拉着一条"隆重开业"的横幅。其下是另一条小一些的横幅，上面写着："豪注埃迪对决明尼苏达肥佬！"然后另起一行："周四下午两点，免费入场。"

比赛用的球桌就设在停车场内，立在一个一英尺高的木头平台上。周围临时搭建的观众席间稀稀拉拉地闪着几个人的身影。平台上面坐着四个看起来一脸漠然的黑人小女孩。看台上还有些孩子，多数是黑人，大声喊叫着攀上爬下。埃迪的心不由得一沉。球桌被帆布罩子盖着，用来防雨和防太阳直射；可是没有东西能防住那些孩子，防住嘈杂的车声，防住露天白日下的不适感。球桌在刺眼的阳光下像是一个玩具。一片八英尺长、四英尺宽，还铺着块破红布的小木板。一张女人家的桌子。

一辆橡胶轮胎手推车停在了球桌的一侧，上面架着一台电视转播摄像机，还有一台被安排在了球桌的远端。合同上写的是三台摄像机，但视线之内并没有第三台。埃德看了一下表，已经一点五十五分了。肥佬还是不见踪影。他迈步走上平台，那几个黑人小女孩把头抬了起来，睁大眼睛盯着他。有个穿着棕色西装和运动衬衫的人站在那里。"我是菲尔森。"埃迪说道。

"豪注埃迪？"那人看了看表。

"是的。"

"你的同伴呢？"

"他会来的。"埃迪把杆套放在桌上，用指尖触了触台面。台布又滑又薄，用了至少百分之五十的合成材料。不过比这还差的球桌他也打过。木头平台很宽，有足够的地方使摄像机不致挡路，但上面遍布着沉沉的黑色缆线。它们在沥青地上延伸到数英尺外，接入了停在看台围拢处的一辆绿色设备车上。车身涂着大大的字：WKAB电视台——迈阿密频道。坐在驾驶室里的一个男人朝他笑着挥了挥手。埃迪从没见过这些人，也没有和他们交谈的意愿。陆陆续续又有一些人在他到场之后缓缓进来，但看台的大部分还是空的。他又瞥了一下表，两点了。他越过设备车看向购物中心的停车场。一辆灰色的豪华加长轿车正从公路出来驶向这里。对面一侧的两个看台间留了一条通路；那辆豪华车从中穿过，停在了平台前面。穿一身灰色制服的司机走出来，绕到另一边打开了车门。一个身着盛装、体形硕大的胖子迈步走了下来。正是肥佬本人。他穿着剪裁完美的深蓝色棉质西装，用红色领带搭配白色衬衫。观众中有人鼓起掌来。肥佬像一位英国银行家夹着报纸那样在腋下夹着他的杆套，利落地走上平台。他愉快地对埃迪点头示意，又向棕色西装男伸出了手，那人也回握了他。豪华轿车从场内缓缓离开。肥佬打开杆套，取出了球杆的两节。"咱们来场台球吧，豪注埃迪。"他说道。

棕色西装男明显是位经理之类的人物，但他在肥佬说话时只是默默地走下了平台。他穿过沥青地上的空场，坐在了观众席第二排的一个位子上。此时看台已被填满了大约三分之一，全场却鸦雀无声——连孩子们也安静了下来。那几个黑人小女孩已经离开平台，在第二个看台上坐成了一排。她们穿着围裙装，头上戴着鲜亮的丝带，看上去全神贯注地期待着即将发生的事情。

摄影师是两个穿着T恤和牛仔裤的青年，他们也已在镜头后面各就各位。"别让缆线碰到我们。"肥佬对他们说。他正把球杆接在一起，一柄银色握把和白色中轮的球杆。围绕着停车场里的这张红色台球桌，此前的种种混乱和疑惑都变得有序了起来。肥佬拧紧球杆，从上衣口袋里拿出一块巧粉，开始给皮头上粉。

一群十几岁的男孩正翻过看台在第四排坐好。停车场远处，一只狗叫了起来。底库端已经摆好了两颗球。埃迪拧紧球杆，把杆套塞到球桌底下，站到了一颗球后面；肥佬则站在另一颗球后。二人向前俯身，拉杆击球。两颗球滚向前方，在库边反弹，又滚了回来。埃迪的球停在了离库边一英寸的地方，而肥佬的球完美地贴在了库上。"你来开球，豪注埃迪。"肥佬说道。平台的一角放着一张导演椅。肥佬在顶库区码好球，走到角落里坐下了。埃迪来到开球区前，弯腰架好手桥，安全地完成了这一杆。母球击中了球堆角上的那颗，将球堆微微炸散，接着连续吃了两库，最终滚回了开球的一侧。两颗被撞开的彩球各自在库边反弹后也回到了球堆三角中。这是一记完美的开球。人群中有几个人鼓起掌来。至少还有些人能看懂场上发生的事情。

肥佬起身走到桌前，几乎看都没看就如法炮制，给埃迪留下了几乎相同的局面。他们这样往复了几个回合，直到埃迪眯起眼睛、模模糊糊地盯着7号球时防守失误，给肥佬留下了机会。他在导演椅上坐了下来，开始观看。

在佛罗里达的那栋小房子里时，肥佬看上去又老又衰；埃迪猜测他有七十岁了，至少。然而此刻，无可挑剔的穿着和敏捷迅速的动作令他看起来远比那时年轻。他的杆法也如从前一般赏心悦目——平稳顺滑、控制精准，并且十分放松。他游走在球桌周围的样子与他二十年前在芝加哥时如出一辙，那也正是埃迪自己年轻而充满斗志，对击败这个胖子的渴望更甚于生平任何希冀的时候。埃迪看着眼前的他，和看一位体操运动员或魔术师的表演并无二致。

观众中的大部分都对14-1一无所知，那些防守的精妙之处也并非他们所能理解；但他们仍在专心致志地看着。肥佬以均匀而优雅的节奏绕着球桌走来走去，俯身击球，空心落袋。裁判的缺席此时也显得无足轻重。肥佬轻而易举地把赛场秀成了自己的舞台。就在他已经连进十四颗球，离完美结束首轮只剩第十五颗时，埃迪上前把那十四颗球重新码在一起，然后又坐了下去。肥佬用巧粉块擦了擦皮头，继续击球。不断有人静悄悄地在看台落座。两位摄影师前后滑动着装在橡胶轮车上的摄像机,把脸埋进取景器,走路时也不让脚下的运动鞋发出声响。远处的停车场内,汽车尾部反射的阳光间或闪现;两人隔空大喊的情形不时上演;出入此地的车流也从未间断。一只广播喇叭还刺耳地尖啸了几声。而在这边,肥佬不停地击着球,埃迪则不断地码着球,然后坐下。面对如此赏心悦目的表演,他早就将胜负抛诸脑后了。

• • •

那辆豪华轿车载着他们前往机场,搭乘去辛辛那提的航班。埃迪靠坐在深色的天鹅绒座椅上,沉浸在凉爽的冷风和安静的气氛中。肥佬闭着眼睛坐在旁边。他仍然穿着西装夹克,领带也仍然系得一丝不苟。终于,埃迪开口了:"我不知道你是怎么做到的。"他说,"能进60颗球已经算我走运了。"

肥佬没有回应。

"辛辛那提的比赛将设在一个礼堂。"埃迪说,"应该会有空调。"

肥佬一直闭着眼睛,明显是在休息。正当他们拐进迈阿密国际机场的时候,他转过头来对埃迪说道:"你需要配副眼镜了。"

霎时间埃迪气愤至极。那胖子的口气简直像把他当小孩子一样。

• • •

"埃迪,"在飞机上的时候肥佬说道,"你的击球不如以前了。"

"那时候我还是个小年轻，现在我已经人到中年了。"

"中年什么的根本不存在，豪注埃迪。这都是媒体发明出来的东西，就像口臭一样。这是他们用来驾驭普通人的玩意儿。"

"也许你是对的。"但是埃迪并未感到信服。空乘端来了他们的饮料——他点的曼哈顿鸡尾酒，肥佬要的巴黎水。他忙活了一阵：放下桌板，打开瓶盖，然后把酒倒在塑料杯子里的那颗樱桃上。

"我已经六十多岁了。"肥佬喝着他的巴黎水说道，"我在所谓中年的时候压根儿没去管它，然后它就过去了。你会慢下来一点，但也会更聪明。就这么点事。"

并非如此，至少对他来说不是。他如今的感觉可是和年轻时候大不相同了。他觉得筋疲力尽，又惶恐不安。"我的球打得和从前没法比了。"

"那就训练。"

"我有在训练。"

"多久一次？"

一周还不到一次。在自己的台球厅里打球令他感到厌烦。只有实在无事可做的时候，他才会打上一会儿。他耸了耸肩，但没有回答肥佬的问题。

肥佬双手交叉着放在他壮硕的大腿上，把眼睛闭了起来。透过舷窗，埃迪俯瞰着大片大片的积雨云，慢慢啜着他的酒。台球确实让他觉得无聊了。他从中再也体会不到兴奋的感觉。还有那些犀利的后起之秀——打九球❶和一袋球❷的那些孩子——实在令他厌烦。仅仅是他们的求胜欲就让他不寒而栗。但除此之外又能做什么呢？他曾经试着做过房产中介，一个他的相貌与魅力没准儿能有用武之地的领域，可结果却一塌糊涂。你不得不奉承那些你连看都不想看上一眼的人。做保险销售也是一样。他曾经以为自己是个拉生意的好手，直到他见识了美国商业系统的真实世界。那些日子让他又恶心又畏惧。在列克星敦市带人看房的五周时间里，他不断地点头微笑、连诓带骗，随时随地接听电话，回应那些或抱怨或强横，甚至故意混淆视听的问题，应付那些他心知肚明却仍然不得不接待的只是来溜达一番的看房客，然后挣了700美元。区区700，而且还是税前。实在难以为继，于是他辞了职。但除此之外他又能做什么呢？时日之艰辛莫过于此。摊开大腿上的报纸，映入眼帘的是国际

❶ 台球比赛规则的一种。在九球中，球桌上有1—9号共九颗彩球。球手每次击球时，必须先击打桌面上最小号码的彩球，但只要在一杆中有任意球落袋就可以连续击打。每局无论进球数目多少，以打进9号球的一方为胜利者。

❷ 台球比赛规则的一种。在一袋球中，球桌上有1—15号共十五颗彩球。每局开始时，开球方需要在球堆一侧的两个底袋中选择一个作为自己的袋口，另一方则自动以另一个底袋作为袋口。比赛过程中，选手把球打进自己的袋口算1分，继续击球；打进对手的袋口算对方得1分，换对方击球。未进球或打进其余四个"废袋"不计分，换对手击球。以先打进八颗球的一方为胜利者。

收割机公司在韦恩堡关厂的消息。人们在天亮前就排起长队，等着申请那些埃迪自觉连一周都无法坚持的工作：大型机械操作员、印刷工人、清洁工。他又连高中都没毕业。他的银行账户里有13000美元，这就是他的全部身家了。如果不能赶紧结束放任自流的状态，他就做好去超市卸货的准备吧。

另一边则是肥佬。六十五岁了，也许。他没有工作烦恼，过得舒适悠然。有空给鸟拍照，球技不减当年，吃喝体面讲究，生活中阳光满满。他可能这辈子连一天班都没上过。这一切看来可以实现。

他转过去看向肥佬，后者已经睁开了眼睛。

"你是怎么做到的，肥佬？"他问。还没等肥佬回答，他拿起杯子一饮而尽，终于尝到了些酒味，然后继续说道："我的生活支离破碎，肥佬。我没了老婆，也没了台球厅。我现在的水平也就是原来的一半，甚至还不如。你到底有何神通避开了这一切？"

肥佬看着他，狡黠地一眨眼。"靠不断地赢，豪注埃迪。"他说。

· · ·

宿在辛辛那提近郊的那个晚上，埃迪看着酒店房间里的电视，却完全无法提起兴趣。肥佬说得对，他需要一副眼镜。自从肥佬出现在那个购物中心，事情的后续进程让他如释重负——肥佬既没有愤然离去，也没有因他给二人绑定的这份烂污合同而将他一通数落——他忙不迭地为此兴奋，都未曾在意自己的球技已经一落千丈的事实。真是愚蠢。他站起身来关了电视。时间是晚上九点半。他脱掉衣服，换上泳裤出了门。晚风温暖而湿润。泳池在一片绿地对面；它的背后，凯阔酒店标志性的巨型四叶草霓虹灯正红绿交辉地照着一块小一号的牌子，上面写着"欢迎明尼苏达肥佬入住！"看到没有自己的名字，他恨恨地走向了泳池。还好有暖风吹着皮肤。他要让自己的大名出现在下一个地方的牌子上。他还要在明天的比赛中展现出远超在佛罗里达时的水平。肥佬是很强大，但并非不可战胜。埃迪以前就曾击败过他。更何况肥佬已经又老又丑；而他，埃迪，仍然保持着不逊于以往任何时候的身材。

泳池照明充足且空无一人。他跳入意外暖和的水中来回游了起来，不间断地一圈接着一圈。完成二十圈后，他游到梯子旁边，喘匀了气，缓缓地爬了出来。

肥佬正坐在泳池边的一张躺椅上，穿着他那条泳裤。

埃迪带了一条毛巾过来，用它擦干了头发和脸，然后看着正面无表情地凝视他的那个家伙。"眼镜的事你说得对。"他说。

肥佬没有回应。埃迪擦干身体坐了下来。这地方和公路离得不远，他能听到往来的车声。"那是我这么多年来的第一场14–1比赛。"

肥佬仍然没有回应。他们就这样坐了大约五分钟，然后肥佬站起身来，吨位十足地踱向梯子，向下爬入了泳池。他踩了踩水，然后开始缓慢地、慵懒地游了起来。虽然算不上游泳好手，但他也一直在游着。埃迪看着他，再次思忖着庞大如斯的身躯何以如此收放自如。过了一会儿，肥佬停止了游泳，爬回到泳池外面。顺着梯子向上走时，成片的积水从他的胸口和肚子上落了下来。他在爬到一半的时候停住步伐,把手搭在梯子的栏杆上稍作休息。"豪注埃迪,"他说,"你必须打得更好才行。除非你能提升水准,否则这档节目做不下去。"

"能进60颗球也不算差。"埃迪说。

肥佬摇了摇头,深色的头发中溅出朵朵水花。"我故意失误的,为的是给你留个机会。"他说。

埃迪凝视着一汪池水,没有接话。事实很可能如肥佬所言。他根本就没怎么关心比赛的过程。终于他说道:"也许我们应该打带钱的。"

肥佬在一张庭院椅上坐下。"我不想搞得那么麻烦。"肥佬也拿了条毛巾开始擦头发,"你说你想重出江湖,豪注埃迪,为什么?"

"我需要钱。"

"你挣不了太多。"

"如果ABC看上这节目,我就可以。"

"要是他们没有呢?"

"那这就算是个开始。"埃迪说。

"你需要多少钱,豪注埃迪?"

埃迪看着他。"60000块。买一家台球厅。"

"60000买不了一家台球厅。"

"我之前的那家卖了,我拿了一半的钱。"

"也许你别干这行了更好。"

"我别的什么都不会了,肥佬。我卖不了车,也卖不了保险。我高二之后就退学了。"

他们在沉默中坐了许久。然后肥佬站了起来，拿起毛巾，回头看向埃迪。"那你可有很长的路要走，豪注埃迪。"他说道。

• • •

比赛地点位于市区一座正式的礼堂。前六排座位被卸下，舞台下方摆了一张四英尺半宽、九英尺长的宾士域台球桌。数盏带灯罩的白炽灯悬挂在绿色的羊毛台布上。入场券4美元一张；几乎座无虚席。球桌旁边的地板上立着两架来自当地电视台的摄像机，还有一架立在舞台上。这次的布置相当专业，让埃迪感觉放心了不少。甚至还有一名裁判候在场内。

肥佬坐在球桌远端的高背皮椅上。埃迪打进几个球，然后向他走了过去。仍然有人陆续进入礼堂。"我需要重新开始打骗球。"他说。

肥佬看着他，"你的水平还不够，豪注埃迪。"

• • •

几分钟后裁判走了过来，开始做刷扫球桌的赛前准备。早先在门口迎接他们的赛事经理走上了舞台。"女士们先生们，"他说，"落袋台球界不乏传奇，而今晚我们就请到了其中的两位。人称'豪注埃迪'的埃德·菲尔森先生和无与伦比的明尼苏达肥佬。"观众席响起热烈的掌声。裁判此时已将台面刷扫完毕，把两颗白球摆在了开球线上。然后，他像一位浮夸的餐馆领班那样轻声说道："请两位先生争夺开球权。"

肥佬镇定自若地走到球桌前；埃迪还在想着肥佬刚才的话，这一球打得十分糟糕。他的球停在库边六英寸的地方，而肥佬的球只有四分之一英寸。于是他不得不成了开球的一方。

这张球桌比迈阿密的那张长了一英尺。规格上的差异颇具影响；他不得不眯着眼，才能看到球堆角上那颗的边缘。

他勉强着开了还算可以的一球，但母球停在了底库边一英尺的地方。肥佬起身击球，母球从对面角落里绕出，回到底库一侧停了下来。埃迪集中精神试图回一杆安全球；他使劲眯着眼睛、小心翼翼地把母球对准角上那颗打了出去，结果入球点出现偏差，球堆一下子被炸散了。观众没有出声。这一杆非常糟糕，糟糕得简直令人尴尬。

肥佬开始了连续的下球。他控制母球在打进目标球的同时将一个个小球堆撞散，清光了桌上的十四颗球，并为下一轮做了完美的准备：第十五颗球刚好在球堆旁边，入球角度也十分理想。裁判码球的时候，埃迪一直低头看着自己正紧紧握住巴拉布什卡的双手，然后肥佬在重开球的一杆上炸散了球堆。埃迪试图告诉自己这一切无足轻重，但事实却并非如此。他感觉肥佬打进的每一颗球都像愤怒地戳在他胸膛上的一根手指。肥佬的走位滴水不漏，他绕着球桌轻快地踱着步子，低声向裁判报着"7号球，底袋"和"13号球，中袋"，如此这般直到他将十四颗球再度收入囊中，仅剩的一颗球也与前一轮时剩下的那颗完全相同。而当他又一次重新开球，用犀利扎实的一杆把球堆轰得四散开来时，观众中爆发出了雷鸣般的掌声。

肥佬又清了一轮台，然后又一轮，接着再一轮。虽然并不常见，但一杆打到胜利需要的150分的情况也时有发生；肥佬看起来正朝着这个目标稳固前进。他在迈阿密的停车场里打得可谓不错，但此时此刻简直是无与伦比。一旁等着上场的埃迪如坐针毡、心急如焚。

　　终于，在连续拿到86分后，肥佬的一个走位不够理想，只能靠翻袋才有机会打进3号球。经过一番仔细瞄准，他将球击了出去；那颗彩球穿过桌面，在库边反弹后折回，却以毫厘之差错失了袋口。桌上的局面非常开放。

　　从座位上起身的时候，埃迪看到台上数球都有下杆的机会，还有一颗所处的位置对下一轮重新开球而言非常理想。真是个完美的局面，可他甚至羞于直视。肥佬是不是故意失误？他试着摆脱这个想法，专注于设计进球的路线。像银行柜员数钱那样，他下意识地立刻开始了计算：12号球应该打底袋，然后母球用高杆跟上去，叫顶库的9号球。接下来是3号、14号和6号。最后是11号，这样母球就能停在中袋往下一英尺的地方，然后利用靠近球堆的那颗淡蓝色的2号球重开下一轮。他没有看向肥佬，而是径直走向球桌，拉杆，打进了12号球。虽然这颗球进得干净利落，但母球却向前跟进得不够；他只能不那么舒服地薄进9号球，这导致3号球的入球角度又变得十分蹩脚。于是他不得不改变策略，先打6号球。他设法做了补救，而且成功打进了3号球。现在好点了。他清光了其余的彩球，只剩下2号球，并把母球分毫不差地停在了他想要的位置上。

　　趁裁判重新码球的时候，埃迪走向了正在场边一角坐着的肥佬。

"你是故意打丢那个翻袋球的吗？"他轻声问道。本想让语气听起来友好些，可话一出口，他自己都被这生硬的口吻吓了一跳。

肥佬盯着他，过了一会儿说道："你在意这个干吗？"接着便看向了别处。有那么几秒钟的时间，埃迪杵在那里呆若木鸡。然后他回到了球桌前，只觉得既无力又愤懑。他很想把什么人拽过来揍上一顿。

球的位置很完美。2号球可以轻松打进，而且母球也能从球堆侧方切入炸球，为连续进球创造出开放的局面。埃迪咬紧牙关，慢慢俯下身体，握住巴拉布什卡的杆尾，拉开比通常更长的距离，狠狠地朝着母球击了过去。母球撞上了2号球，2号球随即冲向底袋，在袋口来回弹了几下后，又滚回了桌面。他用的力太大了。母球如一头小小的猛兽般狂扑过去，把球堆炸得四分五裂。

结果惨不忍睹。他凝视片刻，转身离去。和肥佬擦身而过时，他依然目不转睛，直奔角落。他坐了下来，把球杆杵在地上，手里轻轻地捏着中轮的位置。肥佬开始了下球。

埃迪好几次试图将目光挪开，却都以失败告终；他的视线一次次被眼前这张球桌拉回来，看着这个胖子轻盈地从一头走到另一头，几乎不用直起身子就打进了一球又一球，并且永远、永远能走到完美而无懈可击的位置，为下一杆、再下一杆。

裁判用一种毫无起伏的声音报着数："98、99、100、101……"一会儿工夫，数字变成了"149"，然后随着7号球被轻松送进中袋，"150"。霎时间，掌声震耳欲聋。分数定格在150∶9。埃迪开始拆卸他的球杆。

第 3 章

The Color of Money

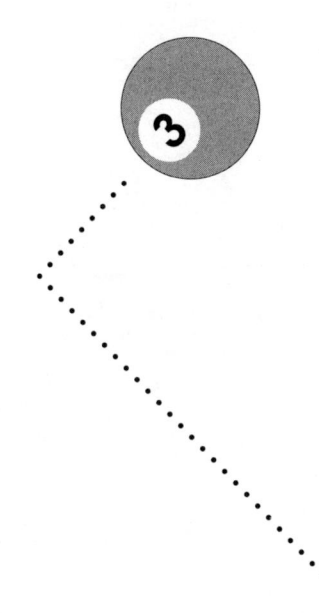

当他走进厨房的时候，吉恩正站在水槽边把维生素片放进几个小小的蛋托里，没有回头，"我给你放了四片维生素C，埃迪，因为你昨晚烟抽得太多了。"吉恩把健康的事看得很重。厨房台面上的破壁机旁边放着一罐罐卵磷脂颗粒、酵母粉和脱水牛肝，还有一大瓶红花籽油。他们在一起的头一个月里，食物是可颂面包和韭菜焗蛋；现在则成了维生素片和速溶咖啡。

他走进摆着岩枫家具的小客厅，把百叶窗卷了起来。清早的阳光照在这片位于市郊的草坪上，已经亮得让人睁不开眼；又将是酷热的一天。街对面，他们的巴基斯坦邻居正从他那农场风格的砖房前门出来，大步迈向停在路边的丰田车，准备去他经营的洗衣房。台球厅停业之前，埃迪和他有时会在早上互相点头致意——作为一对同时出门工作的邻居。这样的情景不会再有了；如今埃迪工作日的安排也就是打上一个电话。巴基斯坦人开动汽车走了。埃迪站在窗前，想起了明尼苏达肥佬。150∶9。

吉恩拿着维生素片和一杯福爵速溶咖啡走了进来。"说不定你下周能在芝加哥战胜他呢。"她说。

埃迪吞下了药片,没有作声。

"你昨晚看起来糟透了。"她说,"你不应该熬到那么晚的。"

"我睡不着。那种输法简直痛不欲生。"

"它没有那么重要,埃迪。"

"如果这都不重要,"埃迪说,"那什么才算重要?"

"我得去上班了。我已经迟到了。"

・・・

多纳休的节目又请了一位性学书作者——一个大谈扔掉老旧黄片、释放真实自我的女人。正当多纳休开始用他腼腆的微笑和真挚的神情调动观众的时候,埃迪关掉电视,给伊诺克的办公室拨了电话。伊诺克·瓦克斯在市区一间办公室里运营着中部美国人有线电视台。他从来不回电话。

"瓦克斯先生现在不在。"秘书说。

"我的支票呢?"埃迪说。

"瓦克斯先生没有交代过支票的事情,菲尔森先生。但他有提过芝加哥站的比赛取消了。他们决定用瑞奇·雷托替换那档节目,就是那位模仿秀演员。"

"我知道瑞奇·雷托是谁。你通知肥佬了吗?"

"我给他的电话答录机留言了。如果您周一下午能来的话,我们准备过一遍迈阿密那场的录像。瓦克斯先生那时会在。"

"到时见。"埃迪说。

取消了芝加哥站,下一场在丹佛的比赛要等到十天之后。埃迪找出黄页广告簿,顺着"眼医"找到了"眼科医师"的列表。他选择了主街上的一家,拨通了电话。

・・・

随着医生把药水滴进他的眼睛,他的视线逐渐模糊,最终被染着虹彩的一轮轮水晕所占据。坐在这张同牙医座椅一样好像故意要让人难受的椅子上,埃迪透过眼杯用力分辨着对面墙上的一个个黑色字母;医生则把一张张小圆镜片塞进眼杯凹槽,控制着那些字母时黑时灰、时伸时缩、时而模糊又时而清晰。把碟片滑进滑出时,他一边聊着马上要开始的基尼蓝德赛马季,一边又不停打断自己,询问埃迪能看清的程度。虽然过程中有些反复,但白色方块和里面的字母棱角渐渐锐化了起来,直到黑色的轮廓变得异乎寻常地犀利。埃迪的心中瞬间燃起了希望:他早已忘了一个人可以看得多清楚。

"应该行了。"医生说。

"我什么时候能来取眼镜?"埃迪问。

"八天以后。"医生把验光机从埃迪面前挪开,埃迪眨了眨眼。

"不能早一点吗?"

"下周一过来吧。"

・・・

球桌上的红色台布在电视监视器里显得甚至更红了,但是球倒也还能看得清楚。肥佬在击球；有那么几秒钟，他庞大的身躯还挡住了拍摄的角度——直到画面切到了另一台摄像机上。埃迪点上一根烟，往后靠着试图放松下来。这是他第一次看到这些录像带。

"关于钱的事我很抱歉，埃迪。"伊诺克说，"周三一定。"

埃迪没说什么。他瞥到一个自己坐着的镜头，感到一丝莫名的尴尬。他就无所事事地坐在那里，甚至那一刻都没有在看肥佬击球。这是他头一回在电视上看到自己。

肥佬仍在不断地击球，时间长得仿佛已经难以忍受。置身于这间电视台办公室，埃迪从一个塑料泡沫杯子里啜着咖啡、吮着香烟、等着自己在屏幕上出现。他记得肥佬打丢的那一球——叫底袋的一记3号球上的长杆。这间办公室又小又乱。录像带里还是没有声音，屋里唯一的动静来自窗户上空调机的噪声。

他把眼镜拿出来，小心翼翼地戴了上去。镜框架在鼻子上和镜腿钩住耳朵的感觉很奇怪，但戴上眼镜后，屏幕中的画面清晰了许多。

此时，肥佬正迈步向3号球走去。靠坐在椅子上的埃迪往前探了探身，眼睛盯着屏幕。肥佬打丢了这个球，但偏差只在毫厘之间。看上去他并不像是有意为之。

屏幕上，豪注埃迪站了起来。看着电视里的自己，埃迪才震惊地发现他本人竟然如此粗笨，尤其是与肥佬相比。他才像是更老的那一个。画面中的埃迪手握巴拉布什卡，对桌上的局面思忖再三才终于俯身击球。而连俯身的动作，他都做得十分僵硬。

"来了来了！"坐在埃迪旁边的伊诺克说道，"你上场了。"

埃迪没有回应，继续沮丧地看着自己。

. . .

从伊诺克的办公套间出来，他直接把车开到购物中心，停在了从前台球厅营业时他一贯泊靠的车位上。巨大的标牌已被拆掉，在混凝土砖墙表面留下了几个粗糙的孔，一扇窗户上还贴了一张"旺铺招租"的告示。大门钥匙仍挂在他的汽车钥匙链上。他走进去打开了灯。眼前的景象令他一惊。屋内只剩下了七张球桌。五号和九号桌也都被贴上了"已售"的标签。收银机和计时器不见了，但饮水机还在；打开空调后，他痛饮了一番。然后，他折起四号桌上的防尘布，取了一盒球在绿色的台面上打散。他从杆套里取出巴拉布什卡，把前后节拧在一起后，将组装好的球杆放在了桌上。他从衣服口袋里掏出眼镜，放到灯光下照了照；看起来足够透亮。他戴好眼镜，拿起了球杆。时间是下午三点。

一开始的进程令人恼火不已，他甚至觉得这是不可能的任务。击球的时候，他总是顺着镜框上沿看出去。当他试图把头抬高一点时，视线又被镜框分成了两半。但他也见过其他球手戴着眼镜击球；这是可以做到的。

他把头抬得更高了一点，将身体探向桌内的幅度较以往习惯减小了一些，并试图以这种姿势击球。他打进了几个简单球，但觉得脖子僵硬得很。而且一切看起来都十分怪异——球桌仿佛变短了。

然而即使是远在对岸的球依然轮廓分明,这种清晰程度已是他多年未有的体验。他继续适应着,终于在不到四点钟的时候找到了感觉。诀窍不外乎如何调整头和身体的姿势。

他记得自己在电视上看起来何等笨拙,而那还是在他没有戴眼镜的时候。现在他由内而外地体会到了这份笨拙,并且对其厌恶不已——他厌恶自己脸上的这些破玩意儿,厌恶自己探向球桌里面时身体的感觉。整个下午他都在和这种情绪奋战着,终于开始将连进的球数不断提高。最后他以连进将近50颗球的成绩收尾,包括数记贯穿整张球桌的高难度薄杆。时间已是七点。吉恩可能会想他跑到哪里去了。他收拾好球、刷扫干净台面、拆解了球杆并关掉空调后,离开了这里。

...

六年前,为了庆祝台球厅的贷款还清,埃迪和玛莎去了一趟北加州。这是玛莎的主意;她想安排他俩在她听说的一个地方体验裸体按摩。"你光着身子。"她说,"只听得到海浪的声音。"埃迪倒愿意一试。他需要一个能从荧光灯和台球的撞击声中逃离的假期;而且自从和查理一起离开加州闯荡江湖开始,他已经二十年没有回去过了。他们乘坐廉价航班到旧金山,从安飞士租了一辆福特开始自驾。不过玛莎那阵子得了感冒,一路上大呼小叫地与纸巾为伴,还总在埃迪默默开车的时候不停看表。他试着当她不存在。重回加州的感觉很好。

他的女按摩师也一丝不挂。这令他始料未及。他们让他去下面的木头露台上脱掉衣服,然后躺在带垫子的长椅上。他一个人趴在那里眺望着远处的海水,直到十分钟后她的出现。海浪声很大,他没有听到她走过来的声音,只是在半睡半醒间看到了她晒得黝黑的身体。她留着一头金棕色的头发,脖子和胸前的雀斑像磨碎了的葡萄干。她三十岁上下。

"我是米莉,"她说,"抱歉我来晚了。"

"我一直在享受阳光。"

"你需要油吗?"

"油?"听起来像是在加油站。

"有些人喜欢带油按摩。我们用的是中式芝麻油。"

"可以,"他说,"我想要全套的体验。"

她没有说话,从一个瓶子里倒了些淡黄色的油在手心,再用双手揉搓均匀。然后她说:"来,放松。"随即开始按揉他的后背。

他闭上眼睛,开始放松下来。感觉相当不错。这姑娘的双手有着十足的力道和娴熟的技巧。她从前向后一整条地捋着他的小腿,最后在脚踝处用力地捏上一下。当她俯下身子时,他的腘窝能明显感受到来自她一对胸脯的温热。这些油作用在皮肤上的感觉美妙至极;直射的阳光下,他觉得自己像是被刷了层油烘烤着。那姑娘正在轻柔地哼唱着什么;下面一波波海浪翻腾的间隙中,他能隐约听到些她的歌声。玛莎正在酒店里边点着滴鼻液边看电视。能和她暂时分开一会儿着实不赖。米莉开始加力按压他的脚踝,在跟腱周围狠下功夫；随之而来的疼痛让他眼冒金星，但又有妙不可言的感觉掺杂其中——仿佛他的双脚正在得到解放。他开始硬了起来。

米莉这时正按摩着他的脚底，一边仍在哼着歌。"就你的年龄而言，"她说，"你的身材保持得很好。你健身吗？"

"一周三次。"

"能看得出来。你吃肉吗？"

"当然。你是素食主义者？"

"按说是的。不过我中午吃了意大利香肠。"

她也许会愿意来上一炮。但他们去哪儿做呢？这张小露台上倒是没有其他人，但毕竟是公共场所，说不定有人会来。她正在一根一根地往他的脚趾上涂油，手指翻飞穿梭其中。他睁开眼睛，回过头看了看她。她正低着头面朝着他。从自己的双腿间，他能看到她私处的一抹深色。

"你性奋了，是不是？"她的语气似乎毋庸置辩。

当头的烈日似乎燃尽了拐弯抹角的必要，"你呢？"

"没有。"她按完了脚趾的部分。过一会儿她又加了一句，"我喜欢女人。"

"真是可惜。"

"并不会。这种事没有对错之分。"她开始轻拍他的双脚，"咱们聊些别的吧。你是运动员吗？"

"我在肯塔基开台球厅。"

"哦，"她说，"我爸爸在地下室放了张台球桌。我以前打些八球。

简直要斗得你死我活。你打台球吗？"

"是的。"

"让人非常好斗对不对？"

"赢总比输好。"

"为什么？"

他没有回答。他以前也听到过同样的问题。她走到他的侧面，开始往他的腰上涂油。"谁在乎你是输是赢呢？"她说，"有什么区别？"

"如果你打50块一局的，那就有50块的区别。"

"100块，"她说，"正50和负50的区别。"

"做我的经理吧。"

她又抹了些油，然后倾下身去，开始用力地轮流按压他脊柱两侧的背肌。有好几次她的胸部都扫到了他的侧腰。"男人们与生俱来地为了赢而赢。"她说，"这是性别决定的 —— 就像战争一样 —— 也不会有终结的一天。"

"所以你才喜欢女人？"

她笑了，又停顿了一秒，"不是。"

"说到区别是100块的时候，你也相当好斗。"

"你说得对。"她开始在他的脊柱周围揉搓。她的阴毛抵着他的髋部，像温热的刷头一样。

"你喜欢在言语上争胜。"

"但我不会在这上面赌钱。"

043

"这不是我们刚才说的重点。也没有人会为战争赌钱。"

"我爸爸就这么干了。他赌了德国赢。"

"收益如何?"

"别乱开玩笑。"她又抹了些油,开始轻轻地揉他的屁股。

"啊啊啊!"他喊道。

"享受就好。"她说。

"咱们来一炮吧。"

"拜托,"她说,"控制一下你自己。"

他翻过身来平躺着,小心翼翼着防止从躺椅上跌落。"来嘛米莉,"他说,"你可以把那扇门闩上。"

"我跟你说了,"她说,"我喜欢女人。"她一副善解人意的样子。

"得了吧,"埃迪说,"咱们别争这个了。"

"行呗。"她轻轻一笑,伸手握住了他身下之物。他使劲压制着一泻千里的冲动。"票在你手,"他说,"快点上车。"

"我都不知道你叫什么呢。"

"埃迪·菲尔森。"他秒回道,"他们叫我豪注埃迪。"

"豪注埃迪!"她喊出了声,"我的天啊! 我爸爸说起过你。"

"赶紧,"他说,"别光站在那儿。"

"豪注埃迪。"她又重复了一遍。"天啊!"紧接着又说道,"可我没戴着避孕膜啊。"

"那就用他娘的你那双手。"他回道,"涂上油。"

她突然笑着攥了他一下。"那我倒可以给你升个舱。"随即,她将身子俯了下去。

"这就对了。"他说。她把空出来的那只手放在他身下,有意无意地和着海浪的韵律,一上一下地缓缓动着头。

过程极其美妙,后来他还留了她的地址和电话,却从未联系过她。这是他最后一次愉悦无比的性体验。从加州回去的路上,他下定决心要找一个情妇,却花了好几年才最终找到。而他和吉恩之间的种种也从未像他和米莉在伊撒伦岛那次一样简单且快乐。完全没有。

. . .

在伊撒伦岛的那天之前,他从未意识到自己在中产之路上已经走了多远,从未意识到他的生活已被生意、房子、婚姻和缓步迈向死亡的现实所占据。香烟、睡前的曼哈顿鸡尾酒、小客厅墙上的艺术海报、《时代》周刊,还有隐藏得极深的、仿佛已和周遭而非他本人融为一体的愤怒;一切与电视上毫无二致。玛莎想要一台"咖啡先生"牌咖啡机,而他却想从她那里获得些什么,一些两性间的却又比性爱来得长久的东西;他骂着脏话说他们已经有两台咖啡机了,可每天喝的还是速溶咖啡。烤面包机也有两个。冰柜里放满了用锡纸包着的一坨坨硬邦邦的肉。通向前门的路上堆着从未看过的杂志、减价订阅新杂志的传单、冲洗照片的优惠券和机票酒店的打折广告。每间屋子都装了电话,甚至洗手间的马桶边上都有一部,可他连一个想打电话的人都找不到。

结婚二十年后认识吉恩时,他以为寻到了从那种厌倦和游离的状态中抽离的出路。可是他错了。这段婚外情从一开始就不温不火；一定要说的话，吉恩的生活比他自己的更加单调而无趣。随着这段关系被玛莎发现，它所能造成的最大影响也如约而至。当她提出"我要离婚"的时候，他几乎连眼睛都没眨一下；他自知理亏，于是也无意反抗。彼时彼刻，他能预见到的唯一难处就是如何与吉恩解绑，后者已如从前的玛莎一样令他觉得索然无味。可是只过了一天，在被玛莎告知她已经请了一位律师，并且打算独占他们的房子时，他就意识到自己仍然需要吉恩。至少到他有个落脚之处前还是。

他已经平淡如水地生活了二十年，间或回忆起自己作为毛头小子球骗闯荡江湖时的那些14-1比赛——其中一些甚至填满了整个夜晚，直到阳光已在不经意间穿过台球厅的百叶窗，令人不悦地照在满是巧粉灰的绿色球桌上。伊利诺伊州厄巴纳市，加州弗雷斯诺和斯托克顿市，约翰逊城，瓦利福尔斯市，卡森市。摆着八英尺宽、十英尺长的一张张球桌的台球厅和把酒瓶裹在纸袋中举着的人们——那些人排队等着看他与本地台球老千的整晚对决。一袋球比赛的赌注是40美元，14-1则是100、200，甚至有时1000美元。昏黄的灯光从悬在头顶的灯罩中淌下，映着彩球在破旧的绿色台布上横冲直撞，应声落袋。现钞交易。皱成一团的10美元，脆生崭新的20，统统被塞进球桌的某个中袋或底袋，随即被掉下的彩球重重夯实。每当他清光14-1比赛的最后一轮，拿下一袋球比赛的赛点，或完成翻袋球比赛的最后一击后，他都径直走到堆钱的袋口，每次拿出几张，一一捋平。然后他会将它们折好揣进裤子前面的口袋，在感受大腿被纸币挤压的同时默默地看着别人码好下一局比赛的球堆。小镇的一夜往往便在如此往复中悄然溜走。大一点的地方则可能有大学生成群结队流连于此——有时是女孩们，化着淡妆却佯装老成、穿着安哥拉开衫毛衣配粗花呢半身裙的那一类。那是1960年。在俄亥俄州哥伦布市、肯塔基州列克星敦市或芝加哥——不时地，他的对手是某位他闻名已久却未曾一会的宿将："霰弹枪"哈瑞、"飞行员"、"机关枪"卢、底特律老白、脏辫雷德；然后，在芝加哥，1961年的贝宁顿球厅里，他遭遇了明尼苏达肥佬。鏖战了三十多个小时之后，埃迪终于首尝败绩。在此之前，他所向披靡、战无不胜——所有的那些地头蛇，那些在他未及弱冠、尚未辍学、坚持每日苦练五六个小时的岁月便已在坊间如雷贯耳的名字，都成了他的手下败将。他也因此赢得了属于他自己的绰号：豪注埃迪，因为他热衷于抬升赌注。他最终逆转击败了肥佬——赢到后者最终耸着肩膀认输，说出了埃迪永远不会忘记的那句话，无论他在之后越来越恍惚的生活中忘记什么都不会忘记的那句话："我实在赢不了你，豪注埃迪。"

接下来的事就是伯特告诉他不许再单干了。从现在起，他的比赛要有伯特的手下作保，他的收入也要和他们分成。

于是一切都结束了，一夜夜与陌生人的较量，一站站旅行，一家家酒店，和一日日黑白颠倒的睡眠。他再也没有见过伯特。他把他从自己的生命中彻底剔除，就像同年夏天在芝加哥，二十八岁的他抛弃了身心俱损的萨拉一样。有人曾向他提起过肯塔基一家台球厅的转让信息。从玛莎那里借了些钱后，他凑够了首付。在一家阳光明媚的市郊银行里，他的一处签名和公证员的一方印章宣告了他生命的转折。纷至沓来的还有房子的租约和成婚的仪式，仿佛九球比赛的击球顺序那般不容置疑。

这一切偶尔会从他的记忆中苏醒，他也会再次感受到彼时深夜的老旧台球厅里四射的活力，和他凭借昔日神技收获的那些神魂颠倒的爱意。他战胜肥佬的消息传遍了全国，结果几年后，一个他闻所未闻的胖子球手开始在电视上登场。看着这人的击球，他想起了肥佬和与之交手的那个夜晚。往事猝不及防地涌上心头，他不禁胃里一紧、如芒刺背。那是一个周日午后，台球厅未营业。当节目以特技撞球表演结束时，埃迪冲到台球厅，独自打了几个小时的14-1，将吃晚饭的事情忘得一干二净；起初他浑身洋溢着旧时的兴奋，想着曾经的对手——独眼托尼、哭包拉希特和窝囊废比尼；最后他的脑海中浮现出肥佬，沉默、敦实而灵活，像一位臃肿的舞者一样把球一颗颗射进。在这间封闭的台球厅里，在这张正中心的球桌上，在形单影只地连续打了几个小时后，埃迪终于认清了自己从看到那档白痴的电视节目开始就挥之不去的悸动。那是一种他无法直面的感受。是悼念。他最好的一部分已经死了，他在悼念它。

第 4 章

The
Color
of
Money

他曾经见过这个女人,在一个与此时此刻十分类似的场合。他们两人都在等着什么事情,而且他还记得自己当时便感叹她的雍容。她大约四十岁,一头卷曲的银色头发。他走进来之前,她就已经在伊诺克这间狭小的迎宾室里坐着了。他在仅剩的一张椅子上坐下,戴上眼镜,拿了一本叫作《娱乐月刊》的杂志开始翻看。杂志上登满了童星的照片,罗列着每个小孩在电视广告中的演出履历。他时不时把目光瞥向那个女人。她本人可能就是一位演员;她美得摄人心魄。

坐在一张小办公桌前,伊诺克的秘书爱丽丝也在看书。这里成了个图书馆。如果有地方可去,埃迪一准儿起身走了。他并不是立时三刻就需要钱,但收到些什么会让他感觉好一点。迄今为止他到手的就只有那笔定金,一多半还成了肥佬的。

过了一阵,爱丽丝办公桌上的电话响了。她接起来,轻声细语地说了几句。然后,她面带歉意地看向两人说道:"是瓦克斯先生打来的。我很抱歉,但他实在脱不开身,要到明天才能回来。"埃迪看了看坐在对面的女人。她已然火冒三丈。

"我已经在这儿等了四十分钟了,"她说,"我昨天等了一个小时。"她的语气并不粗鲁,而是有力又明显带着怒意的口吻。还有些口音,英国人的。

"真的非常抱歉,维姆斯小姐。"爱丽丝说,"是因为这周六的撞车大赛❶……"

"我明天过来之前会先打电话的。"女人说道。她转身走出了办公室。埃迪望着她的背影。她的身材无比曼妙。

他站起来伸了个懒腰,"那个英国女人是谁,爱丽丝?"

"阿拉贝拉·维姆斯。她是来应聘的。"

"她看着像电影明星。"

"少来了,菲尔森先生。她就是本地的。"

"我知道。我在什么地方见过她。"

"我保证我们明天会给您准备好支票,菲尔森先生。"

"那我就指望你了。"埃迪说完转身离开。他应该和阿拉贝拉·维姆斯搭句话的。她是他很久以来见过的最有意思的女人。

· · ·

第二天中午,爱丽丝把信封交到了他的手上。支票只包括了迈阿密那场比赛的费用和花销:632美元和一点零钱,扣掉预付税之后。

❶ 一类货真价实的"碰碰车"比赛。选手驾驶汽车互相撞击,直到只剩一辆尚可操控的汽车为止。比赛通常使用即将报废的旧车进行。

本该有一千多的。"我要见伊诺克。"他说。

"瓦克斯先生在忙。"爱丽丝说,"您先坐一下如何?"

"我已经受够了。"埃迪说着,抬头看到阿拉贝拉·维姆斯和伊诺克一起走出了办公室。

"可能一两周后吧,"伊诺克正在说,"如果决定录用的话,我们会电话通知你的。"紧接着,"你来啦,埃迪。支票的事情我很抱歉。辛辛那提那边还没有确认。我只能等他们确认了再给你打电话。"

"你跟他们可是有一纸合同的。"埃迪看着伊诺克,面无表情地说。他看到伊诺克的眼袋就一阵厌恶,还有那身深色西装和条纹衬衫,他穿起来就像个上了年纪的二道贩子。

"的确如此,"伊诺克边说边向维姆斯小姐投去了无可奈何的微笑,好像她是他的女儿一般,"但我又能做什么呢? 这也够不上起诉的条件。"

埃迪盯着他看了几秒,然后转身离开了。下楼梯往街上走的时候,他听到身后传来一个女人的脚步声。走到太阳底下后,他停住脚步,点上了一支烟。等到阿拉贝拉也走出大门,他冲她点了点头说道:"老狐狸一只,是不是?"

她直直地看着他,"我有一个和他一样的叔叔。他是个全方位无死角的人渣。"

"三百六十度都是?"

"说对了。"她仍然很生气,但看样子有所缓解。他很喜欢她说话的方式,喜欢她的口音。

"我是埃德·菲尔森。"他说,"我感觉曾经见过你。"

"法耶特县的地区法院。6月14日。"

"对哦,"埃迪说,"你是老公一直没出现的那个。"他们以前也曾一起等待过——就像昨天那样——在离婚法庭上。

"他连婚礼也照样迟到。"

"后来他出现了吗?"

"最终是的。"

"离得还算顺利?"

"称心如意。"

不知为何,她的强势并不令他觉得反感。她的头发在阳光下显得更美了。"一起吃个午饭吧。"他说。

她抬头看着他。"我都不认识你呢。"她谨慎地说道。

"雷瓦餐厅的希腊沙拉做得不错。"

她皱了皱眉,"我尝过雷瓦餐厅的希腊沙拉。你试过日本菜吗?"

"日本?"

"我们和他们打过仗。上段街那里新开了一家餐馆。"

他见过那家餐馆的广告,却从未打算一探究竟。这是风雅之人才会去的地方,而埃迪觉得自己不属此列。"我不会用筷子。"

"我教你。"

· · ·

筷子的确是个问题,不过有些东西他可以用手吃。她给自己点了份"sashimi"❶——切得好似圣诞糖果的生鱼片；给他则点了"negamaki"❷——一种薄切牛肉裹上香葱的卷物。

"你是英国人吗？"他边问边用手指捏起了一个小牛肉卷。

"我出生在德文郡，但已经在肯塔基生活了十四年了。"

她粉黛未施，眼眸深邃。桌上，她把一本书摆在手边。书名是用某种外语写的。

"在大学城吗？"

"我的前夫是一位教授。"

一切得到了解释——这本书，和他平日里从未与她偶遇过的原因。大学是那种你只会从报纸上略窥一二的地方。"你是演员吗？"

她笑了，"我想找一份和电视相关的工作，但我不是演员。我是位打字员——或者说结婚以前曾经是。"

"在学校里找不好吗？"

"我不想在大学里工作。"她一边呷着茶，一边从茶杯上沿看着他说道，"过去的十二年里，我都在扮演一位教授夫人的角色。我宁愿在一家乌烟瘴气的电视公司做个场记——"她停了下来，"也许我不应该说'乌烟瘴气'。你和他们有来往。"

"他们就是乌烟瘴气。你觉得离婚后的生活如何？"

"我六个月前就离开他了。"她熟练地用筷子夹起一片刺身，"他

---

❶ 日语，"刺身"之意。
❷ 日语，"牛肉葱卷"之意。

可能都没感觉有什么两样。"

"换了是我的话肯定会。"埃迪说。

她看着他,却没有再说什么。在沉默中各自吃了一阵后,他开口道:"我还是没有完全习惯。一切都要重新开始。"

"的确很难。"

"我前妻拿走了我们共同财产中的大部分。"

"都有些什么?"

"不太多。一个小买卖。"他不想提"台球厅","我也在对付着先干点什么——和你一样。"

她抬了抬眉毛,"对付着?"

"和中部美国人一起做个节目。一档体育节目。"他很愿意和这个女人谈论自己,但不想告诉她自己是打台球的,抑或他直到不久前还经营着一家台球厅,"不过钱不多。我得找些更好的营生。"

"我也一样。"

她看起来不愁吃穿,即使一边还在找着工作。打理出那样的头发显然价格不菲,她身上的薄风衣也剪裁得十分完美。她受过良好的教育,美丽中又带着优雅。由她来运营中部美国人电视台的话,说不定会比瓦克斯强上许多。

"你能干的不止打字吧?"

"我不介意打字的工作。"她答道。她已经结束了进餐,把木头托盘连同上面碰都没碰的米饭推到一旁,"现如今我想找一份不需要思考的工作。"

"你看起来像是无所不能。"埃迪说。

"我并未感觉如此。"

"你要叫甜点吗?"

她看着他,"我就住在几个街区之外。不如我们一起去我那里喝点东西。"

埃迪闻之一惊,冲她眨了眨眼。

· · ·

她的公寓是一个位于四楼的大开间,透过高高的窗户可以俯瞰主街。四周的墙壁、顶上的天花板,甚至脚下的地板无一不是白色。等他俩进来后,她走到窗边,顺着合页将窗户推开,两侧的巨幅白色窗帘瞬间如降落伞般鼓起涌入屋内。房间里摆放了一张白色的沙发和两把白色扶手椅;一面墙被一排白色的书柜占据。挑高的天花板上,一盏镂空的倒钟形玻璃吊灯悬在正中。沙发背后挂着巨大的一幅画,画中一辆汽车正从金色的麦田中驶过。虽然技法甚是业余 —— 仿若孩童所作 —— 画风却十分明亮鲜活。

他把视线从画上移开,朝她看去。她已经脱去了风衣,里面的T恤把她的身材勾勒得轮廓分明。她腰身极细,尽管未着文胸,却依然双峰耸立。"你是我遇到过的第一个大学里的人。"他说。

她眉头一皱,"我来弄些喝的。"

进门旁边的墙上装着一套厨房设备,煤炉、冰箱和水槽一应俱全。这套用具上方钉了一个架子,上面摆着一些酒瓶。"苏格兰威士忌如何？"她问道。

"还是波本威士忌吧。"

"好。"她取下一个瓶子和一只子弹杯，接着拿了两只威士忌杯放在水槽里，分别倒入了一子弹杯的量，又稍微添了点。

他接过酒，绕开翻腾的窗帘踱到窗边。他向下望去，街上车水马龙。他从未考虑过这样的生活方式——紧挨着城中心。街对面坐落着布拉德利药房、阿瑟·特雷彻快餐厅和一家服装店。两侧的人行道上熙熙攘攘。他看着很是喜欢，喜欢这份嘈杂和喧嚣。他喝光了手上的酒，此间没有回头留意过她的动静。时间是一点五十分。这时他转过身去，看到她正盘腿坐在沙发上，抬头望着自己。她端着酒杯，里面的酒却仍是满的。"房子真不错。"他说。

"谢谢。我们不是来做爱的吗？"

他看着她。"别这样。"他说。

她看上去像是要说些什么，却欲言又止，仍然那么抬头看着他。白色T恤下激凸的乳头清晰可见。她身姿曼妙、面容姣好、声音悦耳，口音也令他钟情。可她并未勾起他的性趣。"我没有做爱的心理准备。"他说，"这些都太新了，对我来说。这间屋子……"他又转身朝向了窗子，"……还有你。我还做不到完全放松。"

"我再给你倒杯酒。"

"为什么？"

"也许你就能再放松点了。"

他突然感到一阵恼怒。"少来这套，"他说，"我也不觉得你真有这个兴致。"

她盯着他。

"你只是想看我如何反应罢了。"

她犹豫了,"也许你是对的。"

"我就是对的。不是只有你们女人才会被玩弄。"

她眉头紧锁,吞下了一大口酒。"你长得这么帅,"她说,"我以为你肯定聪明不到哪儿去。"

他走回到窗边,又一次望向窗外。远处右手边,沿市区方向的下一条街道有家电影院。他刚好能看清影院的顶棚。

他重新转过来面朝着她。她已经挪开了原先压在身下的双腿,两脚交叉着端坐在沙发上。她的一双美足与灰蓝色的鞋子甚是相称。在窗外阳光的映衬下,她显得格外容光焕发。"你看过《烽火赤焰万里情》吗?"他说。

"烽火赤焰万里情?"

"电影,沃伦·比蒂演的。"

"没有。"

"咱们去看吧。"

她显得十分惊讶,"下午两点?"

"如果不是有人去的话,他们也不会一下午都在放电影的。"

"那些人都没有更好的事情可做。"

"你有什么更好的事情可做吗?"

她看着他,然后耸了耸肩。"走吧。"她说。

・・・

电影很长，中途还有幕间休息，于是他们直到五点才出来。阿拉贝拉显得自在了许多。从昏暗的影院切换到下午明晃晃的日光中，她眨着眼说："我以前是社会主义者。我外婆希望我能为社会党工作，但我没有。"

"你为什么跑到美国来了？"

"我不喜欢英国男人。"

"劳伦斯·奥利弗不好么？"他说，"还有蒙巴顿？"❶

"他们又没有约过我。"

"我应该也能成为社会主义者，"他说，"有些人说这种信仰有破坏性。如今那些司空见惯的东西才真的有破坏性。"

"司空见惯的东西？"

"房地产。保险。中部美国人电视台。"

"你和我外婆肯定谈得来。"

"咱们回你的公寓吧。"

"你不用去什么地方吗？"

"不用。你呢？"

"我并不想做爱。"

---

❶ 前者是英国著名演员，后者是英国王室成员、海军元帅。

"那我就放心了。"埃迪说,"我想再看看你的公寓。我喜欢那些白色。"

"埃迪,"她说,"你真是一位绅士。你是做什么的?"

他沉默了片刻答道:"我暂时还不想说。"

・・・

埃迪先敲了敲,然后推开了通往肥佬房间的门。肥佬正坐在窗边的一把丹麦现代椅上。他肥大的身躯从座位中溢出,垂向地面,把椅子遮得几乎不见了轮廓。桌上悬着的塑料挂灯戏谑般地聚焦在一盒盒垃圾甜品上:叮咚、魔鬼热狗、囤起司。他手里正拿着一块迷你铃叮——一种冰球状的巧克力蛋糕——嘴里还嚼着另一块。电视关着。房间里别无动静。有那么几秒,埃迪觉得自己仿佛撞上了肥佬自慰的场景。他抓着门把手站在那里,一声不出,静待肥佬咀嚼完毕。

"进来吧,豪注埃迪。"肥佬说。

埃迪走了进去。"我以为你更像是位美食家的。"

"别跟我扯美食家,"肥佬说,"你觉得他们能在罗切斯特假日酒店里卖法式甜点? 长条泡芙? 巧克力慕斯?"

埃迪一耸肩,在床边坐下了,"真不少啊。"

肥佬厌恶地看了看手里的铃叮,"我长这么胖又不是喝水喝的。"他咬下一口,嚼了嚼咽了下去,"你有何贵干,埃迪?"

"我在想,"埃迪说,"也许我们用不着打完所有比赛。"

肥佬看着他，没有接话。

"要是'体育大世界'没有选中我们的节目……"

"你听说了什么？"

"如果他们现在还没有，可能也不会选我们了。"

肥佬吃完了他的铃叮，又拿起一包囤起司。"反正，"他说，"我挺享受的。相对来说。"

埃迪翻了个白眼，"你挣得比我多。"

"我也一直赢着呢。"他掐住包装上的缺口，熟练地一把撕开——酒鬼给葡萄酒开瓶也不过如此吧，埃迪想。他挤出一块囤起司蛋糕，用拇指和食指捏住。"我的比赛打得很好，而且我也享受那些掌声。你既然配了眼镜，就该训练了。"

"真的很无聊，肥佬。"他向前探了探身，"这么说吧，训练简直无聊透顶。"

"那就是你的脑子出了问题。"肥佬把囤起司抛进口中，顺起了他那杯巴黎水。

"我的脑子好得很。我只是远离竞技台球太久了。我已经老得没法靠这个赚钱了。"

肥佬吞下了蛋糕，又喝了点巴黎水，然后瞧着埃迪。"豪注埃迪，"他说，"如果不打台球的话，你就一无是处。"

"得了吧，肥佬。人生有很多事可以做。"

"说三个听听。"

"别抬杠了。"

"我没有抬杠。你连人都只能算半个,性又能好到哪儿去?"

"我不是半个人。"

"我完全不信。"肥佬说,"从你打台球的状态我就能看出来。"他把另一块囤起司也从包装里抠出来,"紧接着性就是钱。或许还在它前头。我已经知道你没钱了。"

埃迪想显出无所谓的样子,却实在笑不出来,"性和钱。这才两个。"

"自尊。"肥佬说道。

"就算不打台球,我也能从其他事里获得自尊。"

"不,你不能。"肥佬说,"你做不到。"

"凭什么不能? 我又没签过打一辈子台球的卖身契。"

"你就自带这张卖身契。"肥佬喝光了最后一口巴黎水,"我和他们所有人都较量过,前后四十年。你是我见过的最好的那个。"

埃迪凝视着他。"就算是吧,"他说,"那也是二十年前了。如今是1983年。"

"8月。"肥佬接道。

"我看不清楚球。我早就不年轻了。"

"1983年8月14日。"

"你以为你是日历吗?"

"我是一名台球选手,豪注埃迪。否则,我就什么都不是。"

埃迪在沉默中望着他,然后仍有不甘地说道:"你的那些照片呢? 玫瑰琵鹭呢?"

"玫瑰琵鹭?"肥佬说,"我之所以是我,就因为我打台球。"

"也许你是对的。"埃迪说。

"我就是对的。一天训练八小时。然后去打比赛挣钱。"

"我不确定……"埃迪说。

"我确定,"肥佬说,"如果不训练,你就越来越没种,然后你半夜都睡不着觉。你可是豪注埃迪·菲尔森,懂了吗? 和我比赛,你才应该是赢的那个。别继续当个他娘的白痴了。"

"你把这事形容得好像关乎生死一样。"

"因为它就是。"

· · ·

回到列克星敦,他头一个早上就做出了尝试。九点出发,去停业的台球厅练满八小时。打开门后,他又一次被眼前的景象震惊不已。屋里只剩下了三张球桌。他努力挣脱着心中的不快,开始击球。一连几个小时,他都在这几乎空无一物的房间里围着球桌转来转去,重复着弯腰击球的动作,再移动到下一个位置;这令他感觉阵阵眩晕。但他固执地坚持了下来,只在中午的时候花了几分钟时间去伍尔沃思餐厅买了一杯咖啡和两只热狗。他从14-1练起,然后换成了翻袋球;又觉得厌烦了之后,他开始练习远台的薄球,沿着与库边平行的方向把彩球切入底袋。他的杆法渐渐流畅了起来,可肩膀却愈发疲累。难道肥佬是对的? 他的胆气萎缩了吗? 他开始加大力量,击出的一颗颗球朝袋口猛扑过去,在撞到后沿的同时应声落袋。肥佬见识甚广。尽管垃圾食品傍身、肚胖臀圆又年过六十，肥佬却打得一手漂亮台球。他是有胆之人。胆量，这正是他，埃迪，走上台球之路的初衷——他们这群人无不如此。童年时被冠以"妈宝"名号的亦不在少数。直到十二三岁拿起球杆之前，他都是个害羞的小男孩。而等他结识了台球并意识到自己的天赋时，台球已经改变了他。虽然他无法将方方面面都铭记于心，但台球甚至改变了他走路的姿势。他把5号的橙色球沿着库边重重捶落袋口。然后是3号、14号和12号，手法无可挑剔。他不断地将这些球暴击入袋，却在最后一颗上失了手。它从袋口边缘逃出生天，折回桌内，在库边反弹五次后，才缓缓地停止了滚动。他的后背同脑袋一并疼痛不已。

时间已接近五点。屋内的电话早已停机了几周。他走到停车场的公用电话，打给了阿拉贝拉。

"我想去你那喝点东西。"他说。

"我八点钟要去看场戏剧。你可以来坐一会儿。"

"我会带酒过来。"说完他挂断了电话。

. . .

"跟我聊聊你丈夫吧。"埃迪说。他在那对白色扶手椅中挑了一把坐下，"他姓维姆斯吗？"

"哈里森·弗雷姆。"

"我怎么好像听说过他的名字？"

"想没听说过都难。"阿拉贝拉说，"他以前在大学频道做一档电视节目。"

"你听起来好像很讨厌他。"

"我有吗?"

"有的。"

她沉思着从酒杯里喝了一口,"我想你是对的。不说他了。你今天忙了些什么?"

"补功课。"

"完了吗?"

"什么完了吗?"

"补完了吗?"

"我才刚开始。"他站起来走到窗边,看着街上的车流和对面的建筑。"我很喜欢这间公寓。"他说。

"埃迪,"她的声音从沙发传来,"我已经在这唯一的一间屋子里生活两个月了,我快要疯了。"

"等你找到工作就会好些的。"

"我找不到工作了。眼下正在发生经济危机。里根总统嘴上说着复苏,但其实他就是另一个。"

"另一个什么?"

"另一个狗屁演员,就像我前夫一样。他不过是在摆弄听众。数着人头,摆弄听众。混蛋玩意儿。"

"嘿,"埃迪笑着说,"你听着不太对劲。你是喝醉了吗?"

"如果三杯就能醉,那我还真是醉了。"

"我给你弄点吃的。"他从窗边来到了冰箱前面。除了一块布里奶酪和四个鸡蛋,里面空空如也。"流心白煮蛋如何?"

"你说行就行吧。"

他煮了两个蛋。由于没有黄油,他简单地在上面撒了些盐和黑胡椒粉,装进碗里递给了她。接着他又煮了些咖啡,给她拿了一杯什么都没加的。

她坐在沙发上吃着蛋的样子着实迷人。透过大大的窗户,傍晚的阳光映得她一袭银发熠熠生辉;她猫着腰把脸凑到碗前,用勺把鸡蛋切成小块。他坐在对面,抿着咖啡看着她。

"谢谢你,埃迪。"吃完最后一口后,她把碗放在腿上,微笑着说道,"和我说说你是做什么的吧。"

他犹豫了一下,"直到几个月前为止,我是一家台球厅的经营者。很久以前,我是一名台球选手。"他如释重负;是时候告诉她关于台球的事了。

"一家台球厅?"她似乎没弄明白。

"是的。"

"那和伊诺克·瓦克斯有什么关联?"

"我在为中部美国人打系列表演赛。"

"那你一定很厉害。"

"我头两场比赛都输了。"

她似乎没有留意他说了什么,只是一直看着他。终于她说道:"太扯了。一名台球选手。"她听起来对此非常兴奋。

"我的球打得和从前没法比了。我今天训练了一整天,简直烦得要命。"

她咬了咬嘴唇,然后向前够着,把空碗放在了玻璃咖啡桌上插着橘红色剑兰的花瓶旁边。"肯定比在公寓里坐着要强得多。"

"也强不了多少。"

她打着哈欠伸了个懒腰。"天啊,埃迪!先是你帮我振作,现在又轮到我鼓励你。这样下去就没完没了了。不如你今晚和我们一起去看剧吧?我能诓到一张票。"

"我从没看过戏剧。"

"那你就更应该去了。"

"也许吧。名字是什么?"

"《欲望号街车》。在学校的剧院里。主角和你有些类似之处。"

他看着她,"斯坦利·科瓦尔斯基还是布兰奇·杜波依斯❶?"

"哟呵,"她说,"深藏不露的行家。"

"我看过那部电影。"

"可你没说是马龙·白兰度还是费雯·丽。"

"听着,"他恼怒地说道,"我和你一起去就是,但我烦透了这些试探。我不是个土老帽。我知道田纳西·威廉斯是谁。我只是没看过戏剧。没有人叫过我。"

---

❶ 《欲望号街车》的男女主人公,在1951年的电影版本中分别由马龙·白兰度和费雯·丽饰演。

· · ·

他们去了那家日本餐馆吃晚饭,这次埃迪点了寿司。此前他在吉恩的公寓里练习过用两支铅笔夹起香烟。诀窍在于握紧下面的一根,然后像钳子一样运用上面的那根。寿司不在话下。阿拉贝拉看了看他,但没有说什么。

他们在位于艺术楼的剧场外遇到了结伴前来的另外两人。一对姓斯坎默的教授夫妇——他在历史系,她在数学系。他们身材苗条,穿着亮色的棉质套头衫和跑步鞋,待人随和而热情。她的头发带些红色,容貌美丽却略显乏味。埃迪注意到那个男人手上戴了一块劳力士金表。四人聊了几分钟后,开场时间到了。

他连高中生排演的戏剧都从未看过,也不确定该抱以怎样的期待。演员们都是大学生,而且从第三排的位置,他甚至能看清他们的妆容。面对舞台上一个个活生生的人,他不免局促了好一阵子,不过几分钟后他便开始被吸引住了。他喜欢斯坦利;出演这个角色的学生颇有那种趾高气扬的架势。布兰奇则的的确确是个失败者——货真价实——言行举止无不如是。坐在身旁的阿拉贝拉不时被布兰奇的台词逗得花枝乱颤,可他却并不觉得她哪里有趣。被那样的迷雾笼罩,生活将是何等恐怖。聆听她将内心和盘托出,倾听她眼中的自己和丝黛拉的种种过往,再目睹她最终万念俱灰,这一切是如此引人入胜。他不止一次见过台球选手绝望如斯。"我一直活在陌生人的施舍里。"一个人的溃败并不总是以被身穿白色制服的男人们带走为标志的。对某些人来说也可能是待在家里,喝喝啤酒,看看电视。这部剧的内容太丰富了。

这正是散场后斯坎默问他感觉如何时他的回答。"内容太丰富了。"他们全都盯着他,然后大笑了起来。

"埃迪,"阿拉贝拉问道,"你教我打台球好吗?"

他一阵开心,"现在?"

"现在不好吗? 你来找个地方?"

"打台球?"罗伊·斯坎默说,"这主意可太棒了。"

"这下好了!"帕特插嘴道。看剧的时候她一直在哭,脸上的泪痕仍清晰可见。他们正穿过校园,向停车的地方走去。

"别冷嘲热讽的,"罗伊说,"大二那年我几乎就没干别的事。我是个名副其实的豪注埃迪。"

阿拉贝拉看向他,"你是个豪注埃迪?"

"普林斯顿学生会里的。"

"教工俱乐部有张球桌。"帕特说道,"罗伊是艺术与科学学院的八球霸主。"

"真是了不得。"阿拉贝拉说着转向埃迪,"你愿意教我吗?"

埃迪耸了耸肩。他仍沉浸在剧中意犹未尽。温暖的夜晚中,一束束光从水银路灯淌下,透过一棵棵高大的树木洒在校园里的小径上。他没有什么打台球的兴致。他的右肩被白天八小时的训练折腾得酸痛不已,他对见识罗伊·斯坎默的打八球水平更是毫无兴趣。罗伊·斯坎默看起来为人和善,笑容也常挂嘴边,可埃迪对他欣赏不起来。他不喜欢这个人油腔滑调的说话方式。

"我很想学。"阿拉贝拉又说。

"好吧。我来教你好了。"

"你愿意的话,"罗伊说,"我可以帮忙。"

• • •

正门后面有个小酒吧。一群男人正围着一张桌子喝啤酒。有几个人向罗伊挥了挥手。"来了啊。"一个人对斯坎默打招呼;另一个则向阿拉贝拉和埃迪喊道:"别跟他打带钱的。"吧台上方挂着些古旧暗淡的肖像油画,画中之人也许是从前的教授们。

球桌架在二楼的一个十分开阔的房间里,地板上铺着东方式地毯,深色的墙上挂着另一些学者模样的人物肖像。这张宾士域球桌已颇有年头,袋口如流苏般奓着,台面也沾上了斑驳的棕色污渍。斯坎默拨动开关,顶上泛黄的灯光直射桌面。"您先请,"他对埃迪说道,"我去弄些啤酒上来。"

从进门的一刻起,埃迪就感觉有些拘束。他从未与教授们打过交道,在列克星敦的这些年里也不曾踏足校园。斯坎默夫妇并未试图以博学广闻的形象示人,但他就是不甚自在。他们是那种你只会在街上碰见或在杂志中读到的伴侣。然而当他从墙边的杆架上取下两根球杆,并把一根递到阿拉贝拉手里时,他开始放松了起来。他向她演示如何在平衡点握住球杆,以及如何保持左臂伸直。他让她站在球桌侧面,弯下腰去,体验球杆在开放式手桥上滑动的感觉。

她聚精会神地照做着，完成度好得惊人。帕特以前打过台球，所以不需要这些指导。看着阿拉贝拉将白球击来打去，她说："你还真他娘的灵活啊，维姆斯。"正准备俯身打7号球的阿拉贝拉则回道："不灵活的话，一分钟也打不了140个词。"

"少来，"帕特说，"没有人能打140个词。色带都要被敲坏了。"

阿拉贝拉愈加愁眉不展地对着7号球，然后咬了咬嘴唇。她右臂加足马力，以惊人的劲道击出了白球。7号球穿过球桌落入了中袋。埃迪简直想给她个拥抱。她抬头看着帕特说道："赶上我状态好，150个词也不在话下。从没敲坏过一条色带。"

罗伊拿着四罐啤酒，走进来分给众人。"咱们打场八球吧，"他迫不及待地说，"我要展示一下我的特技杆法。"

"我来码球。"埃迪说。

"等一下！"阿拉贝拉喊道，"我还不懂规则呢。"

杆架的一侧立着几根两节式球杆。罗伊走过去，开锁取下了其中的一根。"我们会边打边解释。"他拿了球杆回来，是一根带着铜质中轮的老式威利·霍普。"帕特和我搭档，阿拉贝拉和埃德一组。输了的请下一轮的酒。"

"那就奉陪了。"阿拉贝拉边说边看着埃迪。

"三局两胜。"帕特说。

"没问题。"阿拉贝拉开始像埃迪教她的那样给球杆上巧粉，"正好给我时间找找手感。"

女士们先击球。帕特的开杆绵软无力，随即在4号球上打丢了一记简单的推杆。于是斯坎默夫妇需要打全色球。埃迪向阿拉贝拉解释了这意味着他们只能打花色球；他把角落里的13号球指给她看，又向她讲授了下球的方法。虽然动作仍然有些别扭，但她集中精神打进了13号球。可惜母球的走位不甚理想，她还在下一球滑了杆。罗伊走到出粉器旁，左手砰地向上一拍。弄出太多了，一片巧粉雾在空中弥漫开来。"我希望每个人都能全神贯注，"他的语气听起来不像是完全在开玩笑，"你们将会见识到八球到底该怎么打。"他走到桌前，用球杆指着2号球。"我要把这颗蓝色球翻进这边的底袋，"——他指了指袋口——"然后母球会走到叫6号球的位置上。知道这球怎么打的的白人可没有几个。"

"别作秀了，罗伊，"帕特说道，"把球打进再说。"

"理当如此。"罗伊回道。他俯身拉杆，又起身站直。这记翻袋球并不难，但埃迪感觉他会失手；出杆的时候要加顺塞才能让母球躲开其他球。罗伊又一次弯下腰，打进2号球的同时还出乎埃迪意料地加上了顺塞。母球向6号球滚了过去。

帕特鼓起掌来。罗伊看着埃迪说道："赌注加倍怎么样？"

"可以。"埃迪说。

"那就是两轮酒哦。"罗伊说。他俯身打进了6号球，然后是1号。但母球在1号球落袋后滚得太远，停在了不易叫到3号球的位置。他又打了一杆翻袋，这次没有进，但母球幸运地滚到了底库岸边。花色球都堆在球桌的另一侧，而且看上去似乎没有球可下。"我说，"罗伊说，"有人想额外赌上几块钱吗？"

埃迪温和地看着他说:"你这个举动不太明智。"

众人在尴尬中沉默了几秒,然后阿拉贝拉干脆地说道:"我拿20块赌我们赢。"

"原来如此,"罗伊说,"埃德给你的那些指导是个幌子。你其实是不列颠王国落袋台球赛冠军。"

"你就等着瞧吧。"阿拉贝拉说,"有空打嘴仗不如好好打球。"

罗伊把球杆放到桌上,从裤兜里掏出钱包取了两张10美元的。阿拉贝拉带出来的是一个皮夹子。她从里面抽了张20的。"赌金放我这里吧。"帕特说着,把钱拿了过去。

埃迪迈步走到桌前。唯一的下球机会在11号球,却相当困难:它离顶库只有几英寸的距离,而且离任意一侧的底袋都不近。母球还几乎紧贴着底库的库边。埃迪把球杆倚在桌旁,戴上了眼镜。他拿起球杆说:"我准备打11号球。"然后弯下了腰。

"如果你能打进,我就把球吃了。"罗伊像是开玩笑又像是认真地说道。

"很好。"埃迪说着,便开始引杆。透过眼镜,11号球的红色彩条有如水晶酒杯的棱角一般锐利。他的出杆有力而又松弛,劲道十足地将杆头砸向母球。母球瞬间扑向球桌对岸,蜻蜓点水般薄到11号球后,几乎没有改变方向便在库边反弹,朝着埃迪飞奔回来。与此同时,11号球慢悠悠地在桌面滚着,上面的红色彩条像铁环一样徐徐转动。母球迅速穿过台面,扎进几颗球中停了下来。仍不紧不慢地行进着的11号球也终于抵达了底袋的入口,在边缘停顿片刻后,掉了下去。

"我的天啊。"罗伊说道。

埃迪清光了余下的花色球,然后将8号球翻进了中袋。所有人都默不作声地看着。接着他把三角框递给罗伊。八球比赛的特别之处就在于你只需要打进十五颗球里的八颗。待球码好后,埃迪在开杆上便轰散了球堆并打进了两颗,继而清光了所有的全色球。他像应对14-1那样规划全盘,在打进某颗球的同时将8号球带到了非常理想的位置,最后用极其轻松的一杆收了尾。自始至终,他的母球甚至从未碰过任何一条库边。每一杆的走位都堪称完美。

"我的天啊,"随着最后一颗球落袋,罗伊说道,"你需要经理吗?"

阿拉贝拉终于开口了,"他就是豪注埃迪,罗伊。"

"开什么玩笑……"罗伊说。

"他就是豪注埃迪。你被他扮猪吃老虎了。"

. . .

之后埃迪载她回家时说道:"像他一样的人有成千上万。他们都打八球。"

"有多少像你一样的?"

他犹豫了一下,"没有很多。"

"我想也是。"她在公寓楼门口停下,"刚才可一点都看不出你厌烦。"

"我想击败他。"

"也许秘诀就在于此。"

· · ·

翌日,他又训练了一整天。历经前日他的肩膀仍痛意未消,及至午时他的双脚又新添疲累;不过午饭前他抽空去健身房锻炼了一个小时,从肩到脚的酸疼由此缓解不少。然后他径直返回台球厅,在球桌上的碰撞翻飞中度过了几个小时。到三点三十分稍作休息的时候,他终于发现眼镜不再是个问题。不需要把头难受地扭向一旁,他也能借助眼镜看个清楚了。

他已有数周未和玛莎联系过,也不知道仅剩的几张球桌还能存在多久。可乐和香烟贩卖机都已不见。电话也被拿走了。布满灰尘和烟洞的褪色浅棕地毯上,一个个深棕色的长方形标记着另外那些球桌十五年来不曾移动过的位置。还有至少一个月,主营"意大利面配可颂面包"的餐馆才会入驻;他清楚他们在融资上遇到了困难。玛莎委托律师贴出的"球桌待售"的广告仍在报纸的分类广告中天天出现。他每日例行查阅晨报,又总是在看到这行字时揪心不已:**顶级台球桌,成色上佳**。

考虑这些也是徒劳无益。庭外和解后,他在萎靡颓丧中度过了一周,然后也就到此为止了。这件事的了结本就伴随着某种愉悦,在百叶窗紧闭、窗户上贴着"关门大吉"的台球厅里只身一人击球落袋则平添了另一层乐趣。他不停练习着,直到肩膀再次疼了起来,并最终超过了之前的任何时刻。但离开台球厅时,他的感觉胜过前一天。他的击球更加犀利了。这一天过得也快了些,尽管他中午还分出了些时间健身。周六他将和肥佬在丹佛一决高下。也许这次的结果会有所不同。

・・・

比赛又一次被安排在超市的开业典礼上,同第一场一样也在户外,但这次他们面对的是如潮的观众和三台转播摄像机。比赛的中局阶段,埃迪在二人互敬了数轮安全球后终于成功突破,一杆拿下60颗球后才不得不选择再次防守。当肥佬起身准备击球时,他对埃迪说:"你打得有进步。"埃迪则自嘲地回道:"全靠训练。"

但肥佬在这之前已经打进了九十多颗球——一次十五到二十颗——而他这轮上场则直接拿够了球数。比分是150对112。他们在赛后没有交谈的时间;埃迪经停芝加哥回列克星敦的航班一小时后起飞。肥佬则会在几个小时后飞回迈阿密。

・・・

回到列克星敦,他本想次日一早就去训练,醒来后却发现自己出现了发烧的症状:嗓子发炎,关节也一碰就疼。没想到他患上了流感,一病就是三天。中间那天的早晨,他等吉恩出门后给阿拉贝拉拨了个电话。"这些小病我一般好得很快。"他说。

"终归还是不舒服。"她说,"要我给你送些什么吗?"

"阿拉贝拉,"他说,"我应该早点告诉你的。我和别人住在一起。"

"这就是另一种不舒服了。"

"不是绑定的关系,和吉恩。我应该早点告诉你的。"

"埃迪,"阿拉贝拉说,"我没有时间聊天。"她的声音冷若冰霜。

"那回头见吧。"埃迪说完,挂了电话。

• • •

虽然到第四天时仍然虚弱得很,但他还是拿上巴拉布什卡,驱车去了台球厅。尽管外表如故,可当他开门进去后,却看到屋里的球桌已被完全搬空。一张不剩。他登时心如刀绞,在那怔立了好一会儿后才终于关门落锁。一切都结束了。他顺着购物中心往外走,路过超市和弗雷迪卡牌店,来到了旁边的烤肉酒吧。他们刚开门不久,店内还只有他一位顾客。"给我一杯曼哈顿,本。"他对酒保说着,自行坐下了。他还带着杆套里的那根巴拉布什卡;他把它放在了自己正前方的吧台上。

• • •

次日从宿醉中醒来后,他不想再和吉恩兜圈子了。他走进厨房说:"我觉得我该搬出去了。"

她正在冲洗一只盘子,听到此话,继续冲了一会儿才说道:"搬到哪儿去,埃迪?"

"艾瓦茨酒店。28块一晚。"

"什么时候?"他们的对话像是在讨论修剪草坪。

"今天下午。"

她把盘子放进装碗碟的篮子,看着他冷冷地说道:"我去给你装些维生素片。"

• • •

不等拆开行李,他便先在电话簿里找到了历史系的电话,然后打给了罗伊·斯坎默。斯坎默教授刚刚下课,他的秘书说道。然后她问来电话的是哪位。

"我是埃德·菲尔森。"

短暂的等待后,斯坎默接起了电话。"豪注埃迪。"他说。

"能否帮个忙。我想用教工俱乐部的球桌训练。"

"你还打得不够好?"

"我之前用的桌子没了。"

"没了?"

"我前妻把它卖了。"

"我的天!"斯坎默说,"这年头什么都靠不住啊。"

"行吗? 俱乐部的事。"

"那张球桌用得倒不多,但委员会对外人略有微词。"

"早上呢?"

"也许可以。他们七点开门提供早餐。没有人会那么早打台球。"

"我怎么进去?"他可能听起来像在步步紧逼,但也不得不如此了。如果斯坎默热衷于使自己看起来是个好人,那就让他去想办法吧。

"这个嘛……"斯坎默的语气有些迟疑,"不如你明天一早过来,然后告诉甘道夫先生你是斯坎默教授的访客。咱俩讲完后,我会给他打个电话的。"

"我去哪里找他?"

"在俱乐部图书馆。一层的最里面。"

· · ·

他的房间面朝着一条后巷;自打五点钟被一辆垃圾车吵醒,他就再也睡不着了。头天夜里他在床上翻来覆去了很久,盯着奇丑的墙纸和角落里的小水槽想着阿拉贝拉。他一开始就该告诉她自己打台球。他也早该告诉她关于吉恩的事。真是太蠢了。

此刻,他一边躺在床上等待天亮,一边又在想着她。他从未想过自己能拥有那样一位美艳不可方物的女人——集清晰的下颌线和风趣的睿智于一身。他深深地迷上了她的声线、她的口音和她谈吐时的遣词用句。而她也喜欢他。她甚至崇拜他的台球技术。他差点就全都搞砸了,但好在还有得救。他开始对她产生了强烈的渴望,远超他曾经对玛莎或吉恩产生过的任何欲求,也胜过自从在伊撒伦的那个下午——浑身黝黑、香汗淋漓的米莉屈身在侧口舌伺候——之后的所有人。他觉得自己就像春心萌动的少年一样,满脑子挥之不去的都是她。他干脆起床，在水池里洗了脸，然后刮了胡子，把泡沫甩在浴缸里冲下。等他拾掇完毕穿戴整齐的时候，窗外晨光熹微，他的欲望也已退去。

六点三十分，他从房间出发；那个老头开门的时候，他已经拿着杆套站在教工俱乐部的门外等候了。

尽管只睡了这点时间，可他在球桌上却展现了惊人的活力。整间屋子就他一个人，除了偶尔从楼下饭厅传来的碗碟碰撞的声响；他的击球带着专注和力量，几个小时里鲜有失手。袋口的设计有点过于友好——不仅开口较常规而言更宽，而且还被锉出了略微下倾的坡度，于是一些模棱两可的球也会掉落。但他对此并不介意；这说不定还对他信心的建立有所帮助，而他的信心也的确需要些帮助才能重建。他一个接一个地把球打进，不时给自己制造些难题，再锲而不舍地一一解开。他感觉自己球技犀利、思路清晰，戴着眼镜这件事似乎已经毫无影响了。

· · ·

这周接下来的几天里，他都会在日出时分步行穿过校园，一早前来训练。他喜欢取道路面宽阔、清晨时间车流稀少的南百老汇街，把车停在学校里访客专用的停车场内。然后他会顺着一条蜿蜒细长的混凝土小路、踏着一夜之间从深色巨树上掉落的叶子在校园中穿行，最后走到教工俱乐部。对学生而言时辰尚早，但他已经能见到些穿着暗色制服、叼着烟头闷闷不乐的维修工人，或身着白色制服和半敞的夹克、正朝校医院方向走去的护士们。甚少有人会在一天的这个时候搭话；埃迪内心深处的某些东西与这份宁静颇有共鸣。这片广袤空间在清晨时分所蕴含的生机令他喜欢，这里有砖砌的教学楼群、东边新建的高层宿舍公寓和他每日必经之路上安若磐石的古老图书馆。他穿着飞行员皮夹克，把拉链拉到脖领处抗寒，杆套夹在腋下，轻快地走向俱乐部。这令他感觉宛若新生。

到周三，他已经形成了一套固定程序。首先他会把十五颗彩球在球桌的顶库端摊开，母球摆在对面岸边，然后选定一颗用来重开下一轮的彩球，并开始尝试清光其余的十四颗球。他会选择从难打的某颗球入手，如此一来入球后的兴奋感便可贯穿当前的一整轮。这当然是指他将球打进的情况。倘若失败，他就摆好局面重新来过，直到取得开门红为止。偶尔的连续不进令他颇为痛苦，毕竟他给自己设置的开局挑战并非易事，但这同样是不可或缺的一环。他的水平在斯坎默之流看来也许很好，恰如街头混混眼中一位职业格斗家那摧枯拉朽的重拳一般；但他严阵以待的可不是些街头混混。一周后他将再次迎战肥佬。也该他开始赢得胜利了。如果打进第一球，他就可以十分轻松地清光一轮。但那还远远不够。这张球桌很容易下球，这个环境也不存在什么压力；他应该能连进七八十球才对。年轻时候的他在这样一张台子上绝不会有一球失手。

时不时会有人进来看一会儿他练习。年轻教授们，有时还端着吃早餐时用的咖啡杯。他们会静静地站上半个来小时，然后离开。没有人表示要加入，他对此也很满意。第一周后，他就不再感觉自己是教工俱乐部的不速之客了；他觉得自己就属于那里。增加连续进球数就像挑担爬坡，而且始终会有一丝疑虑萦绕心头——是否这些根本都是徒劳，是否他曾经怀抱的火种早已熄灭；但他仍在不停地击着球。与开始和肥佬打表演赛之前相比，如今的区别在于，他更加清晰地看到了未来的另一种可能。

· · ·

下一场在圣路易斯的比赛中，他打得更好了些，但肥佬仍然战胜了他。150∶142。

"我真不知道还有什么搞头。"埃迪在赛后说道，"这比赛也没收入。等都打完以后，我的钱还不如打之前多。"

"人们不会花钱来看台球比赛的。我们又不是摇滚明星。"

"就是他妈的这样。"埃迪点上一根烟，"我不知道该怎么过活，肥佬。我必须得再弄一间台球厅。"

"我已经把该说的都跟你说了。"肥佬从看台座位上站起来，走到刚才这场比赛的球桌旁。他们正等着载他们去机场的车，车来晚了。

"你告诉我的那些我都记得。"埃迪说。他起身跟了过来。看台上还有十来个人，但他们并没有在看肥佬和埃迪。"你说我需要胆量。话说得没错，肥佬，但生不出钱。"

"那可不一定。"肥佬拿起3号球，把它在球桌上甩了出去。球在库边反弹三次后掉进了底袋。停车场里，一辆车的喇叭忽然急促地响了起来，接着停止。"我还跟你说过去打巡回赛。"

"简直荒谬。"埃迪说道，"今年冬天的世界公开赛在纽约，第一名的奖金才8000块。报名费就要500，你还得在纽约待上两个星期。只有拿到冠军才有的可赚。"

"那就拿到冠军。"肥佬说。

"战胜希利和多福梅耶？你都打不过他们，我还打不过你。"

"别跟我说我打不过谁，豪注埃迪。"肥佬又拿起7号球，以同样吃库三次的路线推了出去，球掉入了同一个底袋，嘭的一声砸在了刚才的3号球上面。

"那你去打世界公开赛好了。"埃迪抬头看了看观众席上终于准备起身离开的一群人。今天的观众相当沉闷，鼓起掌来也只是轻描淡写，就算肥佬一波连进40颗球带走比赛的时候也一样。

"我用不着打世界公开赛。等下个月打完这个表演赛后，我就不会再碰台球了。我不需要再打比赛。你才是需要的那个。"

"我从没打过巡回赛，肥佬。混江湖的不打这个。你不会想把自己暴露在外。"

"今时不同往日了，埃迪。14-1已经过时了。你也可以继续躲起来挨饿。"

"或者去卖房子。"

肥佬关切地看着他，"赚钱的路子在九球里。"

"我不打九球。"

"你可以学。"

"九球是给毛头小孩们玩的。他们在那些酒吧里打的都是这个,一边拿两毛五的钢镚塞进球桌里开一局球,另一边再拿两毛五塞进点唱机里放首歌。"

"有些酒吧里,他们会赌得很大。"

"在辛辛那提的时候你说我还不够好。"

"你有进步。"肥佬看着他,"你知道厄尔·波查德去年在九球巡回赛上挣了多少钱吗?"

"不知道。"

"60000块。而且我还不知道他私下里打骗球赢了多少。他们说他就会去那些酒吧的球桌上打。"

"你怎么知道他挣了多少钱的?"

"《台球月刊》里写了。"

埃迪的台球厅也有这本杂志,但他除了随便翻翻从未认真看过。那上面一多半都是球桌或球杆生产商的广告,或是特技台球书籍的推介。里面也刊登年轻球手的"资料"——通常有某个人手持球杆的光彩照人的照片,下面再配上数行溢美之词。这在他看来依稀有些反胃。杂志里还有九球巡回赛的广告,举办地在阿什维尔、查塔努加或塔霍湖等地。"60000?"

"七个巡回赛加起来。大概十个礼拜的事情。"

他完全不知道从这些比赛里能挣这么多钱,"他还有路上的花销呢。"

"你在路上的时候也有花销。你挣过60000块吗?"

"波查德是天花板了。第二高的挣了多少？"

"这你甭问。"肥佬转过去，面朝着球桌，"如果你信不过自己的视力，那些酒吧里的台子更好。比较小。"他看着埃迪，"他们在上面也打八球。有些人纯靠在酒吧里打八球也能过得挺好。"

"八球太蠢了。慢腾腾打着玩的东西。"

肥佬默不作声地看了他几秒。然后他走到球桌放球的一侧，蹲下去把球又拿了出来。他将它们码成一个三角形，黑色的8号球摆在正中央。"咱们来盘八球好了。"说着，他从观众席上拿过杆套，取出了他那根镀银的乔斯球杆。埃迪难以置信地看着他。你怎么也想不到像明尼苏达肥佬这样的选手会打八球。肥佬拧紧球杆，走到底库前，摆好姿势冲开了球堆。这杆的力量令人惊叹。球被轰得四散开来，还有两颗掉入了袋口。"首先，"他说，"你得保证开球的时候至少进一个。"

"你没法保证这点。"

"酒吧的球台上就可以。"肥佬说，"我准备打花色球。"开杆时花色球和全色球各有一球落袋，于是肥佬可以任意选择。"你知道为什么吗？"他就像学校里黑板前的老师。

埃迪向球桌看过去，"这四颗花色球可以下球。"

"完全不是。"肥佬说，"八球的关键在于不要留下机会。关键局里更是这样。需要的时候让他进几个球是可以接受的。你必须控制局面。我打花色球是为了对全色球有所控制。"他俯身打进了13号球。观众席上有些动静。埃迪抬头看到仅剩的几个人来到了第一排观看。

"现在我要打9号球,"肥佬说,"然后我要让走位偏上几英寸,对下面的12号球来说。这种情况时不时会出现。"他弯腰打进了9号球。母球如他所言滚得过远了些,使得12号球十分难打。只有翻袋才可一试。"接下来,12号球的情况,"肥佬说,"在于我并不需要打进它。看着。"他把球翻向中袋,没有进。母球滚到了一堆球的边上,唯一的下球机会在14号球。"如果我打进了,一切没有问题。如果我没打进,他也没球可打。"

"我知道怎么打安全球。"埃迪说。

"我说的是八球里的安全。"肥佬说,"我想告诉你的是,如果能学会控制比赛局面,你就能以此谋生。"

"在酒吧里?"

"在酒吧里,豪注埃迪。"

埃迪想了想,回忆起了他和斯坎默打的几局八球比赛。"去南方?"

肥佬看着他,"冬天就快到了。"

"你刚才还一直在说九球巡回赛,"埃迪说,"现在又成了八球。"

"学会走之前,你得先学会爬。"

"什么意思?"

"你还没有做好打九球的准备,豪注埃迪。波查德会把你踩在地上碾压的,还有其他几个人。八球则可以用脑子和经验取胜,这些你都有。"

"谢了。"

肥佬再一次开始拆解他的球杆。他身后看台上的几个人目光神往地注视着他。"如果打上六个月,你也许就能找回以前的状态。然后你就可以开始打九球了。"

"我讨厌打九球的那些混子们。"

"干这个和卖房子你二选一。"肥佬说。

"我应该去哪儿打八球挣钱?"

"等到了机场,我给你列个单子。咱们的车来了。"肥佬指向停车场。一辆在侧面涂着"机场服务"字样的蓝色小轿车正驶向这里。

"你怎么弄来这个单子的,能打八球的地方?"

肥佬把球杆塞进杆套。"你以为我退休的老本儿是怎么挣的? 你在肯塔基码球的时候,我正在北卡罗来纳把钢镚塞进一张张球桌。"

埃迪盯着他,"穿着你这身西装?"

"他们的牛仔裤有我的号。每条加收12块。"

第 5 章

The
Color
of
Money

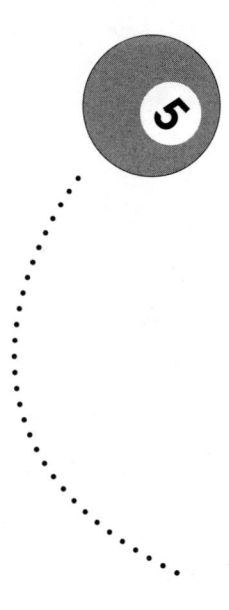

在他还是个俄亥俄小男孩的年头,没有人会用两节的球杆开球,击打的也不是白球;你用的是一根俱乐部球杆和一种特殊的暗棕色母球。查理教了他这些,而且他的第一柄威利·霍普也是查理送的,握把以黑色真皮包裹,中轮则由黄铜制成。"你不能用这根杆来轰球,埃迪。"查理告诉他,"中轮吃不住这么大的劲。"那些年里,埃迪会选用一根大棒球杆——22或23盎司❶重的——来冲开球堆,然后再换成威利·霍普。如今一切都不同了。球是用一种叫酚醛树脂的材料做的,颜色也更加明亮:以前14号球的深绿色彩条被换成了有着一抹闪光的亮色祖母绿,9号球则变成了金丝雀黄,好像迪斯尼动画片中会用到的颜色。现在你用白球来开球,借助一根手工制作的巴拉布什卡球杆有多大劲使多大劲。你是无法弄坏用钢制成的中轮的。

埃迪大幅摆动手臂,一杆将八球的球堆击得四散开来。3号球和7号球掉入袋口,但母球停在了顶库附近,没有像他所希望的那样继续行进并形成二次冲球。他检视着桌上的局面,盘算着另外五颗全

---

❶ 重量单位。1盎司约为28.35克。

色球的下球线路，以及需要留在最后打进的8号球。每颗球看起来都不成问题；在这么小的一张桌上，这些球都不在话下。他集中精神，小心翼翼地完成了这局。

"你的球打得很漂亮。"说话的酒保和昨天的不是同一个——这是个穿着白色围裙的金发小年轻。这会儿是下午四点，两个老头正在吧台远端喝着威士忌混啤酒；埃迪是除此二人的唯一一位顾客。

"谢谢。"埃迪把球杆放在桌上，走了过来，"给我来杯生啤。"他试图让自己听起来愉悦而放松，尽管他的感觉并非如此。

小年轻给他接了一杯，放在了吧台上，"我是不是没有见过你？"

"我昨天刚到。"

年轻人点了点头，开始接一杯啤酒给自己，"你的八球打得像个职业球员。"

肥佬告诉过他不要隐藏实力，而要将水平尽数发挥，或者接近。如果想使点小诈的话，最多保留百分之十到十五。他已经毫无保留地打了一个小时了，和前一天一样。没有人显露过和他过招的兴趣。唯一的麻烦在于这颗超大号的母球；低杆很难令其回缩到位，有时候还会给自己做成斯诺克，使得下一球无从入手。但除此之外，这就像是儿童版的台球。他不断把硬币塞进投币口，从球袋里掏出球，码成三角堆，开杆，再将它们一一射入。主要的问题还是母球的迟滞感；这需要些时间才能适应。

埃迪抿了口啤酒，看着小年轻说："我了解到你们这儿有些不错的球手。"

小年轻笑了笑。他二十五岁上下，面相十分亲和，"我就觉得你会提到这个。当我看到你的球杆时。"

"我喜欢打带钱的比赛。"不管怎么说，这话曾经不假。

"有个叫布默的人。"

"布默？"

"他的姓就是这个❶，我觉得。名字好像叫戴夫还是戴威特之类的。他应该会跟你打。"

"100块一局的他打吗？"

小年轻眨了眨眼，"如果他有这么多钱的话。"

"他有赞助人吗？"

"你是说金主？"

"对。金主。"

"有时候会有个只看不打的人和他一起。"

"他一会儿会过来吗？比如今晚？"

"我不知道。"小年轻放下啤酒，朝通向厨房的过道走了过去。"阿尼。"他喊道。

一张消瘦的黑人面孔出现在门后。

"这哥们儿想和布默打台球。"

那人点了点头，打量了一下埃迪。

---

❶ 原文"Boomer"，也指1946至1964年间婴儿潮时期出生的人。

"有个电话号码在哪儿来着?"

"收银机里。那堆支票下面。"

"好嘞。"小年轻走到收银机旁开了锁,一只手托着盛放现金的钱箱,另一只手在纸堆里翻来翻去。他找到一张折起的便签,转身对埃迪说道:"要我打给他吗?"

埃迪觉得心头一紧,"感激不尽。"

・・・

"该死!"布默一瞅到埃迪的巴拉布什卡就叫了起来,"我正在家里舒舒服服地待着,结果被拽过来和拿着这么一根球杆的人打球。神啊救救我吧!"他从裤子后兜里拿出一条红色印花大手帕,大声地擤了擤鼻子。"保佑我远离手持巴拉布什卡之人。"他这才看向埃迪,眯着眼睛瞧着他,"我猜你还会打那些特技球。"他的脸又宽又红,布满了深深的皱纹;他看上去就像个狂暴的农场工。嗑药嗑疯了的佃农。他穿着一件带着肩饰、褪了色的棕色军用衬衫,一条灯芯绒宽松裤松垮地垂在皱巴巴的牛仔靴面上。很难推断他的年龄——三十到五十岁都有可能——但他已经有了啤酒肚和鱼尾纹。他的眼睛是一种暗淡的、几乎不真实的蓝色,而且冷若寒冰。"我敢说那根巴拉布什卡能让这些球像被搅动的分子们一样跳起舞来。"

"球杆再好也好不过拿着它的人。"埃迪说道。

"我的老天,"布默说,"你来真的啊。"人群中有几个笑了起来。从酒保那通电话算起,一个小时里来了十五到二十个人。

"不如你也把球杆拿出来,"埃迪朝布默拎着的真皮杆套努了努嘴,"然后我们就可以开始了。"他一手握着球杆,另一只手插在裤兜里,迫切希望自己内心的紧张不要暴露在外。他已经忘记在对手的主场球桌上、身后围着本地观众的气氛中挑战别人是何等感受了。布默从踏进这间酒馆的那一刻起就开始宣示领地,用他那大嗓门和那对在肯帝尔地板上哐哐作响的鞋后跟。

"但愿我这根见到你那根时不会羞愧地萎掉。"布默边说着边从顶上拉开杆套,抽出了两节球杆。看起来远在够用之上 —— 像是一根休伯勒或者穆奇,可能在300美元左右。他组装球杆时的动作灵巧而熟练,轻柔却又精确的操作与他粗糙的外表形成了鲜明的对比。埃迪以前也见过这类球手。五大三粗却双手灵活的乡下人,当他们在球桌上击球时,手感之轻盈宛如一位珠宝匠。

"我们这儿打的是八球。"布默说。

"100块一局。"

"我的天啊,"布默喊道,"我在两米宽的大床上躺得好好的,看着《夏威夷侦探》的重播,然后一通电话过来,结果现在我要在这儿站着,跟一个拿着高级球杆想打100块一局球的人扯皮。这日子就没有个舒心的时候。"

"你到底打不打?"埃迪轻声问道。那家伙的目的达到了;埃迪感觉自己慌了起来。

"维兰德,"布默对着正和周围其他人一样聚精会神地看着这一切的酒保说道,"给我来一杯加冰块的杜林标和一盘土豆沙拉。"然后，转向埃迪："把钢镚塞进球桌里。"

. . .

他们掷了个硬币猜先，布默赢了。他用一根沉重的公杆开了球——正如埃迪小时候查理教他的那样——并且有三颗球掉入了袋口。然后他换上自己的球杆，一杆将胜利带走。埃迪拿了两张50的给他。此时是下午六点。人也多了起来；他们靠在酒馆里另外两张球桌的边上，在二人身后站着。吧台的座椅上也都坐满了回过头来看着他俩的人。

正如埃迪所料，布默打得很安静，而且几乎和肥佬一样优雅。他的杆法有些怪异，经常沿着又长又不太稳的手桥突然出杆，但球却打得很扎实。而且他对这颗偏重的母球十分习惯；在一记缩杆上，他轻松地把球拉回了三英尺之多。

"赢了的开球。"布默说着走到吧台，把一大口沙拉和一杯酒塞进了肚。他边用纸巾擦着嘴边走回来，把纸巾塞在屁股兜里，拿起球杆开了球。这张球桌三英尺半宽，七英尺长；一杆有力的开球下去，球均匀地四散在各处。埃迪从来没在这样一张桌子上打过球；他拿不准一个人可以在这张桌子上连胜多少局。

布默俯身袭进了第一颗球，然后看向周围的人群。"我必须一刻不停地把这些小王八蛋捅进去。"他说，"要是我给那根巴拉布什卡留下机会，它能把我打到县收容所里。"

"不过是根球杆而已啦，布默。"观众中的一个人说道。

"别跟我来糖衣炮弹这手，"布默说，"那根球杆的头上装了雷达和集成电路。有这么一根，你就可以在礼拜六晚上往床上一躺，然后放它自己出去。喊一句'给我赚500块回来，巴拉布什卡'就齐活。我对这些高科技球杆可熟透了，都是硅谷造的，自带大学毕业证。"他摇了摇头，俯身击球，把7号球薄进了中袋。母球继续向前滚了几英尺，位置完美。

埃迪仍然一声不吭。这种场面他见过不止一次。最好的办法就是保持心态平稳，尽量不要被气氛影响，以免出尽洋相。目前还无法判断布默的上限究竟多高。肥佬说过这个镇上有三四名职业球手——完全以骗球为生的人——显然布默是执牛耳的那一位。用来比赛的这张球桌的几英尺外，埃迪正倚在一张空桌子旁站着，试图让自己放松下来。布默风趣幽默；但无论是他的说话方式，还是他不时扫向埃迪的冰冷眼神，都掺杂着震慑的意味。埃迪静静地看着，等他露出破绽。

还剩下两颗全色球的时候，布默的一杆远台薄球用力过大，母球滚过了理想的位置。他耸耸肩，对准两颗球中的一颗打了一记翻袋；虽然目标球没进，但母球却靠走位形成了完美的安全局面。这正是肥佬在丹佛给他演示过的"如果我打丢了"的那种击球。

埃迪拧紧他的球杆，看着布默问道："我要是没打到球，你们这儿的规矩是什么？"

"我在开球区随便摆，"布默说，"和母球洗袋一样。"

这就麻烦了。如果埃迪碰不到任何花色球，布默便可以轻松赢下此局。而且母球还藏在6号球后形成了斯诺克。他对着台上研究了一会儿。看来母球需要借最近的库边反弹，蹭到11号球，并希望能形成一个安全球。这是唯一明智的选择。

但是在球桌远端，12号球离底袋只有几英寸。母球在近端吃两库后，沿着长对角线走过去就可以叫到。这当然是极其困难的一杆。如果他失手，布默一定会清台。十次中一的几率，连吃两库的叫球。埃迪看向酒保："给我一杯曼哈顿，加冰。"说完他迈步走到桌前，调整了一下眼镜，左手小心翼翼地越过造成了斯诺克的6号球，分开手指将手桥高高架起，接着右手提高握把，瞥了一眼身后的12号球，然后推出了有力、平滑而又愤怒的一杆。

母球从角落中弹出，顺着对角线一路奔向对岸，干净利索地撞上了12号球。12号球应声落袋。"狗娘养的！"布默喊出了声，"该死的芯片。"

"是印刷电路。"埃迪边说边去吧台取他的酒。椅子上的那些人都在默默地看着他。等酒保放好樱桃，他拿起杯子灌下了大大的一口，带着终于放松下来的心情，回到了球桌旁。

· · ·

布默的水平不错，但和肥佬还是没得比。他打不好翻袋，擅长的主要是简单球上的处理。如果江湖上还打14-1，他或许能成为一名不错的14-1球手，现在以混迹酒吧打八球为生倒也绰绰有余。埃迪稳扎稳打，到十点之前已经赢了700美元。

就在布默递给他最后两张50的时候,他冷冷地看着埃迪说道:"如果你还想继续和我打,哥们儿,你得让些球给我。"他这会儿已经不再装出"山野村夫"的那套作风,而是转为了轻声细语。

埃迪正把晚餐的最后一口送进嘴里——番茄培根三明治。他把纸盘拿到吧台放好,然后走了回来。围观的人们静静地让出一条路。"你的要求是?"

"每局都让我来开球。"布默说。

埃迪望着他,望着他陌生的脸和他那狂妄又狡黠的眼神、冰冷的双瞳中隐晦的威胁和握着他细而精致的球杆的一双小手。"我不能每局都让你开球,但我可以在8号球上只打翻袋。如果我们来500块一局的话。"

"我听说过你这样的人。"布默说。

"我想也是,布默。"

布默盯着他,继而微微一笑,"我得去打个电话。"

"请便。"

趁着他去酒吧另一头打电话的空当,埃迪给自己点了一杯咖啡。他的肩膀开始疼痛,而且他的胃也又一次,在布默打给他的金主或者别的什么人的这个时刻,上下翻腾了起来。那是另一种他已遗忘多年的情绪:恐惧。

. . .

赞助人出现的速度令人惊讶。来者是位穿着灰色修身西装、打着深色领带的小个子男人。靠在一张空桌旁的人们为他腾出了位置；他没有倚向身后，而是笔直地站在那里，看着埃迪码好球堆，再由布默开了球。一颗球落袋，这下可谓困难重重。有那么一刻，埃迪觉得自己简直昏了头才会开出那样的条件。翻袋打8号球搞不好会一败涂地。在这样一张球桌上面对布默这样的球手，失误的代价将难以承受。打进三颗花色球后，布默选择了防守。这次埃迪没有尝试任何花活，而是也回了一杆安全球。双方你来我往了几个回合后，埃迪在一记缩杆上没能把那颗沉重的母球拉回到想要的位置，给布默留下了叫11号球的一丝机会。布默没有作声，而是集中精力把球薄进了中袋，又顺势赢下了这局。埃迪从口袋中掏出500美元。布默朝西装男的方向点了点头说道："付给我朋友就好。"埃迪走过去，把钱交给了小个子男人。他一言不发地接了过去，把一张张纸币摊平清点。埃迪走回球桌码好球，然后又走到吧台，边盯着球桌边喝光了他的咖啡。布默挥动着大棒一般的球杆轰出母球并冲开了球堆。花色球和全色球各进了一颗。他开始着手打全色球。埃迪又回到了球桌旁。他的双脚和肩膀都疼痛不已，咖啡也毫无效果。他到底在干些什么，会说出翻袋8号球那种话，何况还是在对手熟悉的球桌、在主场观众面前、在这个他连名字都想不起来了的北卡罗来纳州的小镇？ 黑尼维尔。想起来了—— 肥佬列的单子上的第一个名字。"有些喜欢下大注的人。"肥佬这么说过。好吧，这会儿就有这么一位，像机器一样进着球。砰、砰，这些球一个接着一个地掉进这张小桌子的大口袋里。砰。最后那响是8号球落袋的声音。埃迪又拿出500

给了那位衣冠楚楚的小矮个。眼下，在打了四个小时的台球后，他的战绩是倒贴300美元。以及相当数量的25美分硬币。他又放了一个硬币进去，告诫自己最好拿出全力以赴的态势；球顺着滑槽滚了出来，他将它们一一取出，8号球放在正中，为布默码好了球。

布默又一次炸开了球堆，而且有三颗球落袋。他现在势头正盛。也可能他之前一直有所保留。埃迪看着他，在迈阿密和辛辛那提面对肥佬时的无助感又一度涌上心头，胃里也跟着一阵痉挛。布默绕着这张小球桌的节奏加快了些，在挤满整间酒吧的身着工装、目眩神迷的人群面前将一颗颗球送入袋口。灯罩上方灰色的烟雾几乎凝滞；人们闷声啜着酒；点唱机无人问津，看客们鸦雀无声。在两杆之间走动时，布默的靴跟发出的声音仿佛是图书馆里的脚步声。他清光了花色球，然后把8号球打进了中袋；埃迪再一次向西装男付了钱。

"我可能永远都不会知道你能不能用翻袋打进8号球了。"埃迪弯下腰、从滑槽里把球掏出来的时候，布默对他说道。

埃迪停了下来，两眼盯着布默："1000块一局如何。"嘴上说着，他兜里还剩下1200美元。

"悉听尊便。"布默回道。

他一边码好了球，一边讶异于自己的笃定。赌得这么大完全不在他计划之内。搞不好布默连出手的机会都不给他就直接清台了。布默这会儿正在另外那张桌子旁边站着，和面无表情的赞助人窃窃私语。埃迪瞥了他一眼，便立刻知道他离失手不远了。

布默走到桌前，向后引杆，然后一击冲开了球堆。虽然彩球四散开来，却没有一颗落袋。"狗娘养的！"他又一次喊道。这回是实实在在地骂上了。

彩球分布在桌面各处，且8号球离中袋也只有一寸之遥。清光其他球后，埃迪可以把母球停在它附近，形成一个借边库翻袋的简单局面。但首先他需要把7号球薄进顶库一侧的底袋，同时控制母球穿过整张球台，在3号球的旁边站住。这并非易事。他抬头扫了布默一眼，后者正站在离球桌几英尺的地方。

"别打丢了。"布默说了一句。

埃迪盯了他半晌。"布默，"他说，"原来你这么怕我。"

他弯腰下去，推出了稳稳的一杆，薄进了7号球。母球滚过桌面，美妙地停在了3号球背后。将其打进后，他又一举清掉了4号、2号和其他全色球，终于为自己铺平了翻袋8号球的道路。他略作停顿，往杆头上涂了些巧粉，俯身击球。8号球在库边有力地反弹，然后横穿球桌，掉入袋口。

布默从赞助人那里拿了钱递到埃迪手上。这次埃迪没有掏出钱包。在布默的注视中，他把一张张纸币折好塞进了裤子口袋。"你没想要开溜，对吧？"埃迪愉悦地说道，对自己的口气颇为满意。

布默摇了摇头。

"那就码球吧。"埃迪说。

· · ·

他通过长途查号台找到了她的号码，用床边的电话拨了过去。

这会儿是接近下午一点。他中午醒来后，先洗了个澡，然后通过客房服务点了咖啡。

"帕特告诉我你现在自己住。"她说。语气并不友好，但至少她愿意开口了。

"我确实是。"

"你在哪儿？"

"北卡罗来纳州，黑尼维尔的假日酒店里。"

"你跑到北卡罗来纳去见何方神圣？"

"打台球挣钱。"

"我以为你已经金盆洗手了。"

"有时候我也捉摸不透自己。"

"你打电话过来就是为了告诉我这件事？"

"我六点钟到蓝草机场。如果你肯来接我的话，我想带你去那家日本餐馆吃饭。"

"埃迪，"她说，"我不确定……"

"我确定。"他看着从布默那里赢来的四千多美元的一沓钱说道，"来机场接我吧。我们该聚聚了。"

・・・

她站在那里等他，黑色羊毛衫搭配蓝色牛仔裤的模样甚是美丽。她刚梳洗过的灰色头发蓬松地飘逸在脸旁，宛若一位适逢休息日的电影明星。他提着杆套和尼龙包走出来，两人并未亲吻。她和他握了握手,上下打量了他一番。不约而同的一阵沉默之后,她终于开口了:"我们还真是完全不熟呢。"

"不熟个头。"

. . .

她还没有找到工作,而且对求职已经心生厌倦。要不是在那间公寓里继续待着一定会疯掉,她几周前就想放弃,靠离婚赡养费过日子了。她边说着这些,边和他共进了一顿安静而漫长的晚餐;之后他们回到她的住所,第一次做了爱。他们就像一对老朋友或旧情人。这次的旅行、一周的分离和赢回来的钱,这些加在一起改变了他的一切,他们对此都有所感觉。他知道该做些什么,她也一样。缠绵过后,他们躺在沙发床上聊天。其间他也会透过窗户——此刻紧闭着以抵御九月的寒气——将市区的灯火尽收眼底,然后再回到床上,躺在她白嫩光滑的胴体旁边。他们抽着他的烟,再把烟头摁灭在两人中间的咖啡碟里。

"你又开始打球挣钱了?"她打破了沉默问道。

"已经过了太久了。"

"你是指赌钱的,对吗? 不是打表演赛那种。"

"没错。赌钱的。"

"在英国,人们也会谈到台球老千。你们管这种人叫骗子,好像。你是其中之一吗?"

他看着她,随后说道:"我不是什么老千。"

"抱歉。我应该叫你什么——骗子吗?"

"叫我埃迪然后拿根烟给我。"

她眉头微皱,递了一支给他,"不管是什么,反正你不是教授。"

他接过香烟点上。"一个月后我会飞到阿尔伯克基打一场表演赛。在那之前,我要去孟菲斯一个叫西尔玛的客栈打八球。你也一起去怎么样?"

"你想让我和你一起旅行?像个女帮凶之类的?"

"你又开始了。"

"作为一位台球手的妃嫔。"

"你有更好的事情做吗?"

她翻身过去,亲吻他的脖子。"不,我没有。"她说。

· · ·

"我打的是网球的话,你就会喜欢了。"

"或者桥牌?"阿拉贝拉全身上下只穿了条灰蓝色内裤,正从衣橱里拉出一个大件东西。显然是又一幅画,还裹在棕色的包装纸里。埃迪坐在床上看着她把这东西拿到客厅中间放平,然后盘腿坐在毯子上,开始撕掉纸上的胶带。"又或是吹圆号?"

"之类的吧。打台球听着就和混赌场差不多。"

"是吗?"她已经解开了包装的一侧,开始把画框向外拽出来。埃迪用肘部撑起身体想看得更清楚些,却也无济于事。她正俯着身子,一对酥胸不大却十分诱人,脊骨的曲线也甚是美妙。"怎么不穿睡衣?"他问。

"这间公寓暖和。"她开始利索地把包装纸折成方形,还揉平了上面的褶皱。之前他就注意过浴室橱柜里的毛巾,每块都像在名贵商店里陈列的那样被她折起来摆好。她公寓里的一切都井井有条。收拾完毕后,她从地板上起身,把纸拿到对面墙边一个绿色的东方式五斗橱那里,平整地放进了一个抽屉中。然后她又从抽屉里拿出一个锤子,走到床边递了过去。"喏,"她说,"你来负责钉钉子。"

"扔到床上吧。我一会儿弄。"

"快点嘛,埃迪。我想把这幅画挂起来。"

他伸手够过去,又弹出了一根烟,"先弄点咖啡再说。"

"我去冲些速溶的。"

"速溶咖啡的尽头是离婚。"

"也许是吧,"她说道,"我用维苏威那咖啡壶来冲好了。如果你早上肯喝茶的话,事情就简单了。"

"阿拉贝拉,"埃迪回道,"如果地球是平的,事情更简单。"

"我去弄咖啡。"她把锤子扔到床上他旁边,然后走到了炉子那里,"我为什么会希望你打网球?"

"属于上流阶层。"

她拿着咖啡罐,转过身来对着他,"我讨厌'阶层'那个词。我外婆一天到晚把那个词挂在嘴边。不是劳工阶层这个,就是富裕阶层那个。"

"我说的不是这些。你本来就很有贵族气质。"

"拜托,埃迪。"她说,"只是我的口音而已。听到英国口音,你们美国人的反应都一样。"

"我指的是你的外表。和你这间公寓的布置,白色地板和油画之类的。"

"这些叫作品味,埃迪。"

"你的品味对打骗球做何评价?"

"我的品味对打骗球没有他妈的任何评价。"她转回身去,在炉子边拧开罐盖,把咖啡一勺勺舀进咖啡壶的粉槽里。

他迟疑了一下,继而说道:"我觉得玛莎以此为耻。"

"玛莎是你的前妻?"

"货真价实。"

"这个词用得蛮有趣的。"

"我在学着像你那么说话。"

"你真是个英国迷。"

"这样的人可多着呢。"

她把咖啡壶盖好,放到炉子的一个火眼上。"总之我不是玛莎。看你和罗伊打球的时候,我简直激动极了。"

他看着她调节炉火时的背影。不一会儿他拿起锤子,光着脚站了起来,"你想把这幅画挂在哪儿?"

"我崇拜各种技能,"阿拉贝拉边走向他边说,"而且我很尊敬靠才智吃饭的人。"她递过去一只黄铜挂画钩,"五斗橱上面正中吧。

画里的树和下面的绿色应该很相称。"

他举着裱好的画布看了一阵。和沙发后面的那幅一样，这幅画也既粗犷又明亮，像是有些技巧的孩童所作。两个人和一匹马站在树下；一切都如儿童画作般只有寥寥数笔，不过树上的叶子倒是一片一片绘成的。

"有些人称之为'朴素艺术'。"阿拉贝拉说，"这是一位没有受过专业训练的女画家画的。"

"用来做拼图不错。横平竖直的线条。"

"我从离婚中得到的就只有这两幅画了，如果不算赡养费的话。哈里森留下了所有的家具——连床单和毛巾都没放过。"

"你为什么要了这些画？"

"因为它们是我的画。一个朋友送了我另外那幅，我自己买了这一幅。"

"哈里森喜欢朴素艺术？"

"他烦得很。是那个朋友向我介绍了朴素艺术。当代民间艺术。"

"好吧。"他走到五斗橱那儿，把画挂了起来，"我的锤子用得也很熟练。"

"这正是我一开始被你吸引的原因。"

・・・

住在阿拉贝拉这间公寓的第四个晚上，他在她旁边醒着躺了一个多小时。夜已深，但仍有车流声从主街上透过窗户传进来。他穿着短裤，而她一丝不挂，身体裹在一床银色羽绒被和床单下面[1]。她面朝他睡着，左臂压在挤成一团的被子和床单上，露出白皙的皮肤和延伸到肩膀的淡淡的雀斑。即便是在睡梦中，她仍然一脸的聪明相。他有何德能与这样一个女人同床共枕？洁白无瑕的脸颊上，她紧闭的双眼和微微上卷的睫毛是那样精致完美。她的一只小手正搭着他的胳膊。

她正处于上流社会生活终结后的过渡期，而且真心实意地喜欢他。她颇有兴趣了解他经营小生意的经验，在那天晚餐的时候问了他许多实际的问题，从他如何计算运营支出到缴税时遇到过哪些困难。打骗球这个理念也甚合她意；和一个赌徒厮混令她感觉刺激不已。她还为他的相貌所倾倒。

而对他来说，她的能力和雄心、遣词造句的清晰、电话中自信笃定的语气、对带妆示人的不屑一顾、从不居高自傲的口吻、裸睡的习惯、无所忌惮的粗口和绝不在品味上妥协的风格，无一不令他怦然心动。做爱的时候，她又摒弃了那些无谓的遮掩或矜持，尽管她还是收敛了些激情，高潮的时候也保持着安静。不过毕竟他们还没有那么了解彼此。他自己也有所克制，而且担心会在不经意间显露于前，但他感觉可以和她吐露心声，只待时机成熟。

真正令他心神不宁的是书桌抽屉里的那张报纸。三天前阿拉贝

---

[1] 在美国，很多人习惯在被子和身体间用床单隔开，所以是同时盖着床单和被子。

拉不在的时候,为了把行李箱里的东西收拾出来,他想找一个还空着的书桌抽屉,就先打开了最下面的一只。一摞报纸的最上面单独放着一张。他随手将它拿起,却发现底下是同样的另一张。再下面的也全都是 —— 至少有完全相同的十几张。头版印着两张照片,一张是南希·里根,另一张是一个浅色卷发、正在微笑的年轻男人,照片上方的标题写着:**艺术家车祸身亡**。艺术这个词引起了他的注意;阿拉贝拉就对艺术了解颇多。文章提到此人名叫格里高利·韦尔斯,是一位大学助理教授和《肯塔基工艺美术期刊》的编辑。阿拉贝拉不时也会为这份期刊撰稿。他看了看报纸抬头的日期,时间是一年多以前。在一条乡间公路上,韦尔斯为了避免被撞到而急转方向,连人带车跌到水渠里死了。当时和他一起的是哈里森·弗雷姆的夫人,后者的伤势并不严重。韦尔斯和弗雷姆夫人届时正前往艾斯蒂尔县一位手工艺人的店铺参观。他从前也看到过阿拉贝拉膝盖上的两处月牙形的伤疤;当被问起的时候她说"我遭遇过车祸",随即便转移了话题。

十二张一模一样的报纸。他端量着这个年轻男人的脸。那是一张平淡无奇的美国面孔,可埃迪看在眼中却心如刀绞。她有过其他情人简直是天经地义之事。这本不该令他困扰。他觉得她应该是什么样呢 —— 一位四十岁的处女? 更何况这人已经死了。可即便如此,他仍然心存不悦。他简直恨之入骨。他痛恨那个年轻男人,那个与阿拉贝拉私会、用摩托车后座载着她在乡间疾驰的男人,那个可以和她畅谈艺术的男人,那个也许和现在的自己一样、曾经同她云雨过的男人。埃迪读完了文章。格里格❶·韦尔斯终年二十六岁。

. . .

等他们九点三十分到达西尔玛的时候,停车场已经半满。他本想趁任何正经比赛都没开始的时候赶到的,所以担心现在已经晚了。肥佬说过这是整个南方最火爆的据点。埃迪的胃里一阵抽搐,而且口干舌燥。他准备好了大干一场。

这间酒吧人满为患、嘈杂不已,伴着从点唱机中隐约传来的洛丽塔·林恩的歌声——虽然音量不小,却几乎淹没在吧台附近和小酒桌旁的吵吵嚷嚷中。吧台上方挂着几种啤酒的广告灯箱;悬在天花板中间的是一个亮片灯球,闪耀的七彩荧光洒遍各处角落。视线之内并未见到任何球桌。阿拉贝拉仿佛置身马戏团,睁大了眼睛东瞧西看。

他的目光扫过一条过道,上面有块牌子写着"台球室"。于是他拉起她的胳膊,领着她穿过熙熙攘攘的酒桌。一对对身穿亮色丝质衬衫和牛仔裤的年轻人填满了舞池;男人们蓄着八字胡,女人们留着飘逸长发。阿拉贝拉貌似对眼前的一切惊诧不已。被他拉进相对安静的这个房间后她说道:"简直像电影里的那样。"

屋里摆了五张和黑尼维尔那张一样的小号球桌,其中三桌正在比赛。另有一张被塑料布罩着,而剩下的那张上面,几个小孩正拿着球杆安静地把球戳来戳去。阿拉贝拉观察了片刻,每个孩子都不

---

❶ 格里高利的昵称。

超过十岁。她低声调侃道:"那边是儿童组吗?"

不知为何,他被这个玩笑惹恼了,"他们的父母可能正在外面跳舞。"

"跟彼此?"

"亲爱的,"他冷冷地说道,"我对这些地方了解得不比你多。我自己也在熟悉环境。"

"我以为你从前就是在这类场所中谋生的。"

"那是在台球厅,不是在酒吧里。"

她不再作声,他也开始观摩那三桌比赛。边上的两桌不值一提;几个人的技术都上不得台面,对该把球往哪儿打也是毫无头绪。但是中间一桌的情况却不大一样。那正正经经是一局冷酷又安静的九球对决。其中一位球手是东方人。准确地说是有着优雅的面容、细长的眼睛和棕黄色皮肤的日本人。他穿了一件蓝丝绒夹克在外面,剪裁式样与他的一对窄肩十分贴合,里面是一件银色开领衬衫,搭配了同为银色的裤子。他的对手三十岁上下,穿工装工人的模样,下巴上留着浓密的胡须。

里面的墙边立着两把高脚导演椅。埃迪拉着阿拉贝拉的胳膊走过去,把杆套横放在自己的大腿上,坐了下来。

那个日本人的衣着打扮无可挑剔。无论头发、指甲还是胡须,他都打理得一丝不苟。埃迪很欣赏他击球时的专注。另一位球手也很安静,却不修边幅,至少和这位日本人相比是这样。他看起来就像狼人电影里朗·钱尼正在变身时的扮相:杂草般遮住额头的乱发和密不透风的大胡子。

他们看了大约半小时后,阿拉贝拉侧过身来问道:"你什么时候开始打?"

"如果有人进来的话。或者他们俩有一个退出。"

话音未落,自他们观战起已经连输四局的胡子男又输了一局。他递给日本人一些钱,把球杆拆解完毕后便离开了。

埃迪看向日本人,咧开嘴笑着问道:"你还想继续打吗?"

"八球?"

"14-1怎么样?"

小个子微笑着说:"我们这里通常打八球。"

"好的。"埃迪站起来,解开了杆套上的搭扣,"你们两个人刚才打多少钱一局的?"

对方依旧微笑着,"20块。"

"50如何?"

"可以。"埃迪听到身后的阿拉贝拉倒吸了一口气。

这个日本人约起来容易赢起来难。虽然没有咄咄逼人的气势或一身健硕的肌肉,他的球技却可谓全方位地专业。局面开放的时候他可以一杆清台,反之他则选择简单有效的防守。当埃迪打出好球时他会喊"漂亮!"他自己也不遑多让地进了很多精彩球。埃迪对偏重的母球仍然不适应。所有的酒吧球桌都无一例外地选用这种母球,如此一来当它落袋的时候就能顺着滑槽滚到下面;他知道自己必须习惯这样的迟滞感。他在数次关键球上的走位偏差都源于此。一个小时过后,他输了100美元。正当他边码球边考虑提高赌注的时候,对方问道："你愿意把赌注加倍吗？"

埃迪码好球，把木制三角框挂在球桌下面，然后说："不如200块一局吧。"

日本人冷静地看着他，"好。"

但是赌注加到200美元后埃迪继续输着球。母球在一些杆上像是铅做的，每当他需要的时候就是不肯往回走。在200美元的第三局上，埃迪毫无困难地清光了花色球，却因为母球的重量没走到位，从而打丢了8号球。这破玩意儿实在没救了；它简直令人火冒三丈。

那个日本人看上去却对此毫无问题；他稳定地进着球，像一位踢踏舞者般在啪嗒声中把球射入袋口。二人之间鲜有交谈。埃迪不停地付钱、码球，然后看着对手击球。作为一名小个子球手，对手只需要微微弯腰；而与埃迪的球杆相比，他长长的球杆似乎能与桌面更加融为一体，也更加接近平行。埃迪觉得台球桌普遍对平均身高的人而言都太矮了，而他又比平均值还高上一些。当日本人上前击球时，他俯身下去伸展左臂的动作、出杆前右臂的运杆和停顿，以及目不转睛地先盯球、再锁定母球与目标球之间线路时的那份专注都堪称完美。他灰蓝色夹克敞开的前襟笔直地垂在距离球桌边缘一英寸的位置；银色西裤剪裁齐整的裤脚搭在擦得锃亮的鞋面上；而他未见沧桑的棕色脸庞又透着一丝高雅精致的忧伤。轮到埃迪击球的时候，他顿觉自己与对手相比又大又笨，就如同这颗他不得不对付的、酒吧专用的大笨母球一样。

当埃迪输到900美元的时候，日本人离开球桌去了洗手间。埃迪走到阿拉贝拉面前。"希望你没觉得无聊。"他说。

"真是太刺激了。"她说,"要是你能再多教我一点就好了,埃迪,这样我就能多看懂一些了。"

"没问题。"

她向身后看了看,确认对方球手还没有回来。然后,她向前倾了倾身子。"你打算什么时候开始赢他,埃迪?"

"等我能做到的时候。"

"你不是在欲擒故纵吗?这不是你计划的一部分?"

"我和你说过,"埃迪皱着眉答道,"我不是什么老千。我在努力战胜他。"

"噢。"她明显带着失望说道。

"我很不习惯这个母球……"

她仍然只是看着他。

就在这时,一位服务员走了进来,"有人需要从吧台点些东西吗?"

"要呗。"埃迪应了一句,然后把头转向阿拉贝拉,"你想要什么?"话一出口,他意识到自己的语气十分冰冷。

阿拉贝拉向服务员问道:"你们有白葡萄酒吗?"

"当然了,亲爱的。"服务员爽朗地说,"你要干型还是超干型?我们有一种非常好的干型夏布利。"

"我来一杯那个好了。"

"给我一杯曼哈顿加冰。"埃迪感觉很不自在。最里面那桌的几个人点了啤酒。

话音刚落,日本人走进了房间。"你要叫些喝的吗?"埃迪问道。

"波本威士忌和苏打水。"他对埃迪微笑道,"是个累人的活呢,八球比赛。"

这家伙的确可圈可点。埃迪也不禁对他十分欣赏。有不少打骗球的球手都与之类似,因为他们的生计在一定程度上也取决于个人魅力;但他对这位小个子球员的感觉却更加强烈。

日本人拿起球杆,把杆尾立在两脚之间将其握住,这样杆头的高度便刚好与他的下颌平齐。然后他从上衣口袋里掏出一把金属小锉刀,开始轻轻敲打皮头。许久未见,埃迪已经忘了这种操作:对手在给皮头整形,使其能够更好地裹住巧粉。

等他整理完毕,埃迪问道:"能借我用一下吗?"

他点点头,把锉刀递了过去。埃迪也把球杆立在身前,敲了几下皮头。

"真是根漂亮的球杆。"日本人说道。

"谢谢。"埃迪打磨好皮头中心坚硬凸起的部分,然后开始用力地往上涂巧粉。对手也拿出一块巧粉块如法炮制。他看向埃迪说道:"我是比利·宇正。"

"埃德·菲尔森。这位是阿拉贝拉。"

"我很享受看你们打球。"阿拉贝拉晃着手中的高脚杯说道。

"真好啊。"宇正笑着说,"我妻子说台球很无聊。无聊透顶。"

"那太可惜了,"阿拉贝拉回道,"我觉得这项运动非常优美。错综复杂又充满智慧。"

埃迪开始码球。一种他经历过的感觉再次涌上心头：如果还不做些什么的话，他就准备好继续输球、目送他的钞票渐行渐远吧。他不喜欢阿拉贝拉对这小个子所表现出的亲切。他也不喜欢自己对他的欣赏。这个日本人就像肥佬：又一个衣着无可挑剔的酷男。又一个明星。埃迪可比这个衣冠楚楚的日本男要强，也许还比肥佬更强。

"来打500块一局的吧。"埃迪说。

"这对八球来说可是个大数目。"

埃迪从码球的姿势直起身子，耸了耸肩。房间最里面的球桌边上，刚点了啤酒的那几个人正瞅着他。他们肯定听到了他说500美元。他才注意到另一桌的孩子们不见了，而且明显已经走了一段时间。他又迅速地瞄了瞄阿拉贝拉；她一副漠然置之的表情。最后他转过身来，对着比利·宇正问道："你有什么可输的呢？"

"好。"比利又拿起巧粉块，轻轻打磨了几下杆头，俯身冲开了球堆。

埃迪深吸一口气，并未就座，而是继续背对着阿拉贝拉站在那里。5号球落袋；比利需要打全色球。埃迪把目光集中在球桌上，不再盯着宇正的一身穿搭，或他年轻俊秀的脸庞。

没有一颗全色球处于容易下球的位置，而且母球还紧紧贴着一条边库。比利花了很长时间研究局面，最终选择了防守。母球停在了8号和4号球之间，与所有的花色球都相距甚远。埃迪不得不全力稳住心态给自己壮胆，只求能用一杆过得去的防守逃出生天。母球还必须先吃库才能碰到11号球。这实在令人恼火。

正在这时,服务员端着他们的饮料进来了。埃迪给了她一张10美元,拿着他的曼哈顿转身走向球桌。如果他加力打,11号球也许能进中袋;袋口与球的距离大约是一英尺半,而且和球心在一条直线上。可是,天啊,把那颗大号母球轰向库边、反弹,再精准地叫到11号球谈何容易。他看了看比利那张日本面孔,他那几乎称得上漂亮的脸庞,脑海里蹦出一句:给我见鬼去吧。他端起手中的甜酒猛灌了一口,然后放下杯子回到桌前,其间不曾看向阿拉贝拉哪怕一眼。他可以打进11号球。

接下来的动作一气呵成:他左手绕过8号球支起手桥,虎口撑起球杆,右手运杆一次,随即击出了母球。透过打磨后的粗糙杆头,他能扎实地感觉到作用在这颗大笨母球上的力量。他注视着白球在库边折返、不偏不倚地撞到11号球的中心,再盯着11号球一路滚动直至掉入袋口。母球所停的位置刚好可以叫到13号球。埃迪擦了些巧粉,向旁边挪动几步,打进了13号球。接下来依次是9、15、14和12号球。黑8就躺在底库角袋边上四英寸的地方,与母球也不过十英寸之隔。随着一声清脆的撞击,8号球稳稳落袋。他又拿起了曼哈顿。比利一声不吭地付了钱,重新码球。

埃迪在午夜时分将赌注加到了1000美元,于是比利叫来了两个赞助人。一个穿着深色西装,看起来像是位银行家。另一个要说是从事竞技表演的牛仔也不无可能。他嚼着烟叶,喝着滚石啤酒,再从似乎取之不竭的本金中拿出一张张破旧的100美元大钞付给埃迪。

凌晨一点的时候,埃迪给阿拉贝拉叫了一辆出租车,把她送回了假日酒店。上车前她一脸困意地吻了他,"我真高兴看到你开始击败他了。"

"你知道我明天打算干什么吗?"埃迪对她回道,"我要去买些新衣服。"

· · ·

两点三十分酒吧打烊后,仍有十来个死忠球迷留下观战。有人不断往隔壁房间的点唱机里塞硬币;康威·特威蒂和梅尔·哈格德的歌声在穿过敞开的过道后弱化了不少。比利的面容已不似先前那般全无涟漪,打理得一丝不苟的发型也不再完美。一抹滑石粉沾在了他蓝色夹克的翻领上,而他本就细长的眼睛眯得更紧了。

埃迪正在到达他几乎已经忘却了的某种状态;置身其中,他手臂和指尖的条条神经仿佛已然穿过这根巴拉布什卡,径直触碰到了这些球的粗糙表面和球桌上翻起的绿色毛绒。他的肩膀和双脚毫无痛感,并且他的击球镇定自若、冲力十足又精准无比。他也不会失误。绝没有失误的任何可能。中产阶级生活多年累积的生命之重从他身上全部卸下,球桌前他的身形亦幻亦真、如实如梦。令人惊叹的还有他清晰的视线。无论是杆头顶到母球还是母球与目标球相撞的一瞬,也不管他入球靠的是轻磕慢推抑或疾冲重击,那一记记啪嗒声都好似来自一台润滑良好的机器。他平静而放松;在刚刚觉醒的某种意识中,他甚至亦为自己倾倒。

比利很久都没有退出，这令人颇为惊讶。他的球打得也非常好，比刚开始的时候更好，甚至还赢下了几局。让他一局不胜是不可能的事。但他自始至终都没有过真正的机会。到凌晨三点的时候，所有人都和埃迪一样对此心知肚明；但他仍然继续着比赛，而他的两个赞助人也不断地把钱交到埃迪手上。

随着在11号球上的那记吃库翻袋，他就此甩掉了处理母球时的笨拙；这颗白球纵然迟缓依旧，如今的他却可以令其翩然起舞。提线已被他抓到，他的操控亦是得心应手。他甚至对这枚大号白球有了些许的喜欢，正如他对比利·宇正的欣赏一样；而现在二者都已在他的掌控之中。生活中的任何事都无法与之相较。任何事。拉杆击出母球，胸有成竹地目送彩球翻滚前进，并最终眼见彩球在他指定的袋口应声掉落，这一切堪称精妙绝伦。

· · ·

他试着在进门的时候不去吵醒她，但她在他关门的时候还是动了动身子。片刻后她打开了床头灯，只见她头发蓬乱、双胸袒露，眯着眼瞧了瞧收音机上的电子钟。她没有看他，而是喊了起来："我的天啊！都他妈的五点了。"

"五点一刻。"埃迪回道。

"也许你真应该打网球。"

"不，我不应该。"他把球杆在壁橱里摆好，开始解衬衣的扣子。脱掉衬衣后，他把它搭在一个椅背上，"我去冲个澡。"

"上床来嘛。"

"等我洗完澡。"

"好吧,"她说着坐了起来,揉着自己的眼睛,"我昨天晚上很想你。你诓了他多少?"

"诓了多少?"

"你们不是这么说的吗?"

他咧开嘴冲她笑了笑,带着些许梦中的不真实感。虽然周身疲惫,但他的双手双腿、前胸后背却都感觉温暖而放松,双脚的脚背和持杆的右臂所传来的隐痛也更像是种慰藉而非苦楚。他从右边口袋掏出了满满一手现钞。把这些扔到床上她旁边后,他又掏出了一把。100美元大钞的背面是一种特殊的绿色,数字"100"的铭文令人愉悦地镶在四角,华贵繁复、力透纸背。他一向对它们青睐有加。把第二堆钱扔到第一堆边上后,他掏出了更多,外加拳头大小的一些零散纸币。阿拉贝拉早已目瞪口呆。她盯着这堆钱,又抬头看了看他的脸。极度放松的同时,他也仍然保持着警觉;如果遇到袭击,他会如同带着倦意的猎豹一般做出反应,像大白鲨一样慵懒却致命。

"我的老天啊!"阿拉贝拉看着身旁那些钱,轻声叫道。

他把手伸到底,从那个口袋掏出了剩下的十几张钱。然后他换了一个口袋,用拇指和食指捏出来一个纸卷。这卷东西在床上像个活物般慢慢舒展开来,变成了一个小捆。口袋里还有更多的钱,他一次几张地往外掏着。阿拉贝拉身边的钱已经填满了从她膝盖到手肘的全部空间,在床上摊开了大约一英尺宽。她朝下面够过去,像小孩抱着心爱的玩偶一样抄起了满满两手的钞票捧在面前。"你在我过去这么多年里都在哪儿呢,埃迪?"

"管他呢?"埃迪说道,"我现在不是在这儿了吗。"

• • •

第二天,阿拉贝拉在正午时分和他一起开车去了西尔玛,边玩弹珠机边陪着他守株待兔。他在吧台换了一把硬币开始练球,但这些走进酒吧只为来上一杯午后啤酒的人里没有一个朝后面这间屋子过来,这让正在练习各种翻袋的埃迪感觉自己倒成了这里的常驻骗球手。接近傍晚的时候,他的情绪已经被搞得十分低落。在列克星敦的那些年里,他早就厌倦了一个个在球桌旁漫不经心地击来打去的漫长日子。其他桌上有人在比赛,但不是带钱的。前一晚的刺激消失得无影无踪。到他们在吧台用晚餐的时候,他的胳膊和双脚都已经又累又疼。

吃完饭后,阿拉贝拉坐在她前一晚观战时坐的那张帆布导演椅上看书。九点钟的时候,他去吧台拿了两瓶啤酒,把一瓶倒进玻璃杯递给了她。

"也是,"她说,"想想你昨晚的战绩。"

"你想来打打吗?"

"好啊。"她把书合上,放在了桌上的啤酒旁边。

他给她示范了如何用低杆把母球向后拉,以及如何用拇指和食指摆出适合的手桥。她专注的程度令人赞叹。他摆了些球给她,再看着她把它们一一打进，一时间倒也颇为享受。她很热衷于把事情做对。他坐在她刚刚的位置上，边看她边慢慢地喝着瓶中的啤酒。过了一会儿她仍在练习，他拿起了那本《V.S.普里切特故事集》读了起来。内容是一些关于英国人的怪奇小故事。读了三篇后他抬头一看，阿拉贝拉正站在他面前，双臂交叉搭在巴拉布什卡上面。

"确实打一会儿就觉得无聊了。"她说。

埃迪伸了个懒腰，打着哈欠说道："500块一局的比赛可不会。"

"咱们回酒店吧，埃迪。我累了。"

...

再接下来的一天，比利·宇正在傍晚八点左右走了进来。这回他穿了一件巧克力棕的丝绒外套、黄褐色休闲裤和浅色意大利皮鞋。他拿着杆套，当看到埃迪坐在导演椅上的时候，一脸悔意地笑了笑。

"我翻袋8球怎么样？"埃迪问道。

"蒙上眼的话可以考虑。"宇正说。

"坐吧。"埃迪说道，"什么地方有比赛让我打？"

"可能性几乎不存在。"

"一个朋友告诉我这儿有不少打单挑的人。"

"现在不同了。你的朋友是哪一位？"

"肥佬，芝加哥的那个。"

"是他啊。"比利·宇正说道，看上去日式感十足。他完全可能会说："啊，这样啊！"他打开杆套，取出一根与之前所用不同的球杆。这根的尾部以棕色麻布包裹，与他夹克的颜色十分相称。"我听说肥佬六年前来过，把他们所有人打得落花流水。但那时候大家都还有钱。今时不同往日了。"

"你也只是前来拜访，对不对？"

"我来了一周了。你得循序渐进。"

埃迪沉默了半晌。他们面前正进行着一局颇为业余的比赛，两人看了一会儿后埃迪说："你打过在塔霍湖举办的九球比赛吗？"

"那些比赛可不是好玩的。如果拿不到冠军或者亚军，酒店账单就能生吞了你。"

"我听说厄尔·波查德靠打巡回赛过得很好。"

"他是个天才。贝比斯·库利也是。"

埃迪从高脚椅上下来，投了一枚硬币在桌里，打起了翻袋。宇正也跟过来看着。

埃迪把5号球翻进中袋，同时控制母球纹丝不动，"我已经二十年没有看过正经的九球比赛了。"

比利将信将疑地看着他，"你一直在哪儿呢？"

埃迪发力把12号球翻进对角线外的底袋，"在雾中，比利。我在一团该死的迷雾中困了二十年。"

"12号球的翻袋打得漂亮。"比利说道。

· · ·

凌晨一点他们走到停车场时，一辆载满了十几岁小年轻的车正开向这里,伴着一声急刹停在了埃迪的车位旁边。六个人下了车,男孩们踉跄着大笑,女孩们尖叫不已。埃迪和比利眼见着他们走到大大的霓虹招牌下面,然后进了西尔玛。就在埃迪打开车锁的时候,他转向比利说道:"你觉得我能在九球里打赢厄尔·波查德吗? 或者贝比斯·库利?"

"不,"比利答道,"我不觉得你能赢。"

"为什么?"

"酒吧里的八球都只是小打小闹。最好的球员们都在打九球。"

"14-1呢?"

"九球。真金白银都在那里。"

・・・

接下来两周的时间里,他只能把阿拉贝拉安置在各种汽车旅馆。她读读书、打打电话,然后和他一起看些日场电影,留出晚上的时间给他打球。她会跟他一同去他要打球的任意一家酒吧,再待上一个小时左右。但这对他来说成了种负担,于她而言更是乏味;她在那里实在无事可做。

更糟的是,他没挣到什么钱。他找到的最大的赌注是20美元一局,对手在几个小时后退出了,留给他180美元的净收入。那是在第一周,而且还没有第二回。

在北卡罗来纳州博福特市的假日酒店里待了三天后,阿拉贝拉的无聊终于开始显现。她试着让自己看起来欢欣鼓舞,但在他们共进早餐——或者说，她的午餐和他的早餐——的时候仍免不了长时间的沉默。在某间市区的酒吧里度过漫长而无果的一夜后，从他第二天中午起床开始好几件麻烦事就接踵而来。酒店洗衣房弄丢了两件女式衬衫，电视画面不时卡顿，服务员在午餐时还给她上错了菜。她点的是牛肉汉堡，端来的却是肝泥香肠。阿拉贝拉一脸怒气地盯着那坨白面包。而当埃迪想叫住那个服务员的时候，人家已经飘进厨房不见了。

"埃迪，"阿拉贝拉说道，"我想回家。"

"下午有一班从罗利出发的飞机。我跟你一起走。"

· · ·

列克星敦的天气冷了起来，他在每天清晨去教工俱乐部的路上都会戴起围巾和手套。树叶已从树上全部落下，被耙到了校园里修剪齐整的草地四周；地上仍有一条条钉耙的痕迹，如同日式庭院枯山水中的细砂纹路。埃迪轻快地走在从停车场到俱乐部的路上，他把杆套夹在胳膊下面，下颌微微含着以抵御清晨的寒气。他很享受这一切。见识了数个原始的南方小镇，灯红酒绿而又贫穷匮乏，这所大学——它坚固古朴的砖瓦建筑、一尘不染的校园小径和洋溢着秩序与安全感的氛围——乃是极大的慰藉。他会从教工俱乐部的前厅进入，路过一张张实木饭桌和身着白色夹克、正在上餐的学生们，再沿着木质楼梯上到二楼，进入走廊尽头的活动室，然后掀开这张大大的红木球台的罩子，开始晨早的功课。他清楚自己能出入此地并非倚靠学历或社会阶层，而是完全拜罗伊·斯坎默的邀请所赐；可即便如此，他仍然觉得与酒馆中紧挨着舞池的球桌或北卡罗来纳州的小旅馆里那些烟雾缭绕的破旧游戏室相比，还是这间屋子更让他有家的感觉。在这个墙上挂满了教授肖像油画、不时有室内乐从楼下大厅飘上来的二楼房间中，这份被时间淡化了的上流社会之静谧令他无比放松。一张褪色的东方式地毯铺在下面，延伸至球桌四周几英尺外；埃迪的皮衣和围巾搭在一个红木三角衣架的黄铜挂钩上；某位历史系退休教授的胖圆面孔表情严肃地俯视着球桌；埃迪把他想象成列克星敦肥佬。有时在完成难度极高的入球后，他会抬起头，自信满满地看向画中老人的脸。

他期盼自己的水平能通过几周的八球比赛有所提升，而事实也的确如他所愿。眼下他可以连进七十多个球，还减少了失误。眼镜真可谓神赐之物。连打若干小时台球所倚仗的那些肩背和手臂上的肌肉也强健了起来；全身上下再没有任何疼痛感。虽然尚未恢复到连进一百多球无失误的昔日水准，但他觉得自己正在稳步前进。他要在阿尔伯克基全力一战，更要——如果能打出状态的话——击败肥佬。差不多是时候了。

阿拉贝拉这些天在家里不是忙着给那本民间艺术杂志撰稿，就是在电动打字机上帮教授录入文章，时不时还会对需要她赶工完成却又写得十分糟糕的行文或脚注抱怨几句。但她看起来却十分享受工作的状态。这间公寓对两个人来说小了些，他们偶尔也曾谈到换一间更大的。他们会在某些晚上去看电影，其余的夜晚则在读书中或电视前度过。对于生活中的这部分内容，埃迪颇有些难以名状的烦闷。它固然稳定而简单，但他想要的还有更多。随着他台球水平的复苏，从前那种龙马精神重新注入了他的灵魂；他渴望着能靠比赛赚钱、直面各种风险、留宿高级酒店、一觉睡至午间、赢取100美元大钞、每局现金结算。

从南方回来的第四天，他去玛莎的公寓取走了之前留下的一些冬衣。玛莎在家，而且如常患上了感冒。虽然还算热情，但当埃迪从枫木五斗橱里抱出满满一胳膊衣物——毛衣、灯芯绒裤子和另外一条围巾——的时候，她却显得十分烦躁。回到旧宅同样令他感到昏昏沉沉；他发觉自己完全无话可说。她也保持着沉默。拿好需要的东西后，他便离开了。

阿拉贝拉告诉他大壁橱的一侧还有些空间。打开推拉门，映入他眼帘的是一排足有四英尺宽的各种礼服——总有四十来件，都挂在用人造丝面料制成的绗缝式罩子罩着的衣架上。他伸出手摸了摸，指尖滑过之处皆是彩色丝绸、羊毛和亚麻。靠近壁橱的地板上摆着一个长长的双层鞋架，各式鞋子按照蓝红棕黑的顺序完美排列，彰显着阿拉贝拉的英式风格。每只鞋里还塞着一个薰衣草色的金属鞋撑，与那些衣架罩的颜色匹配得十分精准。

埃迪在壁橱尽头找到了地方，把他的衣服挂在了那里——成列的礼服与鞋子散发出混杂着干花和樟脑气味的另一种生活的气息，令他不免有些茫然。

几天以后，他们试着找了找房子。驱车前往一个中等价位的统建小区时，他们经过了一个甚是精致的老式住宅社区，沿一条种着高大榆木、形状略微弯曲的街面排列开来。在一个十字路口的停车标志前，阿拉贝拉指着埃迪一侧的一栋房子说："看那儿。"放眼望去，一片巨大的草坪后面远远地坐落着一个门廊，用于支撑的白色立柱被层层灌木围在中央；房子的本体由石灰石建成，屋顶由红色的砖瓦铺就，上面竖着开了一排天窗；几扇高大明亮、通风良好的落地窗装在了一楼的墙上。"那是我以前的房子。"阿拉贝拉说道。它才衬得起那些华服。她在那里住了十五年，和一位杰出的艺术系教授——一个在纽约的画廊里展览作品、在电视上经常抛头露面的男人。现在，她成了一个打骗球的家伙——曾经打骗球的家伙——的情人。埃迪一言不发地把车开走了。

· · ·

"你不会怀念那些聚会吗？"当晚，他问她道。

"什么聚会？"她刚刚完成一篇水利工程论文的录入工作，正把一沓纸在书桌上轻轻地磕齐，"我需要一个曲别针。"

"你的打字机后面。我是说大学里的那些聚会，在你还是教授夫人的时候。"

"偶尔吧，不经常想。"她找到曲别针，别好这沓纸后，把它放进了一个马尼拉文件夹里。接着她站起来伸了个懒腰，"教工聚会上的女人们谈的都是孩子的事，我又没有孩子。倒是可以时不时借机盛装打扮，但代价是我必须听哈里森夸夸其谈。这两点相互抵消了。"

"我听说教授们是需要有老婆的。"

"给他们洗衣服吗?"

"你还真是被他气得不轻。"埃迪说,"我是说为了能在聚会上显得好看,能对事业有所帮助。"

"大家都这么说,但其实并非如此。哈里森能有今天是因为他能把基金申请写得很好看,还能把爱尔兰渔夫毛衣穿得很帅气。我不是真的恨他,埃迪。只不过一想到他,我就觉得烦。"

"那你图的是什么?"

她看他良久,然后点上一支烟,"我不知道。也许是那些衣服吧。"

"你确实有不少。"

"为了安全感。我想要被照顾,埃迪。被某个事业有成的帅男人。"

"这也没什么不对。"

"换作是你要吗?"

他也点起一支烟说道:"你生的哪门子气?"

她走到书桌前,拿起了刚刚打好的这篇论文,"我生哈里森的气,也生写了这篇挡水结构抗压性论文的那个教授的气。"

"我觉得你是在生我的气。"埃迪说。

"我厌倦了这所大学。有些从这里毕业的学生脑子里除了嗑药和摇滚乐空空如也。"

"你忘了说还有性。我还是觉得你生的是我的气。"

她看着他,"埃迪,你为什么不重整旗鼓,开始打巡回赛呢?"

"我还不够好。可能永远都不够了。"他看看表，已经午夜了。他走到沙发前面，把它翻成一张床，"既然你以前住在那样一栋房子里，为什么你没有多少钱呢？"

"房子是哈里森母亲的，不是离婚协议的一部分。我一个月有800块钱的赡养费。"

"够你生活的了。"

阿拉贝拉安静地等他脱了鞋，然后说道："埃迪，我在北卡罗来纳难过得想回家的时候，并不完全是因为无聊和吃得不好。"

"我就知道还有别的。"

"我需要做更多的事情，不只是支持男人的事业。那个时候我有种根本就没有和哈里森分开的感觉。"

"谢了。"

"对不起。你和哈里森不一样，但你也是另一种明星。"

这句话令他不悦，但他没有说什么。

再次开口时，她的语气有些无可奈何，"我能为那本工艺美术杂志做更多的事情。他们给了我一份校对的工作。"

"接受呗。"

"但这还是给教授们干活。"

"那就不要接受。"

"我真的不知道。"她看起来十分沮丧。她走到书桌前，拿起文件夹，里面有她刚完成录入的论文。"也许我想要的就是一个在他的领域里出类拔萃的帅男人吧。"她把文件夹扔回到桌上，"这年头有太多压力都在逼女人们活出自我。可能都只是个刻薄的玩笑。"

埃迪看着她。"并不是的。"他说。

"但我到底能做什么？"

他光着脚站起来，舒展了下身体，"这种感觉我熟。的确非常讨厌。"

第 6 章

The
Color
of
Money

比赛设在阿尔伯克基城外的一个露天集市；从停车场就能闻到马和草料的气味，即使是在寒气逼人的十一月。埃迪从出租车里下来的时候，肥佬正在热狗摊前举着一个浇满了辣椒酱的康尼岛[1]大快朵颐。秋日的阳光下，他的脸明显有些苍白。

一番狼吞虎咽后，肥佬说道："我看过球桌了。"他说："四英尺半宽、九英尺长的一张甘迪。瞅着没问题。"

"你的脸色很不好，肥佬。"埃迪说。

"我两个礼拜以前病了。"肥佬把他的杆套夹在胳膊下面，吃完了热狗。他用纸巾擦了擦手指和下巴，然后把它团成一团，扔进了旁边的垃圾箱。

"也许你不该来这儿。"

"来这儿不是问题。那个辣椒热狗才是问题。"

"那就别再吃辣椒热狗了。"

---

[1] 一种以肉肠、洋葱、碎奶酪为基本款，通常会根据顾客喜好加各种配料的热狗。

"咱们还是打球吧，豪注埃迪。"肥佬转过身向露天竞技场走去，只见一条大大的横幅上写着"伟大的明尼苏达肥佬与豪注埃迪同场竞技"。而他，一如既往地，迈着轻盈的步伐。

· · ·

完赛后的出租车上，埃迪眺望着窗外远处的落基山脉。他在比赛中全神贯注、击球精彩、盯球准确，最后仍以7分之差落败。150对143。

肥佬向后靠坐着，把他的黑色杆套横放在大腿上。半晌之后，他终于开口了："那波连击很不错。"埃迪一举拿下八十多分，直到错失了一个难度很高的翻袋为止。

埃迪没有作声。这已经是肥佬连胜他的第五场了。余下的只有一场——十二月初的印第安纳波利斯。如果他在六场球里都赢不了一个七十岁老头哪怕一场，那也不用有什么指望了。靠打球为生这碗饭不是他吃得下的。

"那张单子你用了吗？"肥佬问道。

"大部分。"他还没有去最下面的两个镇，不过其中一个从列克星敦开车就能到。

"那可是张好单子，"肥佬说，"我在每个地方都赢了钱。"

"一开始还不错。我在孟菲斯赢了比利·宇正7000块钱。从一个叫布默的人那儿也赢了几千。"

"然后呢？"

随着道路的蜿蜒,埃迪从两座稍矮的山峰中间窥到了斯坎迪亚峰的雪顶。"就没什么了。可能将将够付酒店的钱。"

"你去康纳斯找奥斯利了吗?"

"我听说那地方烂得很。"

"奥斯利有钱。他有不少煤矿。"

"我也许下周会去吧。"他看着肥佬,"我问你,你工作过吗?"

"没有。"

"你打过九球巡回赛吗?"

"我不喜欢打九球的那些孩子。"九球一直都属于埃迪认知之外的另一个世界,尽管他偶尔也打一打。

"如果我不找一份工作,"埃迪说,"我就得干点什么。九球里的钱可比酒吧多。"

肥佬抿起了嘴,"你也许能赢些小比赛。"

"下个月在芝加哥有一场大赛。然后,等到开春,就是塔霍湖的比赛。"

"那些你赢不了。你打过多少九球?"

"没多少。"

"厄尔·波查德打14-1都能赢你,他的九球还打得更好。你需要更多的经验。"

"肥佬,我有经验。那帮孩子还在幼儿园的时候,我就已经在横扫全国的路上了。"

"现在是1983年。"肥佬说。

"11月。"

"没错。我查过《台球文摘》。我们在印第安纳波利斯比赛的第二天就有一场在康涅狄格的巡回赛。一共三天,第一名的奖金是2500块。你可以练上几周九球,然后去参加那个。"

"我一直在训练。"

"是的,"肥佬说,"但我就刚赢了你。"

到机场前剩余的路上,他们都没有再说什么。等司机减速驶入东方航空公司所在的航站楼时,肥佬终于开口道:"这事的关键在于你得成长起来。"

埃迪看着他,没有说话。

· · ·

他自己开门进屋的时候,阿拉贝拉正好不在。电话旁留着一张字条"罗伊·斯坎默打来了两次",然后写上了回电号码。他打开一瓶啤酒,拨了过去。

"豪注埃迪,"斯坎默说道,"有份工作你感兴趣吗?"

"你真是惊喜不断。"

"学生活动中心的台球室负责人要退休了,我和院长提到可以聘请你。"

"几张桌子?"

"八张或十张吧。还有乒乓球台和一些别的。你知道在哪栋楼吗?"

"知道。"那是他去教工俱乐部的路上会经过的唯一一栋现代建筑。

"不如你明天早上过来看看？ 老头的名字叫梅休。"

"我会去的。"埃迪说。

・・・

阿拉贝拉整晚都在学校画廊举办的学生艺术展上分发酒水和奶酪；她直到半夜才回到家。埃迪没有提工作的事情。当她问起肥佬的时候他说："我还是赢不了他。"

"也许下一次咯。"话音未落，她已经走进卫生间去泡脚了，"我不知道为什么会答应负责那些展览。西尔玛都比这有意思。"她开始往浴缸里注水。

"肥佬说我需要成长起来，如果我想战胜那些打九球的孩子的话。"

"听起来非常赫拉克利特。上坡即为下坡。前进亦是后退。"

"我不喜欢猜谜。"

"抱歉。"阿拉贝拉说。她把水泼在脚踝上，然后俯下身去，往脚上涂抹香皂，"我觉得自己从没有弄懂过成长是怎么回事。"

"我三十岁的时候比现在更像个大人。"

"能看清这点就说明你已经是个大人了。"

"能做点什么才说明你是个真正的大人。"埃迪说。

・・・

走进双开门后，他首先看到的是一溜街机：吃豆人、大金刚和爆破彗星。它们摆在地下室的大厅里，还有一台百事可乐贩卖机和一排公用电话。时间是早上九点半，没有人在玩游戏。埃迪从那些街机中间穿过，推开另外两扇双开门，走进一间放着各种设施的台球室。前面是八张四英尺宽、八英尺长的宾士域台球桌，后面是四张乒乓球台。再往里走是一字排开的六台弹珠机。在他右手边的最里面杵着一张柜台；柜台后面站着一个满头脏乱白发、看起来愁眉苦脸的老头。他穿着一件条纹衬衫，打着领带，冲埃迪皱了皱眉。天花板上挂着长长的几排荧光灯，有一些还忽明忽暗。地上铺着灰绿色的塑料地砖。老头旁边的桌子上摆着一台收音机，里面传来的是埃迪从前开台球厅时也听过好些年的晨间脱口秀主持的声音。

过了一阵，老头终于朝埃迪的方向看了过来，还挑了挑眉毛。埃迪转身走了出去。他宁可卖二手车也不会在这样一个地方工作。

· · ·

招牌上写的是"民间艺术博物馆"，但他停车的地方却像个垃圾站。栅栏是一堆堆生锈的弹簧床垫搭建起来的，每张床垫中间都单独用一块上了色的金属镂空铭牌加以装饰。离车最近的一块是一个戴着墨西哥阔边帽、拿着一把红色吉他的男人；它的旁边是一株巨型雏菊，黄色的花心被阳光晒得褪了色，白色的花瓣边缘也生了锈。阿拉贝拉说入口在侧面。她领他经过了更多立牌 —— 一顶大礼帽、大力水手、一只伏虎 —— 直到一个宽阔的开口出现在弹簧床垫中间，两边各摆了一颗巨大的兔子脑袋。埃迪往里走的时候看了几眼，发现它们是用报废的大众汽车引擎罩做的，周身以粉色涂抹，几只大耳朵则是焊上去的挡泥板。这些兔头造型与可爱毫不沾边，它们笑得十分诡异。

埃迪和阿拉贝拉正前往肯塔基州康纳斯市，也就是埃迪希望能找到叫那个奥斯利的人并且来上几局的地方。这座阿拉贝拉想为之撰文的垃圾场正好在去那儿的路上。

栅栏里面的空间有一个橄榄球场那么大。数十个金属雕塑把这片场地填充得像个疯狂的鸡尾酒会；它们大部分是真人大小，却似人非人。他附近立着一个钢塑女子，有着珐琅制的面孔和奇大无比的胸部；埃迪花了几秒才认出来那对涂成肉色的胸脯其实是汽车大灯。除此之外，她的身体是保险杠、胳膊是排气管、脑袋是消音器，蜂窝状的发型则是用电线、弹簧以及用胶粘上去的若干亮片编织而成。这张面孔笑得十分瘆人，是那种充满诱惑又带着死亡气息的笑容。她身上穿着一袭黑色人造丝吊带裙，脚下踩着一块由两英尺宽、四英尺长的板子拼成的小底座。底座的标识牌上用清晰的字体写着：**纽约模特**。

"你觉得怎么样？"阿拉贝拉问。院子里一点阴凉也没有。她仰起头，有些滑稽地眯起眼睛看着他。

"算得上吸引眼球。"埃迪答道。

远处尽头有一个棚子之类的地方，下面乱七八糟的东西已然堆积成山，大部分是生了锈的汽车金属部件。阿拉贝拉带着埃迪朝那里走去，途经了各种用歧管、排气系统、挡泥板或貌似小型锅炉的东西制造出来，并绘以鲜活色彩的女人们。每尊都配了一个底座和标识牌，上面写着诸如**大家的希尔达阿姨**或**幼儿园教师**之类的名字。还有些女人被配以动物的头颅。其中一个就十分惊悚地被安上了一副螳螂的面孔。

就在他们往棚子那边走的时候，一个裸着上身的男人出现在了那堆黑乎乎的垃圾中。他身材敦实，浑身大块的肌肉。待他走到阳光下后，埃迪看到他的小臂上布满了文身。他瞧着像是六十多岁，一副气呼呼的样子。

"你好，马库姆先生，"阿拉贝拉说，"我带了一个朋友来。"

那人眯着眼睛、一脸狐疑地瞧了瞧他，然后看着阿拉贝拉说道："你是姓维姆斯的那位。你给我弄到海利埃克牌的氦弧焊机了吗？"

"没有，"阿拉贝拉说，"我和你说过我买不起那个。这是埃德·菲尔森。"

这个比阿拉贝拉还矮上一截的马库姆抬眼看着他。然后，他伸出了一只又短又粗、满是伤疤的手。"她是个好女人，"他边朝阿拉贝拉点着头边说道，"我从她那儿一分钱都捞不到，但她是个好女人。"

"这些都是你自己做的？"埃迪回头望向那片摆满了金属雕塑女人的场地。

"每件他娘的都是。你那辆车里不会正好有啤酒吧？"

"没有。"

"也许你可以给我们弄点儿。"

"稍等一下，马库姆先生。"阿拉贝拉说，"我想给埃迪看看你的雕塑作品。"

"那个小伙子怎么着了？我以为他打算在列克星敦卖我这些东西呢。"

阿拉贝拉看了看他，小心翼翼地回答道："你要的价钱比格里格能承受的高。他说这生意做不了。"

"我们就是在讨价还价。"马库姆说，"他总可以给我打个电话吧。"

"格里格能投的钱比你要的相差太远。我来的目的，马库姆先生，"阿拉贝拉摆明了态度，"是想采访你。我把录音机带来了。"

"他们一年前就说要让我上电视，结果根本没人来。可能是我长得不够好看。"

"这回不是电视。我想给《肯塔基艺术》杂志写篇文章。"

"有钱拿吗？"

"或许能给你提升关注度。"

"妈的，"马库姆骂道，"我那些邻居们给我的关注已经够够的了。我要的是钱。"他转向埃迪，"你去超市给我们搞点啤酒。左转再走两个街区就是。"

"好吧，"埃迪说，"米勒牌的？"

"要茂森，如果他们有的话。"马库姆说，"喜力也行。"

"我去车里拿录音机。"阿拉贝拉说。

从后座上把那台索尼递给她的时候，埃迪问道："格里格是谁？"

"一个艺术品商人。"

埃迪把钥匙插进点火器。"他死了,是不是?"

"是的。"阿拉贝拉答道。她把背带挎在肩上,转身走向了垃圾场。埃迪一边把车驶向外面,一边想起了在报纸上见到的那张年轻面孔。他能想象出那两个人——阿拉贝拉和那个年轻的艺术男——对着马库姆这些疯狂的卡通"雕塑"大呼小叫的样子。他在超市买了一提六瓶的茂森啤酒和一袋玉米薯条,然后驶离了那里。

· · ·

埃迪在洒满阳光的院子里喝着瓶装啤酒走来走去,把这些雕塑当成派对上的人群一般左看右看。那些作品所选的材料倒是与她们脸上的表情,以及她们从站立的姿势和凝视前方的神态中所散发出的傲慢十分契合。想到那个混蛋老头经年累月地在这个日薄西山的煤矿小镇上敲打焊接着他的这些娘儿们,埃迪也不禁对他的愤懑心生同情。阿拉贝拉正坐在后面阴影中一个生锈的锅炉上采访马库姆。当天适逢十一月里鲜有的暖得出奇的日子,正是那种冷风袭来人发抖、艳阳高照人出汗的天气。埃迪喝光了他的啤酒,盯着一个铬制女人和她用实物牵引绳拉着的铬制狗狗看了一会儿,然后朝棚子走了回去。

他快走到的时候,阿拉贝拉站了起来。显然她的采访已经结束了。马库姆又给自己开了一瓶啤酒。"我看到你刚才也在看那个牵狗的女人了,"阿拉贝拉说,"我正想从迪利那儿把它买下来。"

不知何故,这句话令他十分不悦,"你打算放在哪儿?"

"洗手间的门旁边。我喜欢《纽约模特》,但它实在太大太沉了。你觉得如何?"

"你喜欢哪个就买哪个,"埃迪说,"我们可以把它放在后座上。"他走到一旁,拿起了最后一瓶啤酒。

"我打算再看看。"阿拉贝拉说。

等她走开后,马库姆向他问道:"你觉得我的这些妞儿怎么样?"

"我更喜欢我自己的。"

老头笑了起来,"她确实是个尖果儿。你老婆?"

"我没有老婆。"

"再好没有了。只要有奶喝,谁还要买头牛。"

"我不懂什么牛之类的,"埃迪说,"你似乎不太把女人当回事。"

"大家都这么说我。我反正怎么看她们就怎么叫。"

"那你一定见过不少刻薄的。"

老头耸了耸肩,"我就想搞个好用的焊接设备。一台海利埃克牌的。"他若有所思地看着埃迪,"在你之前和她一起来的那个小年轻,开摩托车来的那个,他说列克星敦有二手的海利埃克卖。"

"我也不懂焊机什么的。"埃迪说,"那小年轻是个什么样的人?"

阿拉贝拉正在院子里,俯下身子看着铬制女人的两条腿。

马库姆仰着脖子看着他,想了想说:"我不喜欢他。"他用光秃秃的脑袋做了个向前的动作,指了指阿拉贝拉——她此刻正把双手撑在腰上站着——"不过她喜欢得很。"

埃迪没有接话,对着啤酒瓶子喝了一大口。阿拉贝拉往回走了过来。"是这样,"她对马库姆说道,"我想要那个牵狗女人,但我的钱不多。"

马库姆双肩一耸,"至少4000,否则不卖。"

"我真没有这么多钱,迪利。"

"芝加哥有个人出6000。"

"那你就应该出手。"埃迪插嘴道。

"它可值10000呢,"马库姆说,"那件东西不但大有说法,而且焊得干净漂亮。"

埃迪点了点头,他早就对焊接的部分做了观察,一水儿的歪歪扭扭,而且四处露着焊缝。女人双脚贴着地面的部分也生了锈。做出这么件玩意儿,把那只狗也算上,连两天都用不了。他把手伸进口袋,掏出带着用来打球的钱。他数了十张50的,一只手把它们拿在马库姆看得见的地方,另一只手把剩下的钱塞回口袋,然后把那500美元放在了几个人旁边的一张磨床上。"我出这些买你这个。"他说。

"那可是件实打实的美国民间艺术品。"马库姆回道,"给它拍过照而且说想买它的人有好几千号。"马库姆的营生还包括向光顾他这座"博物馆"的每位来宾收取1美元的参观拍照费。

"你顶多花两天就又能做出一件。"埃迪说。他不容置疑地看着马库姆。

"不会跟这个一样。"

"埃迪,"阿拉贝拉插嘴道,"你不能就这么……"

他仍然盯着马库姆。"说不定还更好。"他看了看周围到处都是的金属废料,"你这儿的保险杠足够再做40个的。"

马库姆生气地盯着他,"少于1000免谈。"

埃迪耸了耸肩,把钱拿起来放进了兜里。

"等一下,"马库姆的语气软了下来,"他娘的等一下……"

· · ·

"我不知道你带了这么多钱。"阿拉贝拉说。她把那只金属狗狗抱着放在腿上,仿佛那是一只活物。铬制女人正在后座上躺着。

"现金总能让人两眼放光。"

"听起来蛮邪恶的。"

"那男的已经破产了。500块钱够他喝到7月4号国庆节的。"

"可怜的迪利,"阿拉贝拉叹道,"可怜的迪利。"

· · ·

沿着64号州际公路向东,他们又开了一个小时才抵达康纳斯。总统选举的那阵子,民主党铺天盖地的电视广告中都是已经关闭的矿工厂和日渐消亡的磨坊镇;康纳斯看着就像是那些广告里的某个地方。埃迪从四车道的高速公路开出去,沿着四叶草立交桥的匝道绕下来,把车刹在了一个十字路口的停车标志前。映入眼帘的是一家名为凯氏的便餐店:一栋从农场屋改造而来的建筑,锡箔门脸上印着石头花纹浮雕,落地窗中摆放着布满灰尘的非洲紫罗兰;它的旁

147

边是一排被烟熏得乌黑的混凝土砖房，上面挂着各种霓虹招牌——**伯顿的驶入式酒类综合商店**、**比利的瓶装酒专卖店**、**艾琳和乔治的酒吧加烧烤店**。正如从高速上看到的那样，这个镇子的外围布满了废弃的筛煤场和停车场内空空荡荡的脏乱工厂；镇子的中心就是埃迪面前四个方向都立着的这些停车标志。

他踩下油门，驶过了十字路口。

"也许会很有意思。"阿拉贝拉说。

埃迪一言未发，继续行驶在主街上，直到他看见导向汽车旅馆的路标。他一脸阴沉地顺着路开过去，找到了这家坐落在镇子边缘、与他们刚下来的高速路互为风景的落脚点。招牌上的文字简洁明了：邦尼·布雷小旅馆——电视、泳池、22美元的双人间。停车场里的车辆寥若晨星，他把车停在了写着"办公室"的牌子旁边。

"就是这儿了？"阿拉贝拉问道。

"否则就得开到西弗吉尼亚的亨廷顿。"

"那你就得来回跑了。亨廷顿有什么好玩的东西吗？"

"有家中餐馆。"

"就在这儿吧。"阿拉贝拉爽快地说。

・・・

房间还不错。埃迪从车里拿出她的电动打字机，放在窗边的圆桌上接好了电源。五斗橱旁有一张直背椅，她把椅子拉过来，在打字机里放入一张纸，敲了几行。"应该没问题。"她抬起头看着他说。

"我去把其他东西拿过来。"他从后备厢搬出一个大盒子,里面装着维苏威那咖啡壶、一罐浓缩咖啡粉、一条黑麦面包、各种杯勺碗碟、几本书和一大瓶干白葡萄酒。然后,他又把保险杠做的女人和狗狗拎进来摆在了窗边。眺望窗外,远处一座座黢黑的山峰隔断了眼前这片不毛之地,不过光线倒是十分充足。他开始检查屋内的设施。电视能用,床垫够硬,脚下的地毯也很厚实。阿拉贝拉已经脱下了鞋子,正踩在地上走来走去。

"我得给我自己的公寓也铺上地毯,埃迪。"她说,"光着脚走路很好玩。"

"雕塑看着不错。"埃迪说,"如果回来得晚,我会给你打电话的。"

· · ·

这家叫作"宫殿"的酒吧有一台大屏幕背投电视;他走进去的时候,一排身着工装的男人正安静地看着一部洛克·哈德森主演的电影。他站在吧台那儿,点了杯啤酒,又环顾了一下四周。他的身后便是两张投币球桌,但没有人在打。

"我在找一个叫奥斯利的人。"酒保递过来啤酒的时候他说道。

"奥斯利?"

"他打带钱的台球。"

埃迪旁边一个正坐着的老头抬起了眼睛,"如果你要找的是本·奥斯利,他搬去加州了。两年前。"

"打球的,你?"另一侧的男人一边问,一边颤巍巍地伸手摸了摸埃迪的杆套。

"我在找比赛打。"

"以前这儿有过不少大比赛呢。"首先开口的那个老头说道。

吧台远端一个年轻些的男人发话了。"诺顿·登特,"他一字一句地说道,"他会跟你打的。"埃迪对他的腔调有些反感。

"很好,"埃迪说,"他在哪儿?"

"他也许今晚会来,"年轻人回答,边看向吧台这头的埃迪,"也可能明天。"

"你能叫他过来吗?"

年轻人移开了目光,"不行。你只能等着。"

埃迪耸了耸肩。买啤酒的找零正好是一枚25美分的硬币。他把它塞进球桌,码好球,打开杆套,拿出了他的球杆。把两节拧在一起的时候,他抬头发现吧台那边的大部分人都不再盯着电影;为了看他,这些人已经把椅子转了过来。被这些穿着蓝灰衬衫的干瘦老头盯着令他颇感不安。布满皱纹的脸上,冷漠的目光从他们的一双双小眼睛中投射出来,好似一幅大萧条时期的摄影作品。

他冲开球堆开始击球,练习着各种翻袋。这张球桌很好打。他的出杆平稳却不拖沓,一颗颗球被他清脆地击向岸边、反弹,最后干净利落地掉入袋口。关键在于如何在压力之下找到感觉,并将其维持下去。多年以来他几乎已经忘却了这点。他无视着周围的观众,既没有为了赢得喝彩而特意炫技,也没有为了扮猪吃虎而故意失误;

他只是用他的巴拉布什卡漂亮地将球翻进袋中。能在这样一个陌生的地点、在隐隐传来的敌意中立刻进入状态，这令他踏实了许多。

他走到吧台前换了2美元的硬币。电影仍在放着，却没有人在看。他们的目光都集中在了他身上。他拿着那些零钱，走回了球桌。

• • •

到晚上六点的时候，酒吧里已经挤满了人，但想打球的却一个都没有。在拆解球杆并把它放回杆套前，他去肮脏不堪的厕所洗了个手，把从球桌上沾到的污垢冲得能多干净有多干净。

那个年轻人依旧坐在吧台远端，仍然喝着滚石啤酒。埃迪走过来的时候他也没有转身。"我八点半回来。"埃迪说，"如果你的朋友来了，跟他说我在找他。"

"他不是我的朋友。"那人盯着他的啤酒瓶说道。

"八点半。"埃迪说。

年轻人转了过来，抬起头，用深深凹陷的双眼冷冷地看着他，"我可以告诉他你是谁，如果你报个名字的话。"

"埃德·菲尔森，"埃迪说道，"人称'豪注埃迪'的就是我。"

年轻人转回身去，端起了啤酒。

• • •

"我写了八页关于迪利的采访，还看了《寻找明天》。或者应该叫《寻找堕胎圣手》才对，从那片子整体的调性看。"

"你这一天过得比我强。"

"是还不错。我顺着路走了走,发现了一家汽车电影院。"

"说不定我们今晚就能去。我要等的人可能不会来。"

"《黛比游历达拉斯》。"阿拉贝拉说道。她拿起那一大瓶酒,用旅馆的塑料杯子给他们一人倒了一杯,"我猜是讲口交的。"

"听起来很棒。"床上摊着阿拉贝拉的一沓打印纸,埃迪拿起酒杯在旁边坐了下来,"过了明天我们就走。我要找的那个人,肥佬告诉过我的那个,已经不在这儿了,但还有另外一个。他今晚或者明天会来。"

· · ·

他进门的时候登特已经等在那儿了。这是个三十来岁、一脸圆润的高个壮汉,留着鬓角的胡须,穿了一件印着"不服来战"的灰色T恤。他正在埃迪刚才打过的球桌上练着球,用的是一柄猩红色杆尾的廉价两节球杆。那个年轻人依旧坐在吧台。电视关着。点唱机里飘来鲍比·金特里的《比利·乔之颂歌》。几个老头双手交叉,枕着头趴在吧台上。"就是他,"年轻人冷冰冰地对球桌边的大个子说道,"豪注埃迪。"

大个子继续击着球。他打进了几颗空心入袋,看起来还不错。随着最后一颗球穿过长对角线落入对岸的底袋,他清光了台面,抬起头看向埃迪。他脸色灰白,面相奸猾,嘟着厚厚的嘴唇。才蓄上不久的八字胡如乱草丛生。鲍比·金特里一曲结束,约翰尼·卡什唱起了《别犹豫,没问题》。那个男人的相貌和这家破旧的酒馆都令埃迪心生厌恶,但他决定如卡什的歌词所言,既来之则安之。

"我听说过你。"登特说。

埃迪不动声色地点点头,"你想打八球吗?"

"我猜你是指带钱的,"登特拉长了声音慢吞吞地说,"作为一个据说是以打骗球为生的人来说。"

"我三十年前就开始打骗球了。"埃迪说,"如果你想打的话,50块一局。"

"妈的,"那人说道,"你听着就像蛇一样阴险,豪注埃迪。可能因为你太强了,对我来说。"

埃迪耸耸肩,"可能是吧。"

"我就跟你来50一局的。"

"好。"埃迪应声说道。他从皮夹克的兜里掏出眼镜,戴了上去。

. . .

他们掷了枚硬币猜先,大个子赢了。他开了杆,打进半数的全色球后,在一颗薄向底袋的球上失误了。埃迪打得谨慎小心,但仍在五分钟之内便击败了对手。虽然紧张,可他对比赛的控制却毫无问题。一屋子人鸦雀无声地看着他赢下了这局。登特重新码好了球堆。然后他伸出球杆,够向后方墙上钉在一张《米勒的上流生活》的巨幅啤酒海报上的绳子,用杆头把一颗木头珠子拨了过去。

埃迪看着他。

"开球吧。"登特说。

"你欠我50块。"

"绳子上。"登特扭过头,从肩膀上方看着它说道。接着,他从兜里掏出一个裸女形状的钞票夹,把里面压着的一沓纸币在埃迪面前晃了晃,"行了吧?"

"我们这儿的规矩就是这样。"吧台那个年轻人也发话了。

埃迪耸了耸肩,走到球桌前开了球。他打进了四颗全色球,然后故意失误,留给了登特两颗简单的花色球。登特拖着步子走上前来,清光花色球后打进了黑8。埃迪为自己给对方制造了这么容易的局面而懊悔不已。那家伙的水平根本用不着他帮忙。他要倾尽全力、毫无保留;他要把这个长着险恶的娃娃脸、双眼狡黠又充满了敌意的男人打到服输为止。

一开始有些难度。登特的球技还可以,但埃迪沉下心来击溃了他,逐渐累积着绳子上的木头珠子。他打得比多年以来的任何时候都好,甚至比在阿尔伯克基对阵肥佬时的那一波连进更好;他俯身击球,再俯身再击球,彩球则不停地应声落袋。在他一举连赢6局后,登特把球杆杵在墙边,从旁边的挂衣钩上取下一件巨大的羊皮外套,背对着埃迪把它穿上了身。

埃迪抬头看了看绳子。他这一侧有十二颗珠子拨了过来。他一边看向穿上外套后更显大只的诺顿·登特,一边开始拆解球杆。

"你欠我600块,诺顿。"埃迪说。

登特缓缓地转过身来,用一种柔和,甚至带着些友善的语气说道:"你得自己来拿。"

埃迪已经把球杆拆成了两节。他把小的那一段,后节,撂在了球桌上。然后他又摘下眼镜,放在了那节球杆旁边。"你就是这么清账的,诺顿?"他不露声色地说。危险近在眼前,但他却全然无视,也毫不在乎。他只想杀了这个怪胎。

登特迎前走了一步。在他身后,屋子里的每个人都在目不转睛地盯着他们,静静等待。

"用不着付的账我从来不付,"登特说道,"你这个出老千坑钱的狗屎。"

霎时间,埃迪感受到了巨大的无奈,脑海中响起了一个久违的声音:"我这是何苦呢?"他抄起球杆后节细头的那端,迈步上前,用力朝那个男人的侧脸挥了过去。

登特毕竟年轻,而且比他看上去的灵活很多。他侧身一闪;球杆贴着他的外套领子滑了下去。埃迪见势又用另一只手猛击他的胸口,心里咒骂着让自己力道大减的那件外套的同时也很清楚这招对他不会起作用,自己才是要被打的那个。也许酒吧里的其他人会出面阻止那家伙吧。

登特一个熊抱兜住了他,把全身的重量压了过去;扑面而来的还有他的外套上那令人作呕的气味。他把球杆扔了出去,对准那个男人的鼻子侧面结结实实地来了一拳。但随即他就被彻底撂倒,脖子上也重重被捶了一下,炸裂般的痛感瞬间占据了他的大脑。

等他苏醒过来的时候,几个人正把他抬到他的车后座上。他的意识仍未完全恢复,也看不清东西。那几个人一直在沟通着什么,其中一人说道:"你可以跟着我们,然后再接上我。"是那个年轻人的声音,从头开始主导了这场救援的那个人。他正和一个戴着红色棒球帽的人交代着。"去哪儿?"帽子男问道。

年轻人现在看起来既友好又富有同情心。他先前的冷漠消失得无影无踪。"你会没事的,"他用不容置疑的口吻对埃迪说,"你今晚有地方去吗?"

"邦尼·布雷。"

"把他的球杆和眼镜给我。"年轻人对帽子男说道。一个年长些的男人站在他身旁,目光中满是关切。埃迪坐在车里,身旁的车门关着,窗户摇到了下面。年轻人爬上了驾驶员的座位。帽子男把埃迪的球杆从窗户递进来给他,埃迪接了过来。紧接着递进来的是他的眼镜。"把你的钥匙给我吧。"年轻人又说。一切都显得那么有条不紊又充满善意。仿佛他们生命中的每一天都在重复这套流程一样。埃迪想摸摸脸上的血,却发现没有。他伸手从夹克口袋里掏出钥匙,交给了年轻人。"先踩住油门。"他说。

"你那拳打到他眼睛上了,"那个老头说道,"他就是个人渣。"

埃迪靠在椅背上,身上的疼痛开始有了感觉。他试着活动了一下双手。它们还行,没有伤筋动骨。

...

"我的天啊!"阿拉贝拉叫道,"你是喝醉了吗?"

"我被打了。"

"一看就他娘的是。"

虽然已经是后半夜,她仍然从旅馆前台要到了一只急救包,用杀菌止痛液和创可贴处理了他在台球厅地上蹭出来的后背伤口。他还有些瘀血,但眼下没有什么能做的。一些血斑正在他一侧的脖子上扩散着,额头也有一小块瘀青。他有三处伤得很重,再加上一抽一抽的头痛,让他觉得仍然头晕眼花。镜子中的他看起来惨不忍睹。"那个畜生,"他说,"我真想回去把他的大拇指头掰断。"

"太可怕了。"阿拉贝拉说。

"回头一准儿疼得要死。"他拖着僵硬的右腿,略微跛着走进了卧室。阿拉贝拉的打字机还摆在桌上,旁边堆着一沓纸和咖啡壶。紧闭的窗户上挂的塑料窗帘印着和餐馆桌布一样的回旋镖图案。葡萄酒瓶放在电视旁边的五斗橱上。他用痛得稍微不那么厉害的那只手小心翼翼地倒了一杯给自己,然后深深地闷了一口。他回头看向正靠在枕头上坐着的阿拉贝拉。"等咱们回去,"他说,"我就接下那份工作。"

. . .

虽然阿拉贝拉已经不是教授夫人了,但她仍然会接到教工聚会的邀请。她第一次提议埃迪同去的时候,他拒绝了;但他觉得一个人在公寓里看电视也实在无聊,于是和她一起出席了下一个周末的聚会。最初的一个来小时里,听着四周的教授们对终身教职和缩减编制之类的话题侃侃而谈,他感到十分局促,痛苦地正视着自己受教育程度不高的事实。他身处的这栋房子，连带出自主人之手的满墙油画和朴素而又昂贵的家具陈设，相比自己和玛莎那间厨房里贴着樱桃墙纸的小屋，显然在生活档次上有天壤之别。眼前这间厨房纯白而朴素；手握酒杯集聚于此的都是艺术、英文或历史系的教授们。埃迪也读些书，但他对这些专业领域一无所知；大学这两个字与他的人生经历从未有过交集。

但他的同居对象早已不是玛莎。这个身披绫罗、举止优雅的英国女人，这个有着一头卷曲银发和一双睿智眼眸的女人，这个与男人交谈时目不斜视、游刃有余地周旋于各路宾客的女人，才是他现在的女人。他的栖身之地也不再是屋顶贴着沥青瓦片的郊区房子；他如今住在天花板挑高的公寓里，四面白墙以民间艺术画装饰，而且位于市中心的主街。

他站在厨房里的冰箱边上听着对面三位艺术系教授的对话。他们正讨论着新财年的工资涨幅。其中一位话锋一转，聊起了辛辛那提猛虎队在超级碗问鼎的机会。没有人在谈论艺术。之前的一个小时里，他也没听到任何人对艺术、文学或历史提到过只言片语。三个人的衣着，据他观察，也都不如自己的光鲜亮丽。他拿起自己的曼哈顿喝了一口，然后走过去加入了那群人。他们正说着优秀的四分卫是多么稀缺。等了一会儿，埃迪过去做了自我介绍。一切无甚困难。

・・・

从卧室看出去的花园隔开了这栋建筑和一家成衣店的后门。这套公寓有着白色台面的厨房、独立的小饭厅和可以俯瞰主街的大客厅。他们得买一张餐桌和一些卧室家具。虽然这间位于二楼的客厅就视野而言不如阿拉贝拉的那间开阔,但窗外仍然是市中心的景色。阿拉贝拉已经开始了杂志的编辑工作,忙得只能匆匆瞥上一眼;可当听到他说租金是360美元一个月的时候,她说:"拿下吧,埃迪。"他签了租约,付了两个月的房租作为押金。然后,他给一家搬家公司打了电话。

· · ·

"埃迪,"斯坎默说,"我可以扔下一切浪迹天涯。我才不会在乎什么终身教职,如果我的台球能打得像你那样……妈的,或者如果我会吹双簧管,再或者能当个厨子……"他们正聚在斯坎默家的大厨房里。

"在法国的时候,罗伊报了一门烹饪课,"帕特说道,"但我们在最后一刻打了退堂鼓。"

"我失去了魄力。"斯坎默一手端着他的吉布森鸡尾酒,一手拔掉嵌在酒杯上的那颗洋葱球,用拇指和食指捏着。

"你也失去了押金。"帕特说。

斯坎默耸耸肩,把洋葱球扔进了嘴里。

"要做出改变很难。"埃迪说道。

"你就正在做着改变。"阿拉贝拉说。

他坐在沙发上抬头看了看她,"我是被赶鸭子上架。法官把台球厅判给了玛莎。"

"有些人的伟大是强加给他们的。❶"斯坎默说。

埃迪把视线转回到了斯坎默身上。他穿着一条剪裁完美的乳白色灯芯绒裤子,配着同色的索康尼跑鞋和白色纯棉的一字领宽松毛衣。"教历史有什么不好?"

"要给论文打分。"斯坎默不假思索地回道。

"你对系里的会议抱怨得也不少,"帕特插嘴道,"还有在肯塔基的生活。"

"那都是装的。"斯坎默说,"在我的世界历史课上,我随便一通旁征博引就能把学生们迷得神魂颠倒。我不但对地图了如指掌,而且对将军夫人们的秘闻逸事也是信手拈来。我对政治派系的解释精准到位,对城市状况的批判同样不遗余力。"

"听起来很棒。"埃迪说。

"你可陶醉了,"帕特用平淡的语气说道,"你对自己的声音爱得不行。"

"也许是吧。但当我读着他们在考试卷子上用蓝色自来水笔写出来的狗屁文章时,我恨不得把自己的脖子抹了。"

"你和你那细腻的情感啊。"帕特叹道,"快坐好吧,我要上沙拉了。"

❶ 原文"Some have greatness thrust upon them",引自莎士比亚著《第十二夜》。

"你在转移话题。"罗伊继续说道,"我每次看他们写的论文都想辞职。"

"也许是因为给论文打分的时候你的表演派不上用场。"帕特接道。

"你和你那可恶的洞察力啊。"罗伊兴高采烈地回道。

斯坎默夫妇住在老弗兰克福特路上的一栋农场式住宅里。所有的房间都很朴素,除了以砖砌壁炉和白色沙发作为装饰的厨房。轨道灯照在现代风格的餐桌椅上;漆过的松木地板表面,裸露的疤痕清晰可见。透过高大的窗户放眼望去,外面是散落着斑驳积雪的空旷场地和坐落在远处的一个谷仓。

阿拉贝拉把沙拉碗放在桌上,又拿起木制叉勺递给了罗伊。"把沙拉拌一下。"她说,"也许你根本就不想知道学生们的反馈。"

"的确如此,"罗伊说着走到桌前,把叉勺从木碗里生菜堆的底部滑了进去,"也许我只是想要炫耀才华。"

"比这更糟糕的想法也有。"埃迪说。

罗伊娴熟地搅拌起叶子。"我宁愿打台球。"他说。

"在一群观众面前。"帕特又插话道。

"心怀邪念者可耻。❶"罗伊边说边把菜叶托到半空,再松手让它们掉回碗里。

---

❶ 原文"Honi soit qui mal y pense"为古法语,出现在英国皇家徽章的圈饰上。

"打台球的问题在于，"埃迪说，"如果你赢不了，麻烦就大了。"

"此言的确不虚。"斯坎默说。

"咱们开吃吧，"帕特说道，"烤肉再有十分钟就好。"

· · ·

开车回家的路上，埃迪向阿拉贝拉询问起斯坎默夫妇的收入。

"他是副教授，"她说，"可能26000块吧。她是助理教授，大概20000。"

"那他们混得不错。"

阿拉贝拉沉默片刻，然后开口说道："我觉得他是真心厌恶这份工作。他也没有离开的勇气。"

"在我看来这日子过得很好。"

"他尝试过自杀，几年前。"

"真的假的……"埃迪说。

"吞药。他请了学术休假想要写本书，结果一个字都没写出来。整天就在屋子里晃来晃去，对着水管子敲敲打打。一天早晨他没醒过来，于是帕特把他送到了医院。他们给他洗了胃。"

埃迪摇了摇头，"我实在想不到他会是那一类人。"

"真说起来，"阿拉贝拉说道，"这样的人多了去了。"

· · ·

他去的第二家药店有牙科石膏粉卖。他买了两盒大包装的和一副塑料扑克牌，把它们一股脑儿放到了后座上。第二天一早，他开车去了那间老旧的台球厅。

四周的窗户都用木板封住了，但那把钥匙还是打开了前门。周围没有干活的人。他就没见过有人来干活，只是隔三岔五地能看到他们出入此地的结果。地毯已经不见了，收银台也被拆了出来，像个不省人事的醉汉一样横在墙边。他对这些未作理睬，而是径直走向了后墙一侧、男士洗手间边上的储物室；门上仍然挂着"仅限员工"的牌子，里面的一切都不曾被人动过。他从顶层的架子上慢慢拽下来一个透明塑料袋，里面卷着一大捆印着"西蒙尼斯"[1]的台球桌布，他把它放进了一个装卫生纸的空箱子。另一个架子上放着榫车床，像一个超大号的卷笔刀；他小心翼翼地把它放在那捆桌布旁边，又去取了羊角钉锤、水平仪和一摞铺屋顶用的瓦片。从一个略低的架子上，他拉出一个印着"特维腾鹿头"[2]的小盒子和一只装满了白色塑料小圆柱的纸箱。拿上这些东西后，他向四周望去。这间储物室里的气息有多熟悉，外面台球室被毁的模样就有多震撼，把他从过去瞬间拉回现实。个中滋味倒也并非全然苦涩；他对这个地方本就没有爱，就算亲自动手把它拆除也无不可。他看了看表，时间是七点半。大学活动室的营业时间从九点开始。

他在八点差几分的时候到了活动室，为了不被打扰，他进去后

---

[1] 原文"Simonis"，为台球桌布品牌。

[2] 原文"Tweenten Elk Master"，为球杆杆头及配套零件品牌。

还把门锁上了。梅休的储物间在房间最里面正对着弹珠机的地方；他拿了一个带齿的手摇钻、一把六角扳手和一把螺丝刀。

他花了十分钟便卸下了八号桌的所有库边，再用螺丝刀把钉子逐个撬松后，扯下了桌面上的台布。然后，他卷起这块已经严重磨损褪色的旧布，把它扔进了垃圾桶。台布下面三块拼起来的石板也是一团糟；把脱落的石膏碎屑清扫干净后，他从地上捡起库边放在了石板上面。待他拉出压边木条、拽出库边下的旧布条时，时间已经到了九点。他停下手头的活儿，打开其余所有的灯后便开了门。有三个学生站在门口，都穿着羽绒大衣，等着玩街机游戏。他在收银台给他们换了硬币，然后回去继续他的工作。无论是游戏机待机时发出的微弱噪音还是来自学生们的大声喧闹，他都选择充耳不闻。

你必须得先做好球桌的水平校准；如果你先修补石板，补上去的部分就会裂开。他用中间的一块石板作为基准，把水平仪横着置于其上；用瓦片垫起球桌一角后，水平仪里的气泡不偏不倚地指向了正中。把水平仪旋转九十度再度测量后，他又垫上了另一块瓦片。接下来的几分钟内，他沿长边、短边和对角线进行了更多的测量，并在薄厚不一的瓦片中选出了合适的垫上。这时三个黑人学生进来要打九球；他把球和菱形球架拿给他们，然后打印了进场的票据，上面的时间是十一点四十二分。午餐时段的人流高峰会从十二点半左右开始；到那会儿他就没有时间修理球桌了。他赶紧继续回去干活，希望在那之前把石板校准完毕。

进展非常顺利。尽管已经多年没有干过这些，但他对方法却仍然熟稔于心。他沉醉于这项工作的过程，更为能把它做得尽善尽美感到舒畅无比。没有几个人知道该怎么做。很显然，梅休，或者为他做这些的无论是谁，就完全不懂。埃迪清理干净石板上残余的石膏块，又把石板校准平整后，开始用塑料扑克牌来填充石板与下面木桁间的细缝；他先抬起石板一头，塞进去两张A或者一张J，再换到另一头，直到三块石板拼成一个完美的平面。从球桌四周检视完毕后，他又拿水平仪来回确认了一番。接下来，他用一个小扫帚扫去了石膏粉末，然后走回储物间找了一个空咖啡罐，开始用牙科石膏粉调泥子。

二十分钟后，埃迪填平了石板间的缝隙，并且封上了固定石板用的大号螺丝周围的埋头孔。他赶在午餐时段的人流涌入前完成了这些，正好可以在打卡计时、递球收球的这些活计中等泥子晾干。

接下来的一个半小时里，他不得不守在收银台后面，留意四周、收费找零。中间稍作休息的时候，他在台面上把榫车床钳住，然后取来几根需要修理的球杆，开始给它们更换先角。鹿头牌的皮头稍后会派上用场。有一根弯得实在厉害，不值得再修了；他把它和八号桌换下来的破台布一起扔进了垃圾堆。

两点一到，人群瞬间作鸟兽散，奔向四面八方的课堂。到三点半之前都不会太忙，梅休也会在那时候过来。他们可以一起应付下午的客流高峰，直到埃迪五点钟下班。到了两点半，十几根球杆都已被换上了新的先角和皮头。他回到八号桌，依次使用先粗后细的砂纸把涂上去的石膏磨平，直到连接的部分坚固如磐又顺滑如丝。

用水平仪最后检查了一遍床身后,他摊开了那卷西蒙尼斯。起先他打算把这块顶级的台球桌布留到最后再用,但现在他决定让它率先登场。这块宝贝他存了好几年,以应对不时之需。如今,各种不遂人意的日子早已纷至沓来,又或许已经不告而别。他找出羊毛剪,开始为六根木制库边❶制作布条。花了两个小时,他才把所有的布条裁剪完毕,沿球岸拉紧,最后用压边木条固定好了位置。不过这块材料摆弄起来真是一种享受。它用的是比利时进口的初剪羊毛——精细、顺滑、紧致,还有一抹闪着光辉的亮绿色。到四点的时候,他已经将剩余的台布裁剪完毕,把它们拉直铺平在了床身的石板上,连六个袋口的部分也贴合得十分完美。梅休走进来的时候,他正跪在桌边,手握钉锤,准备将最后一把三号钉子敲进去。

几天前埃迪就和梅休打过招呼,说他打算对这些设施做些修补;梅休敷衍地点了点头,嘟囔了一句"随意"。眼下他对埃迪视而不见,径直走到收银台打开收音机,开始听他的福音节目。埃迪紧咬牙关,把最后这颗钉子吐到了锤头上❷。那档节目要播两个小时,包括赞美诗、布道和听众来信。这令埃迪难以忍受,但是他除了等待明年开

---

❶ 球桌的两条短边(顶库和底库)各是完整的一块,两条长边(边库)分别被两个中袋分成两块,所以一共加起来是六块。

❷ 这是美国一些装修工人使用的相对传统的技术:在嘴里放入多个钉子,使用的时候逐个吐在带有磁性的钉锤头上,然后敲进去。这样可以提高这项工作的效率。危险!切勿模仿。

春、梅休从经营这个烂污台球室廿载的工作上退休走人、彻底消失，别无它法。几分钟后，梅休在一则痔疮药的广告间隙去了一趟后面的厕所，路过埃迪的时候仍然对他熟视无睹。埃迪把第一块库边摆放就位，开始用六角扳手把它固定在石板床上。回来时梅休驻足片刻，瞥了瞥这块铺上了新台布的球桌。埃迪弄好了那块库边，把扳手放在了一旁。"这些金色皇冠牌的东西真结实，"他说，"石板和库边都很棒。"

梅休盯着他看了看，"那块旧布还且用呢。"

· · ·

他们挂好了所有的画，但阿拉贝拉的一些书还在箱子里堆着。他们整晚都在把它们放到饭厅的嵌入式书架里。"你还没说工作如何。"阿拉贝拉说道。

"也没有太多可说的。"

"梅休怎么样？"

"我应该可以忍到春天。"

"你练球了吗？"

"我腾不出空来。你的编辑工作怎么样？"

她没有立刻回答，继续往书架上摆着书，并把它们按字母顺序排好。"我得把契诃夫的小说读一读，"她过了一会儿说道，"这些书我都买来十几年了。给学术期刊做编辑很无聊。"

"也许你能找到更好的事做。"

"不太可能。"

"这会儿咱们需要的，"埃迪说，"是来杯喝的。"

阿拉贝拉利索地把契诃夫全集的最后一本插进书架，后退了几步扫视着。"来杯喝的，"她说，"然后去看场电影。"

接下来的一周里，他搞定了六号和七号桌，这次用的是皮尔勒斯牌的橡胶底衬台布。它们不似八号桌的西蒙尼斯一般华贵，但是经久耐用，而且毫无疑问比换下来的那些不知强到哪里去了。这些台布一直躺在梅休这间储藏室的货架顶层；埃迪上班第一天就注意到了。上面积了一层灰。

处理完球桌之后，他满腔热情地开始继续修理球杆。他扔掉了半打弯掉或裂开的，给一些重新做了榫，再给每一根都换上了白色塑料先角和新皮头，并打磨好皮头边缘的部分，令二者完美贴合，用起来也不会凸出一块。这些活计费时费力，但他心中某种对成就感的渴求也因此得到了满足。从他自己的台球厅开业一个月之后，他就不曾这样认真地工作过了。

梅休再没发表过什么评论，而埃迪也只在必要的时候才会和他说话。午间的客流高峰过后通常有一个小时的空闲，埃迪会从柜台下面的杆套中取出他的巴拉布什卡，将这段时间用来训练。他选择了八号桌，以享受西蒙尼斯对长台球所给予的丝滑感。他已将每张球桌上方的灯具擦洗干净，把全部八套球抛得光可鉴人，丢掉了所有使用过的巧粉头，又用全新的蓝色粉块取而代之。光线清晰而明亮；每颗球都在绿色台面上熠熠生辉；埃迪用无声的精准将这些球一颗颗凿入袋口。平生头一遭，他练起了九球。

首先他要用菱形的球架码好球堆，把黄色条纹的9号球置于正中，然后他会用最大力道的开球将它们冲散，从1号球开始依序击打，最后是定胜负的9号球。这与他所熟悉的14-1大不相同：你必须得打进更难的球，并根据各球的分布状况变换走位，按号码顺序将球依次打进。最重要的可能在于你需要在一整张绿色台面上都下足功夫。一位优秀的14-1球手能把彩球始终控制在顶库一侧，并通过打近处的球拿到大部分的分数。而在九球里，你不得不从球桌的一头打到另一头，有时甚至需要让母球吃两到三库才能走到合适的位置。在那些困难的长台球上，他仍然会有失误；或者入球角度非常别扭，以至于没法走到叫下一球的理想位置。越接近9号球，这种压力越大。如果在7号或者8号球上失误，你就断送了一整局。

阿拉贝拉朝九晚五在学校里那本杂志设立的办公室中工作。她的薪水来自一份政府拨款，每月1200美元，仅比埃迪的略低。双份工资，再加上她的离婚赡养费，两人过着富足有余的生活。他们大部分晚餐都会出去吃，甚少在家设宴招待，新上映的电影倒是一部不落。他们算是一对奇特的组合——一位曾经的教授夫人和一个曾经混迹江湖的台球骗子——但这份奇特却与当下的时代不谋而合；他们也收到了许多聚会的邀请。埃迪会载着他们两个驱车在被雪覆盖的道路上，前往郊区的独栋别墅或传统住宅区的双拼别墅，与社会学、历史或艺术系的教授们开怀畅饮。正规教育的缺失也不再成为他心中的芥蒂。他们谈论的话题是终身教职或学生们逐年下降的入学考试分数；在年轻些的教授家里，有人会象征性地抽些大麻以彰显其保有的少年心气。埃迪则会将递来的烟卷转手让与其他人。他偏爱的是 J.T.S 布朗牌的波本威士忌。

某次聚会中，埃迪正站在主人家厨房门的边上和阿拉贝拉交谈，却发现她突然目不转睛地盯着房间的另一头。顺着她的目光望去，他看到两个人结伴而来。男的个子很高，一副颇有朝气的中年相貌，派克大衣里面穿着灰色的高领羊毛衫。同行的女伴则年轻得多。她穿着褪色的紧身牛仔裤，和他一样也是派克大衣加羊毛衫的搭配。埃迪觉得那男人的一张娃娃脸十分眼熟；他正咣咣作响地把登山靴底的积雪跺到地上，并且似乎对自己造成的动静毫不在意。"是哈里森。"阿拉贝拉轻声说道。

"那女孩是谁？"

"某个研究生。"

埃迪多年前在电视上见过他。貌似他那时也穿着同样的毛衣、同样的靴子，正就贫困儿童或纽约艺术家或别的什么话题侃侃而谈。他皮肤黝黑、肌肉发达；他的羊毛衫和鞋子看着就价格不菲，厚重的灯芯绒裤子和搭配的长围巾同样如此。他长着那种能同时显得谦逊有礼而又自鸣得意的面孔，好像他深知自己是个人物却又不想将这份心知肚明示与他人。

半小时后，埃迪发现自己和他聊上了天。阿拉贝拉刚好不在屋子里，弗雷姆主动上前说道："你是菲尔森，对吧？"埃迪答道："是的。"他们随意地聊了大约五分钟。过程很简单；没有人提起阿拉贝拉。他们的话题是经济衰退。

・・・

为着这个场合，阿拉贝拉带来了一瓶意大利产的白葡萄酒和一瓶加州产的勃艮第红葡萄酒，以及四分之一扇布里奶酪——埃迪所见过的最黏稠的。和阿拉贝拉在一起的这几周里，他感觉自己终于踏足了美式生活中的摩登世界，并收获了足够愉悦的体验：干葡萄酒、法国奶酪和与之搭配的英式松饼、巴黎水、半熟的羊排，还有寿司。有时阿拉贝拉会亲自下厨，做一道红焖小牛膝或库斯库斯❶——都是些埃迪闻所未闻的料理。他对这样的生活方式并未表现出任何意外；它正契合了她的样貌、她的口音。有时她会把鹅肝酱涂在全麦英式松饼上作为早餐，并佐以意式浓缩咖啡——滴滤自她那敦实的维苏威那咖啡壶——盛装于白色咖啡杯中，再摆上一柄巴洛克风格的银色汤匙。整幅画面好像某类电影中的场景，又好像阿拉贝拉的《纽约》杂志或星期日《泰晤士报》中所描绘的那般。

在学院派生活诸多的惊人之处中，其中一点便是其在品位上的低调炫耀，而且并非仅限于食物。它还包括了家具、画作和各种小摆设——威尼斯产的玻璃烟灰缸、展示布鲁塞尔风情的十九世纪印刷品或古董国际象棋套装。并非每个人都热衷于此；有些人或毫不

---

❶ 即古斯米，一种由粗面粉制成、形状颜色都类似小米的粗粮。

在意,或嗤之以鼻。他们的住所仅以廉价的家具布置,与烹饪相关的装饰也停留在六十年代初的那些:刨碎的切达干酪、各种蘑菇和胡椒研磨罐。然而历数埃迪所见,半数的房子都称得上是兼具保守和时尚❶品味的范本,将传统与高技派融合得浑然一体。如果邀请你周日去吃早午餐的主人家里有一个胡桃木的高脚五斗橱和悬于其上的一排轨道灯,或者有那么一两件工业风格的金属家具,你就知道这一餐必定会有可颂面包——和无盐黄油一起放在一只来自斯堪的纳维亚的纯白色盘子里端上来——而且鸡蛋也会是溏心的。

这一切最美好的地方在于阿拉贝拉表现出的云淡风轻。她仿佛对自己的英国口音和棱角分明的面部轮廓为其赋予的独特气质了然于胸。压力和踌躇在她这里都不存在;无须丝毫犹豫,她便能决定应该选择哪款奶酪、哪种意大利面,再辅以何种类别的葡萄酒,就像她知道该为新公寓额外添置哪些小件家具一样。她心意笃定、行动迅捷,却毫不虚荣势利。尽管来自于后院烧烤的世界,可埃迪在令人惊讶的从容中便融入了这种氛围;他欣喜于阿拉贝拉所展现的信心,更满意于阿拉贝拉从不把这些挂在嘴边的处事风格。

罗伊和帕特来迟了些;等他们脱下粗呢大衣、接过埃迪递来的葡萄酒杯时,已经是下午四点了。他把电视柜推过来放在沙发前面,然后打开了阿拉贝拉的索尼小电视。阿拉贝拉在高技派的茶几上摆好了奶酪和卡氏威化饼干;罗伊·斯坎默举起他的酒杯说道:"向冠

❶ 原文为法语。

军本人致敬！"然后电视画面从电影预告片切换到了球堆的特写和嵌入的字幕：**伟大的对决 —— 丹佛站**。一幕肥佬开球的俯拍场景拉开了比赛的序幕。母球碰到球堆后依次在顶库和边库反弹；从上面看下去，球的线路宛如一幅几何图案。此时解说开始了，他称两位球员为"传奇"，并称这场比赛为"无论任何选手都必须全力以赴"之对决。谢天谢地，这份介绍只有寥寥数语，也未曾提及埃迪已经连输三场的事实。此时依旧是俯视的角度，屏幕中的埃迪起身打了一杆安全球。帕特和罗伊鼓起掌来。镜头切到了侧脸，肥佬打进了一球，接着又一球。这轮他进了二十来个球。这就是埃迪有一波连进63球的那场比赛，但这一刻的舞台属于肥佬。一个压着嗓子说话的声音 —— 尽管那些轻声细语皆来源于后期制作，因此显得毫无必要 —— 解释着一些简单球是何等困难，同时又对那些真正的好球无动于衷。带子被剪辑过，所以电视中的进程比实际的要快。画面时不时给到埃迪戴着眼镜坐在座位上等待肥佬失误的特写。当肥佬最终失误的那一刻，埃迪起身走向了球桌。这一幕让他松了口气：比起在伊诺克的监视器上看到的迈阿密那场，他动作迟缓、犹犹豫豫的模样已经大有改善。即使戴了眼镜，他看上去也相当不错。埃迪眼见自己打进了十几颗球，然后转为了防守。他的出杆犀利而流畅。

比赛中盘的大部分都被剪掉了；就在阿拉贝拉给他们续杯的时候，节目突然切换到了埃迪的超级连进 —— 从已经打进了30个球的地方开始。他惊讶于自己在屏幕上的变化。他的杆法一向很好，而现在又多了一层即使在电视上也清晰可见的控制。他的身体非常放松。他的移动就如肥佬或者比利·宇正一般优雅。这身穿着令他看上去冲劲十足。他仍记得那轮连进时自己精妙到几乎无解的击球,能想起那种甫一出手便必定进球的宿命感,但他不知道自己看起来竟如此出色。

"埃迪,"帕特·斯坎默说道,"你看上去棒极了。"虽然有些含糊,但他心中也对此隐隐赞同。这句话宛若拨云见日。他看起来就和自己生平所见的任何球员一样优秀。他眼前的埃迪·菲尔森,这个展示着精准而充满天赋的进球、在两击之间闲庭信步的小不点儿,正是他本人。他吮着白葡萄酒、欣赏着自己的表演。虽然最终以112对150告负,但他也完全可能是获胜的那一方。

"接下来你还有比赛吗?"罗伊问道。

"还剩一场。就在下周。"

"'体育大世界'那边怎么样了?"阿拉贝拉问。

"没消息。"

终于,他们面前这台索尼电视上的埃迪失手了。"哎呀!"帕特·斯坎默发出了惋惜的声音。肥佬站起来,开始了他最后一波的连进。

"我要在印第安纳波利斯战胜他,"埃迪说,"我要把他海扁一顿。"

・・・

周一的活动中心里,好几个来打球的人都说他们看了电视,还说他看起来很棒。其中一个还记住了些令人印象特别深刻的球。但当梅休走进来,一个学生问他"你周六在电视上看到菲尔森先生了吗"的时候,梅休一脸不高兴地盯着那人。

"这儿的球就让我看得够够的了。"他说。

· · ·

飞机降落在静谧的积雪上——机场跑道上的雪仍然洁白如新。乘客们也像被连带着消了音,在充满暖意的宁静中等待着起立拿行李的指令,接着又默不作声地在过道排好队,仿佛被舷窗外的白色施了无声无息咒。这样的氛围一直延续着,直到猛然间被候机大厅里如骗子的笑容一般欢快明亮的富美家❶、奥纶❷和电梯音乐击得粉碎。埃迪把杆套夹在胳膊下面,穿过这片霓虹闪烁的地狱边境,向行李提取处走去。透过铝合金窗子,他看到若干巨型玩具般的飞机,都涂着熟悉的标识——环球航空、达美、美联航——在一片纯白中接受着维护。他急匆匆地赶着路。日期是12月12号;他要在两小时后对战肥佬。在转盘上找到行李后,他跳上了一辆出租车。

尽管停车场内脏雪成堆,成排的车位也被挤爆商场的顾客们停得满满当当,他的司机却依然能够畅通无阻地穿行其中。埃迪早到了一个多小时。司机把车停在了一个超大的杰西佩妮百货商店的入

---

❶ 家装材料品牌。
❷ 纤维材料品牌。

口处；来的路上，他经过了一家写着"托尼的比萨和鸡尾酒"的餐馆。埃迪提着他的包和球杆，在节日气氛的音乐声中穿过摆着各种圣诞装饰的走廊，来到了一座门脸开向购物广场的商铺：一家布置着巨型圣诞树和人造小溪的宽敞画廊。透过一个巨幅鸟笼能看到它另一侧后面的"行李寄存"标识和一排储物柜；他从正睡着的金刚鹦鹉和美冠鹦鹉旁边走过——笼子底部被扔满了黄色的爆米花——把他的随身物品存进了一只储物柜。右手边远处，一张写着"豪注埃迪对阵肥佬"的横幅悬挂在攒动的人流之上。看到自己的名字占据了首位，他感到一阵快活。这次他做好了十足的准备。他会用防守将肥佬锁死；而当机会来临时，他更会凭着自开赛以来前所未有的气势压得肥佬动弹不得。埃迪转身向托尼的那家馆子走去。肥佬不是不可战胜的天才，也不是什么慈祥的老爹；他是个老人，而且和所有人一样，他也会犯错误。埃迪终将击败他。

托尼店里的每张桌子上都坐满了女人，但吧台是空着的。埃迪在正中间的位子上坐下，点了一杯血腥玛丽。还好这家餐馆没有在放音乐；它闻起来是令人愉悦的牛至和刚出炉的面包的味道。酒保是一个穿着红色毛衣、性情随和的女人。他在飞机上没有喝东西，血腥玛丽中的辣椒此刻正在他的舌尖上欢脱地灼烧。他喜欢这个美式小馆温暖又不失感官刺激的隐秘——享受着藏匿于一群中年妇女中、不会被认出的感觉。他坐在印第安纳波利斯的市郊一隅，但这里同样可以是任何地方；也许在缅因州的班戈市，或者火奴鲁鲁，也有一家与此处毫无二致的托尼比萨店——尽管除了设计师所选用的布局装饰外再无特别之处，却有着一应俱全的烟火气：餐桌上咀嚼着比萨的女人和孩子们、酒柜后面墙上的百威挂钟、为他侍酒的红毛衣金发女郎——这幅场景宛若某则，比如电话公司的，圣诞节电视广告。

他的外套口袋里还放着当天早晨从活动中心的《台球文摘》中撕下来的一页。他拿出这张纸，在身前的吧台上摊开，浏览起上面的广告：

> 东部列州锦标赛
> 九球赛事
> 7000美元总奖金！
> 冠军：2500美元
> 报名费：350美元　　12月13、14、15日
> 马布里台球中心
> 康涅狄格州新伦敦市
> 卫冕冠军：
> 戈登（·贝比斯）·库利

他打算拿给肥佬看看，问问他的意见。喝完手头这杯后，他又点了一杯，边想着台球的事，边等甜美的暖意在他的胃中扩散开来。

他哼着歌从储物柜取出了杆套，然后穿过涌动的圣诞节购物人群，朝那块横幅走去。

他卡着开赛的时间到达了场地，可肥佬却不在那里。球桌已经准备就绪——这次换成了一张正绿色台面的宾士域。至少一百人已在看台就座，还有一百人晃来晃去等着看会发生些什么。时间一分一秒过去，但肥佬仍然没有出现。埃迪打电话给华美达连锁小旅馆，前台转接到了肥佬的房间，却无人应答。购物中心的经理联系了伊诺克·瓦克斯在列克星敦的办公室，但伊诺克也没有肥佬的消息。埃迪等了一个小时，打了些炫技球留住观众，同时也给自己找点事做。时间来到了三点二十，四周却依然不见肥佬的身影，看台上的人也几乎走光了。埃迪告诉经理自己也准备撤了。他又回到托尼小馆喝了杯酒，然后叫了一辆去华美达旅馆的出租车。

· · ·

"赫格曼先生是在大约中午的时候入住的。"酒店前台说道。

"你能让我进房间看看吗？"他已经又拨了一次房间电话，并等它响足了五声。接着他检查了酒吧、餐厅和咖啡店，也都无功而返。

"您是菲尔森先生？"前台问道，"赫格曼先生的同伴？"

"是的。能给我把钥匙吗？"

"雪莉会带您进去，菲尔森先生。"

原来雪莉就是那个染了头发、坐在结算窗口的女人。埃迪跟着她进了大厅，然后走了很长的一段过道。到了117号房间，他从她手里拿过钥匙，亲自开了门。

肥佬就在床上。他穿戴整齐地坐在那里——双眼圆睁、表情凝固的模样如同一尊精美的蜡像。很显然，他已经死了。

· · ·

回列克星敦的飞机上，埃迪喝了四杯曼哈顿。到家的时候，尽管表面上看不出来，但他已经很多年没有醉成这个样子了。阿拉贝拉给他开了门；时辰已过午夜，她穿着有时睡觉时会穿的白色短裤和T恤。

"肥佬死了。"把包和杆套放下后，他一开口便说道，"他去了印第安纳波利斯，但是在比赛前死了。"他去厨房给自己拿了瓶啤酒。

"这太令人震惊了。"阿拉贝拉说，"真的太震惊了。"

埃迪把啤酒倒进一只玻璃杯，注视着逐渐平息的泡沫。"就算死了，"他说，"那混蛋看着还是那么完美。"

阿拉贝拉浅浅地笑了笑。"如果我有机会见他一面该多好。"她停顿了一下，"你不在的时候有样东西寄了过来。"她走到客厅的韩式五斗橱那里，拿出一份又薄又大的邮件。

上面的邮戳是迈阿密。左上角有个回邮地址，但没有署名。埃迪打开信封，取出了一张巨幅彩色照片。他把它放到台灯下，端详了起来。

白色沙滩上盘根交错的树林前方，两只玫瑰琵鹭用纤细得令人揪心的双腿站立着。其中一只已经做好了含胸展翼的准备。它的喙向上方倾斜着，眼睛直勾勾地望向天空。稍稍靠后的另一只则在津津有味地看着，仿佛对那双带有粉色边缘的翅膀扶摇鹏飞后的画面充满了期待。

• • •

贝比斯·库利是个身材不高、细胳膊细腿、屁股平平的年轻男人，但他打九球时的开杆却像在抡一口大锤。那些球旋转跳跃着在岸边弹来撞去；有三颗球都掉入了袋口。他轻蔑地看了看四散的彩球，略作思考后便开始了清台。他一杆轻推把1号球打进中袋，以迅雷之势送2号球入远端底袋，又薄进了贴库的5号球。每一球的走位都无懈可击。到了9号球上，他以一杆暴击将其轰进了附近的底袋，仿佛用的是一支猎枪。观众中响起了掌声。当值女裁判重新码球的时候，贝比斯看着对手说道："你的麻烦才刚刚开始。"那人把头扭向了一旁。

观众席共有三层。埃迪坐在第一排，把球杆放在腿上看着比赛。旁边的一个黑人老头正用放声大笑回应着库利的傲慢，显然对此非常喜欢。看台下面的场地上进行着四场比赛，8位选手正在角逐首轮的胜利。作为开赛日的今天共有四组比赛；32名参赛者将捉对厮杀，先赢10局者为胜。午夜前将有16位选手进入胜者组，其余16位则落入败者组。第二天中午继续比赛，败者组两两决战；两组比赛过后，会有8个人被彻底淘汰。等到晚餐过后，今晚产生的胜者们再开始他们的比赛。这套系统称为双败淘汰制；一位选手输球累计两场才会遭到淘汰。

这是埃迪有生以来第一次参加巡回赛。在他年轻的时候，那些伟大的骗球选手——哭包拉希特、埃德·泰勒、肥佬——连公开亮相的念头都不会有。九球巡回赛甚至尚未出现。报纸上对14-1的报道都是为身穿晚礼服在纽约或芝加哥的酒店舞场中大显身手，也同样是伟大球员的威利·莫斯康尼斯和安德鲁·庞齐司预留的。这类活动的出场费、一些赞助、为宾士域公司充当品牌代言人的薪水、在大学里打表演赛的酬劳以及写些《落袋台球锦标赛》之类的小册子，一并构成了他们的收入来源。当他们努力想让这项运动登上大雅之堂，试图将一家家烟雾缭绕却助其习得傍身之技的台球厅——永远开在最破败的镇子和最潦倒的街区上的台球厅——彻底从记忆中抹去的时候，另一群只为少数人所知的职业球手却早已混迹于那些场所，或者与之类似的地方；他们深藏不露，在球桌上的魔法丝毫不逊于他们衣装华丽的同行，却只穿着类似销售人员的棕色西服或蓝领工人的深绿套装，四处旅行只为寻求挑战。埃迪就曾位列这个隐秘的群体中，而且在他人生中某段不长的时间里，是最好的那一个。

在他面前，贝比斯·库利不动声色地游走在球与球之间，笃定的神情被镶嵌在隔音天花板上的荧光灯映得一览无余。贝比斯穿着顺滑的蓝色尼龙跑步套装，裤子上绣着几道红色竖线条纹，脚上还踩着一双耐克鞋，他穿得光彩照人，仿佛是一位正在热身的篮球运动员。他的对手是一位身穿棕色毛衣、行动慢慢吞吞的本地人；他似乎刻意回避着对手的锋芒，坐在远处墙边的一张椅子上候场。从贝比斯的状态来看，他恐怕有的等了。

眼前这张球桌的左右两侧也都进行着比赛。其中一边是两个穿着紧身蓝色牛仔裤、神情严肃的年轻人；而在另外那边，一个比埃迪年长的男人正在看着他的对手：一个二十岁不到、每球之间的停顿长得令人抓狂的小年轻。埃迪在半小时前分组抽签的时候就觉得这老头眼熟，现在忽然发现自己其实认识他。这是来自堪萨斯城的快枪手奥利弗，埃迪刚入行那会儿的一位传奇人物。快枪手在埃迪十五岁的时候来到奥克兰，在查理球厅打了两个晚上的球；他是埃迪见过的第一个四处旅行的骗球手。这个男人，正隐忍着无助的愠怒等待神经紧绷的年轻对手击球的这个老头，乃是埃迪亲眼所见的第一位展现了如何借助眼花缭乱的新技术、利用母球在库边的反弹和在球间的穿梭，将其悄无声息地加以掌控的职业球员。他俯身击球的方式和出杆的稳定性令埃迪大开眼界。奥利弗整晚都在和本地最强的、一位埃迪在一年之后才首次击败的球手过招，到凌晨三点时赌盘已经变成了150球对100球。快枪手的尊号就是被当时观战的十来个人叫起来的，而快枪手本人正以分毫不减的准度一次连下着七八十颗球。此情此景曾令埃迪那年轻而充满斗志的心灵大为震撼。

和快枪手比赛的那小子终于对贴库的3号球出了杆，然后打丢了。他挤眉弄眼地摇了摇头，可能在抱怨球桌或台布，要不就是灯光，用某个被球蒙蔽了双眼的老掉牙的故事哄哄自己。奥利弗站起身来，有些一瘸一拐地踱至桌前。弯腰击球的时候，他正好背对着观众；没有擦过的黑皮鞋磨掉了跟，一只袜子上还有个破洞。那小子的运气不错，留下了一个安全的局面。奥利弗试图轻敲3号球，把母球藏在5号球后面做成斯诺克。然而他这一杆的力度过大，母球在库边反弹后从5号球的背后探了出来，给对手留下了叫3号球的机会。奥利弗皱了皱眉，又坐了回去。

猛然间埃迪想起了些什么。三十五年前在奥克兰那晚，当奥利弗接过最后一张50大票、貌似已经把庄家吃干抹净了的时候，他的手下败将对他说道："你打的14-1是我见过的最好的。"而奥利弗则对他报以微微一笑。"你见过明尼苏达肥佬吗？"他轻声问道。那是埃迪第一次听到这个名字。

"我听说过他。"对手答道。

"那是全国最棒的。"奥利弗说。

肥佬已经死了。彼时彼刻，能让一位像快枪手奥利弗这样的球员——那个能将一颗颗让埃迪无从下手的球冷静射进、像摆弄国际象棋的棋子般把母球送到任意位置的男人——报出一个水平甚至还在他之上的名字，这完全令人难以想象。埃迪始终未曾与奥利弗交过手，那晚之后也再没见过他，但几年之后埃迪便超越了前辈，领悟了如何让母球也变成自己的棋子。奥利弗对肥佬的评价是对的。天外有天，而肥佬就是稳居云顶的那一位。如今他在迈阿密某块新建的墓地里躺着，也许还有一块刻着"乔治·赫格曼"和他生卒年月的墓碑，却对与他一同逝去的绝妙杆法未着只言片语。

贝比斯·库利把9号球薄向中袋，球徐徐滚入袋口。他一脸无辜地看着坐在椅子上的对手说道："更糟糕的还在后面呢。"

埃迪很想冲这个不可一世的混小子吼上几句，脑海里想象的是他穿着这身花里胡哨的蓝色尼龙装和肥佬打14-1，却因年龄、技术和经验上的鸿沟在绝望中颓然倒下的场景。他坐在窄小的看台座椅上，挤在一群看得兴高采烈的男人中间，对肥佬就这样撒手而去感到无比愤慨。

库利在开杆的冲球上就带走了9号球。他大喊了一声"爽！"然后等球码好，又一次开了球。这次2号球掉入了袋口，但1号球的位置却十分糟糕：它牢牢地贴在了顶库边上。母球则在底库一侧停了下来。想叫到1号球，就需要在九英尺外打出入球角度薄如蝉翼的一杆。他只可能选择防守。这下好了吧，你个混蛋，埃迪心里想着。

库利皱着眉来到了底库，手桥架在库边的木条上，不假思索地放上球杆便开始击球。他瘦弱的身躯瞬间凝聚了令人赞叹的专注。运杆一次后，他推出了母球。它沿着球桌飞向对岸，在1号球旁侧轻施一吻，旋即折返，最后稳稳地停在了一堆球中。对岸的1号球贴着库边滑向袋口，直至扑通一声掉入底袋。观众中有人吹起了口哨，随之而来的是响彻全场的掌声。埃迪没有鼓掌；他只是将杆套攥得更紧了些。他自己完全不会考虑进攻，而肥佬也未必打得进这球。

另一张桌上，快枪手奥利弗已经开始了击球。埃迪把注意力转回到了那场比赛。奥利弗打进了4、5、6号球。在6号球上，他借助母球的走位漂亮地磕开了贴库的7号和9号球，为接下来的清台扫除了障碍。这是14-1球员的常用技巧，埃迪自己也会条件反射般地加以运用。奥利弗收光了7、8、9号球。看台上响起了些礼貌性的掌声。不过他在最后两球上的杆法都有所欠缺；母球尽管也都走到了可以下球的位置，但与埃迪印象中奥克兰的那一晚相比，却缺少了那种万无一失的精准。奥利弗的击球有些僵硬，而母球的位置也只是勉强可以接受，甚至看上去已经算是无法下球了。

裁判开始码球。埃迪忽然站起身来，从观众席向下走去。他把杆套夹在胳膊下面，离开了这里。

・・・

"那帮孩子让我紧张。"他对着电话说道。他躺在假日酒店房间里刚铺好的床上，旁边是还没打开的行李箱。

"他们的经验没有你丰富。"阿拉贝拉说。

他犹豫了一下，"我已经五十岁了，阿拉贝拉。半个小时前我看了会儿贝比斯·库利的比赛，一副小阿飞的欠揍模样。我的岁数都能当他爸爸了。"

"你还是对肥佬的死无法释怀，是吗？"

她说对了。"我还想着能从他那儿学点东西。"

"或许他也没有什么能教你的了。"

"可能是吧。"

・・・

这家台球厅和从前他自己的那家有点像，但是要大上一些。从假日酒店看过去，它坐落在正对面那座破旧的购物中心里，位于大熊超市和一家布料店的中间。盘过一个四叶草立交桥的匝道，把车停在超市前面,再走进那两扇玻璃门就到了。布满了烟头痕迹的灰色地毯上,左右两侧各摆了八张球桌。中间过道上架起了三层临时搭建、面朝右侧球桌的观众席。最里面的两张供球员们热身,靠门的两张用厚重的塑料布铺着。中间的四张用来比赛。

进门左手边的八张球桌仍在被用于日常营业。这家台球厅的普通顾客们自顾自地打着球,假装对那些手持昂贵球杆、衣着靓丽光鲜的来客们毫不在意。每张球桌在朝向观众席的一侧都挂了一块白色的号码牌。晚场观众中的大部分会挤在一号桌附近的看台上;埃迪的第一场比赛是在四号桌。埃迪拿出他的巴拉布什卡,把空套塞到球桌下面开始热身。一个无精打采的老头漫不经心地看着他;没有其他人表现出任何兴趣。

五分钟后,一个戴着眼镜、穿着白色衬衫、胡子刮得干干净净的年轻人从看台间的缝隙挤了过来。他向埃迪伸出了手。"我是乔·埃文斯,"他礼貌地说道,"你就是菲尔森先生吧。"

埃迪也伸手握了过去,"你需要热身吗?"

"一下就好。"年轻人答道。

靠墙的地方放着分别为两位球员准备的一把木头椅子;中间的小桌上摆了一罐水、一个烟灰缸、一瓶塑料包装的婴儿爽身粉、一条擦手汗用的毛巾和几颗巧粉块。埃迪坐在了其中一张椅子上看着埃文斯。

年轻的对手开了杆,然后从1号球开始打了起来。他的水平不怎么样;这从他僵硬的击球动作和失误后的痛苦表情就能看出来。他仿佛是在为观众打球,尽管除了埃迪和看台上的那个老头之外没有人在看他。埃迪遇到过这类球手:埃文斯将全部精力集中在了不要出丑上。他根本没有想着获胜的事,而只想让自己看起来还行。战胜他应该不成问题。

而进程也的确如此。虽然埃文斯在比赛中也有过几次机会,但他都搞砸了。埃迪从表情就能看出他在想什么:告诉自己应该进攻,告诉自己不要考虑如果失误将会给埃迪留下什么机会;他基本上就在放任这些想法从中作梗。埃迪偶尔也会为对手的不攻自破感到惋惜;但在大部分的时间里都只觉得厌烦。埃迪有条不紊地与他周旋着,把这场九球比赛当成14-1来打,并最终以10∶4击败了对手。终场前的几分钟里,六七个姗姗来迟的观众在大受欢迎的一号桌附近找不到位子,于是跑到他们这场比赛对面的观众席上看了一会儿。在埃迪赢下他的第十局后,不温不火的掌声响了起来。到明天之前都没事了;他现在是胜者组的十六强之一。

· · ·

"我很开心你能旗开得胜。"阿拉贝拉说。

"那孩子打得很烂。"

"能付得起入场费就说明他还不错。"

"我明天的对手是一个叫约翰森的人。我不知道他是谁,但肯定更难对付。杂志那边怎么样?"

"现在事情不太多。我经常和秘书喝喝咖啡什么的。"

"听着比打字强。"

"埃迪,"她正色道,"我如果有你那样的天赋就好了。我不想把后半辈子耗在一间办公室里,听男人们对我发号施令。"

"我教你怎么打九球。"

"不好笑,埃迪。如果我能打得像你那么好,我早就发财了。"

不知为何,这句话惹恼了埃迪。"先买根球杆给你自己再说。"他说。

"我是认真的,埃迪。之前的二十年里你都在浪费天赋。"

"我现在就没有在浪费。"

电话中一阵沉默。最后她说道:"明天一定要赢,埃迪。杀他个片甲不留。"

· · ·

约翰森长得胖胖乎乎;他穿着一件紫红色毛衣和一条蓝色牛仔裤,看上去三十来岁。练球的时候他显得十分放松,准度也很不错。时间是下午两点,他们所在的三号桌对面坐着十几名观众;这时裁判叫停了热身,把九颗球码好,又放上了两颗球作为争先之用。埃迪把球停在了距离库边四分之一英寸的地方,赢得了开球权。可他在冲球的时候却一颗都没有打进。听到背后有人小声说了句"一看就是14-1球手",他一脸痛苦,心里明白这句话的意思:在14-1里,你永远用不着像这样大力击球。这是一项需要练习才能学会的技术。他转头看了看在右边桌上正准备开球的选手;只见那个年轻人向后引杆、停顿片刻，继而将全身的重量压向球桌，身体前冲，然后顺势出杆把母球冲了出去。九颗球组成的菱形结构瞬间分崩离析，位于正中的9号球旋转着连吃两库，最终以毫厘之差错过一个袋口后，才缓缓地停了下来。反观埃迪的开杆，9号球几乎纹丝未动；虽然每个球的位置仍然不够分散，但约翰森还是一举清了台。

接下来的几分钟里，尽管埃迪对自己仍懊恼不已，却也只能在等待中度过——他觉得对手又能一杆清台了。但对手在7号球上出现了失误；它在靠近底袋的地方贴着库边停了下来。

埃迪面无表情地站了起来，清光了7、8、9号球。接下来的一局，他试着在开杆的时候加些力，却仍只进了一颗球，9号球也只是稍稍挪了挪。但这一点点向左的位移让它停在了3号球的后面，两者恰好与底袋形成了一条直线；埃迪也充分利用了这个局面。打进前两球后，他借助3号，用一记组合球打进了9号球。这局的表现为他赢得了掌声。在下一局的开杆上他使出了更大的力气——甫一出手，他的腹部已经贴到了库边，球杆也从身前探出一大截；这次9号球滚到了底袋附近，而4号球停在了同侧岸边距离它几英寸的地方。他感觉自己现在的开球好了些。不过2号球跑到了球桌的另一边；而且当他打进1号球后，母球也没有滚到合适的位置。他俯下身，运杆两次，继而向前甩动手腕，用强烈的低杆把母球猛击了出去。可惜2号球在已经飞入袋口的情况下又弹了出来。他转身走到一旁，恰好瞥见四号桌上的贝比斯·库利正将最后的9号球收入囊中，掌声随之响起。他坐了下来，眼睛盯着地板。听到约翰森起身击球，听到那记把2号球送入袋口,同时拉回母球令其可以轻松叫到3号球的啪嗒声;又听到他把3号球也打进后,埃迪终于抬起头来,却刚好看到他用4号和9号球做成了一个简单的组合球,兵不血刃地拿下了这局和下一局的开球权。约翰森以3:2领先了自己,接下来还是对手开球。局面太狼狈了,何况这个镇定的毛衣男还是参赛选手中实力偏弱的一位。他在中西部的某个地方赢过一次大学级别的九球锦标赛,仅此而已。埃迪如果连他都搞不定,也别想着在这儿混了。

他已经看出来了,这个比赛里真正有竞争力的球员只有那么四五位:贝比斯·库利和另外几个打过巡回赛的年轻选手。至于其他人——有些是奔着参与奖来的:最高不过第十二名的200美元,还有些则只是想在有生之年和顶级球员比上一场——都没有任何夺冠的可能。就算埃迪会遇到麻烦,那也应该是来自库利或与他水平接近的那几个人,而不是这个像在图书馆里打着九球一样的大叔学生哥。

可这位大叔学生哥却相当稳定;他面对埃迪的各种失误毫不手软,在比赛进入一小时后取得了8:6的领先。库利那边已经结束,他以10:3赢得了胜利,于是一些观众跑过来看埃迪的这一场。

比赛来到了至关重要的节点,埃迪紧张得汗流浃背。约翰森需要处理的局面非常开放;如果赢下这局,他将率先拿到赛点,而且一定会士气大振、拿下比赛。唯一有利的迹象是他每球之间的停顿越来越长,经常显得过度谨慎,即便应对简单球的时候也紧皱眉头、用巧粉把杆头涂了又涂。他说不定就要开始出现状况了。

经过一番令人痛苦万分的长考后,他终于打进了7号球,把母球也送到了叫8号球的理想位置。接下来他需要做的就是在击落8号球的同时用定杆锁住母球，然后一记简单的薄杆就可以轻松地叫到对面底袋附近的9号球。但约翰森却显得异常紧张。他皱着眉头打进了8号球，却加了很重的下旋。母球滚得太远了些；他仍然有机会下球，但没能钉住母球带来了额外的困难。埃迪第一次听到他开了口。"妈的！"他愁眉苦脸地说道，"这都什么事儿啊。"埃迪抬起头来看着他；如果在想这些有的没的，那他说不定真会打丢9号球。

约翰森俯身击球，瞄准的时候仍然愁眉不展。他这杆薄球打得如此之离谱，简直到了令人尴尬的程度；9号球在距离袋口一英尺的地方碰到库边反弹。母球则在桌面上绕行一圈后又滚了回来，停在了一个可以轻松叫球的位置上。埃迪把目光从约翰森身上移开，站起来走到桌前，小心翼翼地打进了9号球。8∶7。

这局过后，埃迪知道自己已经胜券在握了。他有意让自己放松了些，像打某轮14-1的一部分那样横扫了接下来的一局。随着清脆的啪嗒一声，他把9号球送入了袋口。看台上响起了掌声。8∶8。

这回，他在开球时再次加大了力量，打进了三颗球；9号球就停在中袋袋口旁边，附近还有4号球。清掉2号和3号球后，他把母球精准地停在了可以打借球的位置。出手之前他瞥了瞥约翰森的脸；这个男人看起来就像个在生闷气的孩子。埃迪弯下腰，仔细瞄准后，击出了这一球。碰到4号球后，母球改变路线，向9号球撞了过去。向前滚动两周后，9号球缓缓地掉入了中袋。掌声雷动。约翰森起身过来，勉强挤出一丝微笑，和他握了握手。埃迪拧松了球杆。

· · ·

　　签表贴在台球厅一进门的收银台边上。往外走的时候，埃迪驻足查看了片刻。他花了一点时间才弄清左边是败者组、右边是胜者组。他从来没有做过这类事情，一切都仍然显得很陌生。正当他研究对阵信息的时候，赛事经理拿着一支马克笔走了过来。"刚好，菲尔森先生。"说着，他将"菲尔森"写在了右侧签表一组对阵中上面的位置——下面的框里还是空着的。

　　"我接下来对谁？"埃迪问道。

　　"你应该不会太喜欢。"那人回答。他向前探着身子，把另一个名字填到了空白处："库利"。

· · ·

　　打给阿拉贝拉的电话无人应答，尽管他等到五点半才打——在她通常已经到家了的时候。他不想出去吃饭，于是点了一份汉堡和一杯咖啡送到房间。他打开电视却无心观看，肉饼烤过了头的汉堡也没吃完。他头痛欲裂、手心出汗、坐立不安。如果肥佬在这儿就好了，或者在电话能找得到的什么地方。他很想就贝比斯·库利和肥佬聊上一聊。

· · ·

　　埃迪的争先球打得很漂亮，但库利的球直接贴在了底库上，为他赢得了开球权。他们的比赛在一号桌。观众席上座无虚席，还有一排人踮着脚站在看台后面，另一排人则在看台前面蹲着。

贝比斯·库利穿了一条光鲜亮丽的黑色裤子；他的一对小屁股被紧紧裹着，暴力团风格的，裤腿穗子垂在鳄鱼皮做的鞋子上。他上半身穿着一件丝质的灰蓝色无领衬衫，脖子上挂着一条细金链子。吹风机烘过的黑色头发如羽毛般柔顺；一张面孔在可卡因的作用下兴奋得仿佛痉挛一般。他迈步上前准备开球，但就在引杆的一瞬间，他朝靠在旁边球桌上的埃迪看了过去。"荣幸之至，豪注埃迪。"话音未落，他冲开了球堆。这杆开球无与伦比：四颗球直接落袋，黄色条纹的9号球在一蹦一蹦中弹到了球桌另一侧。贝比斯的体格又瘦又小，但他身体里迸发出的力量却令人叹为观止。

"谢了。"埃迪答道。观众席上有些人笑了起来。

"这样对待一位活着的传奇，"贝比斯又说道，"貌似有些无礼。"他以迅雷不及掩耳之势清光了其余五颗球，以一记把9号球轰入中袋的重击作为收尾。待裁判码好球后，贝比斯在这回的开杆上带走了三颗球，然后又一次清了台。他的身体仿佛被一股隐秘而源源不断的傲慢之力牵引着，而且他对局面的控制堪称无懈可击。埃迪站在一旁看着，他知道坐下会让自己显得未战先怯。

2：0之后的第三局中，5号球滚到了不够理想的位置，于是贝比斯不得不选择防守。他做了非常漂亮的一杆斯诺克给埃迪——白球躲在7号球后面，完全看不到5号球。埃迪来到桌前；他今晚的第一次出杆就要面对连碰到球都算走运的困境。他需要做的事情非常清楚：让母球吃两库，从一堆球中间穿过，最后碰到5号球。埃迪俯身击球，结果令他自己都感到意外——他完美地解决了这个难题。与橘色的5号球相撞后，白球停在了那颗球原本的位置，5号球则朝上方滚了过去。观众以掌声回应了这精彩的一杆。他不仅没有留给库利摆自由球的机会，还用一记安全球请君入瓮。

库利扬了扬眉毛，却没有开口。他走上前来，不假思索地回敬了一杆防守，在母球和5号球之间制造了足足八英尺的距离。5号球仍有薄进的角度，但难度非同小可。埃迪深吸了一口气，迎上前去准备进攻，虽非心甘情愿，但他知道自己别无它选。面对眼前这个局面，他已经没法再防守一轮，同时又不给库利留下掌控全局的机会。他只能硬着头皮往上顶。

埃迪调整好眼镜，在底库后面摆开架势，盯住远处的5号球，推出了力道十足的一杆。被母球撞击后，5号球径直冲向袋口，空心落袋。另一边的白球顺着改变后的路线继续前进，碰到库边掉转方向后，最终停在了叫6号球的完美位置。他身后的看台上瞬间掌声雷动。

"一位传奇的高光时刻！"贝比斯·库利说道。

"正是这样。"埃迪俯身打进了6号球，接着是7号和8号，终于为拿下这局铺平了道路。未做任何犹豫和停顿，他把9号球也送入了袋口，在观众的掌声中等着裁判重新码球。

但是他冲球的力量却不尽如人意，一颗球都没有打进。他只得又退到后面，看着贝比斯检视桌上的状况。开球上的无所作为实在糟糕，他刚刚燃起的士气也随之一落千丈；这是九球与14-1的诸多差异中非常恼人的一点。在14-1里，如果你手感够热，就可以一直打下去；而在九球里，这个该死的开球始终是你绕不过去的一环。

1号球的下球角度很不理想，但贝比斯仍然顺利地将其打进，还用埃迪连想都想不到的方式把母球拉回到了叫2号球的位置。之后的进程就简单了；唯一的难点是把边库附近贴在一起的6号和8号球分开，但他在之前的某杆上利用母球的借球走位化解了这个问题。接着他清光了其余球，潇洒地将9号球轰进，然后边等裁判码球边把衬衣塞进裤子。他转过头来看向埃迪，嘴上微微一笑，双眼却透着冷酷。

正当他上前走到开球位置、开始向后引杆的时候，观众席上有人喊了一句："贝比斯，来个一杆收！"只见蓄劲待发的贝比斯整张脸扭曲着，像轰大锤一般凿开了球堆；彩球疯狂地四处狂奔，与此同时他的腹部已经挤到了球桌边缘。两颗球同时追着正滚向库边的9号球，与之碰撞后，又像保镖一样护送它朝着底袋前进；就在即将失去动能的一瞬，它来到袋口边上，稍作停留后，终于掉了下去。埃迪把目光挪向了别处。比分来到了4:1。

还是在贝比斯准备开球的时候，那个声音又响了起来："再来一回！"尽管他用了同样大的力气，但这次9号球没有进。不过其他两颗球掉入了袋口，1号球也停在了中袋附近唾手可得的位置。看着贝比斯一个接一个地把球清光，埃迪感到一股咬牙切齿的无力感。这真的和14-1太不一样了；贝比斯的走位看起来花哨而陌生，有时还会把母球停在对下一杆来说出人意料的入球角度上；但所有的路线又都合情合理，并且十分奏效。他未遇任何挑战便结束了这一局。已经5∶1了，埃迪终于坐了下去。

很显然，观众都是贝比斯的支持者，而他也毫不吝惜地在两球之间与他们互动调情；他会走到某个人身边，带着克制的微笑私语几句，并以大胆的直视回馈他们的掌声。他就像这场大秀的主咖，而埃迪只是嘉宾中的一位。埃迪看在眼里，心知肚明，却无能为力。贝比斯不断地进着球，用精心的布局和无解的走位避开了一切可能的麻烦。他踱着轻快而坚定的步子，脚不沾地般绕着球桌走来走去，有时还会用手拢一拢自己蓬松乌黑的头发，让五根手指从中穿过。贝比斯这么做的时候，埃迪听到看台上有人说了一句"他可真漂亮"，艳羡之情溢于言表。

贝比斯的确很漂亮，而他的九球更是远超漂亮的范畴。那是集华丽与致命于一体的存在。再一次轮到埃迪上场时，他已经1∶8落后了，而且桌上还没有下球的角度。压抑着想要杀人的怒火，他屏住呼吸，打了一杆他能力范围内最好的防守；然而贝比斯回过来的防守摧毁了埃迪，他没能再次打中目标球。贝比斯拿起母球，在手掌上摩挲了一阵，看着埃迪说道："我会给你来个痛快的。"

"打你的球吧。"埃迪回道。

"等我想打的时候，我的传奇老兄。"贝比斯说道，"等我想打的时候。"人群中有人笑了起来。

贝比斯把母球摆好，打进了这一球，接着又是一球。对他而言，把这些球送入袋口就像呼吸一样自然。他甚至无须给杆头擦粉或是研究局面，就已经嘭的一声将最后的9号球收入囊中，仿佛这一切都只是儿戏。埃迪的双脚疼了起来，持杆的手臂也疲累不已，但他对此几乎没有察觉。他正在被摧枯拉朽地彻底击垮；如果能换得贝比斯的一杆失误，他甘愿出卖自己的灵魂。

"再来一局，贝比斯小甜甜！"仍然是那个声音。贝比斯像打碎一只泥塑的鸽子一样把球堆轰得四分五裂。9号球在桌面上斜着滚向底袋，但没有掉落。不过，3、5、7、8号球都已悉数落袋。1号球需要借边库翻袋。贝比斯没有半分迟疑；他先迎头一击将其打进，同时钉住母球来继续叫2号球，接着不等掌声停息，就又把2号球也送入了袋口。他已经势不可挡，除非此刻有奇迹发生，而奇迹最终也没有出现。扫清其余彩球后，他停顿片刻，扭头看了看身后的观众席，又转回身来盯住了9号球。他以一杆暴击送它入洞，母球纹丝不动地停在原地。潮水般的掌声扑面而来。

10∶1。埃迪努力克制着自己，走到库利面前伸出了手。库利也握住了它。"你打得比我预想的要好。"埃迪说。

"一向如此，我的朋友。"

. . .

"我觉得自己他妈的像个白痴。"埃迪对着电话说道。他正拿着一杯曼哈顿躺在床上，球杆放在一旁。

"他是全国最好的九球选手，埃迪。"

"如果还有更厉害的,我就自杀算了。"

"你还有机会卷土重来。"

埃迪不确定自己是不是愿意从败者组胜出,然后再碰一次库利,但他没有把这个想法宣之于口。"我一个小时后要打下一场。如果输了,我就彻底出局了,如果赢了,明天中午还会有一场。"

"那就洗个澡放松一下。输球并不是什么丢脸的事。"

...

他听了她的劝,去冲了个澡。然后他换上干净衣服,开车绕到州际公路另一侧,踩着比赛时间来到了迎战快枪手奥利弗的场地。

奥利弗显然没有认出他来,而埃迪也没有自报家门。年长的对手看上去处于某种游离恍惚的状态,只有在他击球的时候才会暂时从中挣脱。他的击球不错,但开球绵软无力,而且似乎对这场比赛心不在焉。

比赛进行到一半,奥利弗把他的球杆往墙上一杵,慢吞吞地走去了后面的洗手间。埃迪坐了下来,倒了一杯水慢慢等着。四张桌上都在进行败者组的比赛,看台上零零散散有些观众。埃迪等了很久,倒也不十分在意,直到老头从洗手间出来,向四周望了望,开始朝球桌的方向缓缓挪步。但是他在路过的第一张球桌停了下来,看了会儿正在上面比赛的埃文斯,然后令人瞠目地一屁股坐在了旁边靠墙的空椅子上,等着轮到自己上场。这个老混蛋居然都不知道自己的对手是谁。他就坐在那里,用疲惫而又不屑的眼神看着埃文斯，浮肿的脸庞下面是垂在皮带上的肚腩和松垮的棕色裤子。他的模样看起来就像刚刚起床。

裁判就站在埃迪边上。埃迪碰了碰他的胳膊说："你恐怕得把奥利弗带过来。"然后朝那边指了指。

"我的天！"裁判说道，"他真的神志不清了。"

裁判不得不像导盲犬一样把他领回这张球桌。奥利弗看着一脸茫然又有些恼怒。走到近处的时候，埃迪闻到他身上威士忌的酒气有香水那么重。轮到他击球。打进简单的两球后，他打丢了第三球，然后在一声叹息中坐下了。埃迪移开了目光。比分是5∶3，埃迪领先。他清光了其余的球，借助势大力沉的开杆又顺势拿下了后面一局。他感到浑身不自在，只想赶紧完事走人；控制好自己的情绪，他在接下来的5局中取得了4局的胜利。比赛结束的时候响起了零星的掌声。10∶4。奥利弗仍然坐着一动不动。最后他终于站了起来，没有与埃迪握手，蹒跚着离开了赛场。

· · ·

他第二天比赛的对手是一位姓卡宁汉姆的年轻黑人。埃迪使出了浑身解数，但那人打得实在很好。他是比赛的三号种子，在埃迪输给库利的前一轮同样输给了库利，但他在今天却统治了比赛。他的走位和库利有着异曲同工之妙——设计精巧又恰到好处——而且尽管埃迪摆出了不屈不挠的气势，但到比赛中盘的时候就已经知道对手的表现胜过自己了。那人的杆法并不比埃迪来得更加精妙，甚至在准度上还略逊一筹；但他的九球却打得成竹于胸。埃迪也不得不承认自己对九球仍然知之甚少。卡宁汉姆以10∶8取得了胜利。埃迪的比赛之旅也到此为止。他可以收拾东西回家，也可以留下来看看半决赛和决赛。

就在拆解球杆的时候，他抬头看到贝比斯·库利从看台间的通道挤了过来，开始组装他的球杆。贝比斯朝他这边略一点头，走到埃迪刚刚输球的那张球桌前，为他的半决赛开始热身。

埃迪把球杆塞回杆套，推开人群走了出去。十点半有一趟从哈特福德到辛辛那提的航班，然后夜里十二点有一班飞机回列克星敦。他有足够的时间在哈特福德吃了晚饭再走。有那么一刻，他觉得自己仿佛应该留下，应该观摩库利的比赛、研究他在走位上的技巧。但这终究无济于事；九球是属于年轻人的游戏。

· · ·

埃迪递了一支烟过去，她借了埃迪的火把烟点上，然后仰着头将烟雾吐向了天花板。他们在客厅里坐着。接到他从哈特福德打来的电话后，她一直醒着等他回来。"我知道你很难过，"她说，"但第五名的成绩绝非什么世界末日。"

他的奖金是450美元——够支付报名费和酒店的费用，但不够机票和租车的钱。"那只是个二流的比赛。"

"这是你第一次打比赛，埃迪。"

"也是最后一次。"

"到了早上你就会感觉好些了。"

· · ·

但他的感觉并没有变好。当他走进活动中心,看到自己要以扫除开始一天的工作时,他的心情更糟了。他收拾了洗手间,用玻璃清洁剂抛光了各种龙头把手和两面小镜子。时间已经过了十一点,却仍然没有顾客登门。这是圣诞假期前的一周,大概学校里本来就没有几个学生。他决定再给一张球桌换上橡胶底衬的台布。如果从今往后不得不在此谋生,那他不如现在就把这些活儿做得好一点。

梅休走进来的时候,埃迪已经卸下了五号桌的库边,正在修理石板。梅休一言未发;当埃迪从手上的活计中暂时起身时,他看到那个老头站在柜台后面,对着空无一人的游戏室茫然四顾。埃迪转过头去,继续校准他的石板。

· · ·

他生命中有二十年的时光都与出类拔萃这个词毫无关联。即使是为己而战、经营自家生意的那段时间,他也从来没有像现在这样工作过——为着这个令人生厌又难以接近的梅休和那群几乎和他没有说过话的学生。每每给球桌换上台布、给球杆修理先角、给洗手间更换龙头、给照明灯安装灯泡的时候,他都会将一种破釜沉舟的情绪倾入其中。阿拉贝拉有一次问他为什么要为这样一份工作如此劳神费力,而他所能回答的只是"因为我需要它"。这是真心话。他需要在生活中寻得些正确的事情——哪怕只是一张妥善保养过的球桌：鲜绿色的台布紧致干净、橡胶库边安装牢固、桌面光滑平整。从再次拿起球杆、以自己的球技和勇气正面示人的那一刻起，他便已经唤醒了心中某些难以磨灭的火种。

在床上的时候，他发现自己偶尔会带着几近残忍的劲头与阿拉贝拉做爱；但它所释放的快感却永远无法满足他对自己、对他这副年逾半百的躯体之索求。有一次她甚至说道："悠着点儿，亲爱的。这不是一场比赛。"激情过后的他会在心脏狂跳、口干舌燥之际躺倒在床上，感觉心满意足却又欲壑未平。这些都是他与玛莎在一起时不曾体会过的，就像他自己开台球厅的时候也从未像管理这间默默无闻的大学活动室一样上心。只有年轻时整夜打球赚钱的日子让他找到了生命的意义，可那段时光也是转瞬即逝。

人们觉得打骗球是一件堕落而低贱的勾当，比打黑拳更甚。但想在台球中脱颖而出、成为行家里手，你必须得有真材实料。在生意场上，你可以假装自己的成功是拜能力和决心所赐，尽管稀里糊涂的运气才是你真正的财富密码；一位台球骗球选手则无法指望这些。到处都有无能之辈过着收入颇丰、养尊处优的日子。他们趾高气扬地出入奢侈酒店套间，乘坐私人飞机，享受着美国为狡猾而幸运之人所提供的、远比聪颖能干之人多得多的奖赏。你能靠坑蒙拐骗加撞大运得到这一切：俯瞰加勒比私人海滩的酒店套间，绝世佳丽们的口活伺候，或需要四位身着燕尾服的侍者同时奉上的晚宴——切得细致完美、厚度均匀的羊肉、鸭肉或法式冻派，佐以恰到好处的酱汁,再以艺术般的摆盘呈现在你面前;厚重的白色亚麻餐布上,沉甸甸的银质汤匙在你美过甲的玉手上熠熠生辉,与高级绒面呢的袖口和珍珠贝母制成的袖扣相得益彰。你可以用欺骗和狗屎运将这些尽数收入囊中,而毫不理会在背后支持你的政府或军队将陷入怎样的困境。整个世界和全部行业也许都将被他们的愚蠢和邪念拖下水,但加长豪华轿车会照常穿梭于纽约、巴黎、莫斯科或东京的街头巷尾,尽管坐在里面后排软皮座椅上、端着十二年威士忌开怀畅饮的人们除了让自己看起来显得重要之外别无所长。他们唯一的本领就是身着华服、尽显其油头粉面矫揉造作之态,再一如既往地等着全世界 —— 无论情愿与否 —— 为他们买单。

有时夜里,埃迪会躺在床上满心愤懑地想着这些,却又清楚他的怒火之下横亘着嫉妒的沼泽。一位骗球手只能根据他的既定能力行事,没有人能为他所承担的风险作保买单。在这片绿布铺就的竞技场上 —— 恰与钞票一脉相承的颜色 —— 他永远无法仅靠伪装谋生。台球选手中不乏行骗天下、谎话连篇的江湖混子:始乱终弃、成日躲债却仍然自命不凡的无耻之辈;但只要上了桌,无论在哪家台球室的凌晨四点,面对着流淌的灯光、缭绕的烟雾和鸦雀无声的观众,他们都不得不拿出压箱底的本领,而不是装模作样地夸夸其谈。即便生命中充满了谎言,他们此刻也必须用实力说话。只有真刀真枪,没有花拳绣腿。不过埃迪早已与这样的生活分道扬镳了。

第 7 章

The
Color
of
Money

三月的一个周五,他到家的时候晚了些,却发现阿拉贝拉也不在家,屋子里显得空空荡荡。他有些不悦地去厨房调了一杯曼哈顿,然后走到了客厅。那里也有些不对劲;过了一会儿他才发现是那座金属雕像不见了——在去康纳斯的那趟狗屁旅行中买的牵狗女人。从十一月开始,它就一直在阿拉贝拉的韩式绿色五斗橱旁边站着。他已经慢慢喜欢上了它,还买了一瓶铬合金保险杠清洁剂,把它擦得锃亮如新。本来500美元他都觉得贵,可如今这座雕像已经成了他引以为豪的心爱之物。他又跑到其他房间翻了个遍,但仍然不见它的踪影。

正调着第二杯酒时候,他听到阿拉贝拉走进屋子把大衣挂在嵌入式壁橱里的声音。"我的雕像到底跑哪儿去了?"他喊了起来。

"别急。"她来到了厨房,"给我也弄一杯这个,然后我慢慢和你讲。"她面色红润、双眼放光地说道。

他往调酒壶里添了些威士忌和苦艾酒,然后倒了两杯出来,"洗耳恭听。"

"我把它卖了。"

"搞什么名堂？那雕像是我买的。"

"是你送我的礼物。"

"或许吧。你卖了多少钱？"

"我等下再告诉你。你还记得昆西·福尔曼吗？"

埃迪觉得自己好像记得。一位英语系的教授，有着橄榄球后卫般的体魄。"他给了你多少钱？"

"埃迪，这些东西大有的可赚。"

她正穿着带兜的灯芯绒裙子，从其中一个兜里掏出了一张对折的支票。她把它打开瞥了一眼，确认好后，把目光投向了埃迪。

"靠，"埃迪说道，"快给我。"

她把支票递了过去。他接过它看了起来。账户开自"中部银行"，数额是1250美元。

"我试着卖到1400来着。"

"天哪！"埃迪说道。他把一只手中的酒杯放到了桌上，另一只手仍然拿着那张支票，"咱们一早出发的话，中午之前就能到那儿。"

"到哪儿？"

"迪利·马库姆的垃圾场。"

她看着他，毫不掩饰自己的惊讶，"再买一件？"

"再买三件。"埃迪说，"四件都行，如果我们能卖到1250美元的话。"

· · ·

待阿拉贝拉在经停的银行兑好支票后，埃迪驶离了尼克拉斯维尔路。"我来拿着钱吧。"听到他的话，阿拉贝拉把一沓纸币递给了他。十二张100美元大钞和一张50的。他一边目不转睛地盯着路，一边把钱折好塞进了口袋。

开到戴尔菲尔德时，他去超市买了六瓶一提的茂森啤酒，然后一路驶向了那片垃圾场。等他们把车停好，时间刚好是十二点差一刻。

头天晚上睡觉前他就盘算好了要买哪几样东西。有两座小个子女人的雕像可以塞进后备厢，还有两座可以放在后排空间——座椅上和地上各一座。尺寸不是他唯一的考量；重量也同样是个因素。而且他非常确信自己能挑出鹤立鸡群的那些作品。

他买的牵狗女人原先所在的位置上，一座新的已经摆在了那儿。看来那老头听从了他的建议。埃迪停下来观察了一会儿，发现焊接的部分与前一座相比有了改善。看罢，他拎着啤酒走向了后面马库姆的窝棚。

这次当他对付明显刚刚起床的迪利时，阿拉贝拉试着不再参与其中。老头在焊接设备旁边一个脏兮兮的台盆里洗了脸，又拽下满满一手的厨房纸把脸擦干后，连声谢谢都没说就从埃迪那儿顺了一瓶啤酒。他仰起脖子咕咚咕咚地灌了一大口，然后用胳膊抹了抹嘴。他对埃迪熟视无睹，却对阿拉贝拉眨了眨眼，"我弄到了一台海利埃克，正从路易斯维尔运过来。"他说。

"太棒了！"阿拉贝拉说道。

"他们说那东西漂亮极了。我得见了再说。"

埃迪没有发话；他给自己开了瓶啤酒，又来上了一口。在寒意未消的三月时节，喝冰啤酒似乎有些不合时宜。

终于，迪利勉为其难地朝他这边瞧了瞧，"女人和狗怎么样？你买的那个。"

埃迪看着他，"狗可以做得更好，但也还行。它应该有更多的蛋蛋才对。"

马库姆稍稍抬了抬眉毛。"狗可不好做，"他说，"我还是做女人的经验比较多。"

"那就养只狗，"埃迪说，"如果你打算做狗的话。"

"狗比女人麻烦多了。"

"有时候起床也很麻烦。"

马库姆盯着他看了一会儿，然后笑了起来。他把头转向了阿拉贝拉。"跟着他错不了，"他说道，"这家伙有点儿见识。"

"我要再买四个。"埃迪说。

马库姆眼睛一亮，"四个？"

"你这些女人里的四个。我来告诉你是哪些。"他领着马库姆走进院子，把他想买的几座一一指明：《拉斯维加斯模特》《不自由女神像》《牧羊女小波》和一个叫《奥莉芙·奥伊儿》的卡通模样的雕像。走到最后这个的时候，埃迪说道："四个一共1000。"

马库姆盯着他，"卖不了。"

"我去接着喝我的酒了。"说罢，埃迪转身走向棚子，去拿他留在那里的酒。

马库姆默默地跟了上去，一直等到他拿起酒瓶开喝的时候，才终于开口道："你为什么要四个？"

埃迪没有作答。

"是有些想买一个的人，但我开出价钱后他们就都犹豫了。可从来没有人一下要买四个。"

"我们打算倒买倒卖。"

"妈的！"马库姆叫道，"我就知道你有猫腻。我才应该是把这些卖给别人的那个，不是你。"

埃迪耸了耸肩，"也许你说得对。"

"用他妈你告诉我我说得对。"

"你打算卖给谁？"

"路易斯维尔的有钱人，"马库姆说，"美术馆、画廊。"

"是哦？"

"这种原创的东西可便宜不了。"马库姆边握着他的空酒瓶，边朝一院子的金属女人做了个隆重介绍的手势。

"你怎么把路易斯维尔的有钱人弄到这儿来买你的东西？"埃迪说。

"我会去找他们。"

"挨家挨户？"

"我可以卖给画廊，如果我打算卖的话。"

"画廊愿意出的钱还没我给你的多。他们需要在除掉花销后还有的赚。你还得弄辆卡车才能把这些东西运到路易斯维尔。"

211

马库姆的脸往下一沉,"如果我把它们卖了,这儿就没东西给人看了。我还得靠收门票过日子呢。"

"1块钱。"埃迪望向院子说道,"我来了两次了,一个人影也没见过。"

"反正有人来,"马库姆说,"有时候是一家子,每人1块钱。拍照的话我还另收1块。"

"那你应该过得不错咯。"

"我这辈子还没碰过救济金或粮食券。"

"这是好事,"埃迪说,"一个人就应该自食其力,如果他有才华的话。"

"顶尖的,先生。"

"我很尊重你的感受。"埃迪说着从兜里掏出那沓折好的、几乎张张崭新的100美元现钞,默默地数了起来。他把那张50塞回衣兜,其余十二张钞票放在他们旁边金属贴面的桌上,又拿起一块合金废料压在了上面,防止它们被风吹走。"这是我最后的价码。"埃迪说道。

迪利瞅了瞅那些钱,又看了看埃迪。

"等拿到那台海利埃克,"埃迪说,"你可以做出更多的女人。你有的是原材料。"

"和充足的想象力。"阿拉贝拉插话道。

"你刚才放回去的那张50呢?"

"可以,"埃迪说,"也算你的。"

· · ·

"我们可以做起这门生意。"阿拉贝拉说。

"咱们已经在做了。这辆车就是移动的美术馆。"

"我是说我们可以开一家画廊。"

埃迪沉默了一会儿,默默地超过了一辆卡车。他们在回程的路上已经开了一半,后排座位上的雕像们被毛巾和毯子裹得严严实实——都是他颇有先见之明地带过来的。并回原先的车道后他说:"不会有那么多的顾客。我们能把这四个卖出去就算走运了。"

"肯定能卖,"阿拉贝拉说,"人们比你想的有钱。"

"十来个的话,市场是不是也就饱和了?"

"我也考虑过这点,埃迪。那些乡下地方还有别的艺术家,或者手艺人什么的。我们可以多元化经营。我已经为那家杂志社工作三年了,州内的每一个迪利·马库姆我都如数家珍。"

"列克星敦不是个艺术小镇。潜在的顾客最多也就几百号人。这和台球是一个道理。"

"这比台球可好上不少,埃迪。列克星敦这地方有的是钱,何况路易斯维尔和辛辛那提那边的人也会过来。"

"我不确定。"埃迪说。话虽如此,但他的心里已经开始隐隐相信了。

"民间艺术的繁荣绝对是方兴未艾。你看看我从纽约带回来的广告。他们卖的都是些复制品,埃迪。就这样还价格不菲。"

"列克星敦不是纽约。"

"多少人都巴不得它是呢。民间艺术正在成为新的可颂面包和意大利面。一整个阶层的美国人都想参与其中，想随潮流而动[1]。"

"我不懂法语。"

"但你明白我在说什么。以我对这些工匠们的了解程度，"她边说着边把手够向后面，摸了摸从一块绿色毯子边上突出来的金属头颅，"和你讨价还价的本事，再加上你以往做生意的经验……"

他沉思了一会儿。原本他只计划着卖出那四样东西。和迪利砍价蛮有乐趣，而且单件商品的溢价之高——300买进，1200卖出——也令他兴奋不已。当你知道自己胜券在握的时候，它就和赌球有很多共通之处了。"咱们能把这些卖到纽约去吗？卖给代理商？"

"那就和迪利想把它们卖到路易斯维尔一样了。列克星敦的优势就在于低廉的房租和开销。"

这个想法听起来越来越像那么回事了，尽管它看起来还是有些鲁莽——对艺术一无所知的他偏要做这门生意，"你有多少钱？"

"不太多。"

"租个门脸要多少钱？"

"一个月400。也许500。"

"签多长时间合适，万一我们没做起来？"

[1] 原文为法语。

"我不知道。六个月？"

"至少一年。我们得重新刷墙，然后在报纸上打广告。除此之外还有保险、报税和一堆市里、州里和联邦要求的破表要填。我们还得收取消费税。"

"这些事情你已经做过二十年了，埃迪。你肯定驾轻就熟。我是个一流的打字员，填表这些事是我的专长。"

"如果我投12000块钱进去，你能找到足够的货源吗？"

"乖乖，这还算个事！我们可以进些手工被褥和雕刻艺术品。兰开斯特有一个上了年纪的黑人药剂师，他自己做幻想艺术风格的木雕。"

他想了想，开口说道："主街旁边的一条街上就有家空着的店铺，管理者是曼德尔地产公司，而且我认识亨利·曼德尔。回头我就给他打个电话。"

"我的天啊！"阿拉贝拉说着，眼睛直直地盯着前方。

"也许有的搞，"埃迪说，"也许真有的搞。"

"不行了我已经！"阿拉贝拉说。

他们已经驶过了好几块假日酒店的广告牌；此刻在他们前方右手边，那家汽车旅馆的绿色招牌进入了他的视野。他们离列克星敦还有一个小时的车程。又靠近了些后，他看到牌子上面写着"室内加热泳池"几个大字。他开始减速。"咱们去开间房。"

"埃迪，"她说，"我们还有个一小时就到家了。"

"此情此景不可辜负。"

215

· · ·

他已经很多年没在床上有过这样的感觉了。他们拿到了一个背面的房间,窗外的景色是雪地和一片树林。当她开始宽衣解带的时候,他把窗帘拉开。床是两米宽的最大尺寸。他们在床上躺下接吻。紧接着他发现自己笑了起来,而她也跟着他一起笑。"一对艺术的二道贩子。"说完这句,他开始再次吻她。一番云雨之后,他们从前台租了一次性泳衣,在泳池里享受了半个小时的二人世界。她游泳的水平很不错——几乎与他不相上下,她也完全不介意把头发弄得湿漉漉的。他们在吧台点了饮料带回房间。埃迪询问了列克星敦的查号台,抄下了亨利·曼德尔的电话。

"你傻不傻。"她对正在拨号的埃迪说道,"再过一个小时你就能免费打给他了。"

"吹你的头发去吧。"埃迪说,"我知道我在做什么。"

亨利想租575美元一个月,外加取暖费。租期是十八个月。

"太贵了。"埃迪说。他身上的水已经晾干,正赤身裸体地坐在一把椅子上,"我可以付你450一个月,先签十二个月,如果我续租的话,后十二个月涨10%。"

"不可能。"亨利说,"那个地段可紧俏得很。"

"只有一间屋子,而且还空了半年了。"

"感兴趣的还有别人,菲尔森先生。"

"那就租给那些人。"

"他们现在都有点状况。我更愿意和你做生意。"

"如果你重新刷一遍墙,我可以付到475。"

"刷墙!老天,你知道这年头人工费要多少钱吗?"

"亨利,"埃迪说道,"经济危机还没有过去,你对此也一清二楚。如果不把那地方租给我的话,你还得一边给它付税一边看它吃灰。"

亨利沉默了一阵。此间一直在吹头发的阿拉贝拉走了过来。她也一丝不挂地坐在了另一张椅子上,看着埃迪。

"埃迪,"亨利终于开口道,"我可以给你买几桶油漆,但墙你只能自己刷。"

他深吸了一口气,"我周一会上门取钥匙。如果地方看着没问题,我们当天下午就可以签合同。"

"十八个月?"

"十二,亨利。十二个月。"

等他挂了电话,阿拉贝拉说道:"你真是不可思议。"

"你这身打扮很不错。咱们今天不走了。"

"为什么?"

"亲爱的,"埃迪说,"至此咱们就算绑定了。这是我们的蜜月。"

· · ·

这间门脸最棒的地方就在于它市中心的地段。他对此非常中意,就和他喜欢阿拉贝拉从前的那间小公寓一样。房间的尺寸相当不错,还自带几个储物柜、一张厨房台面和一个洗手间。光线十分充足,透过前面的玻璃和看出去是后院花园的窗户洒满了整个屋子。花园里垃圾遍地，都是先前盘踞此地的洗衣房扔在这里的锈衣架；院子中间立着一个大得不成比例的砖砌烧烤架，周围是一圈被踩得稀烂的杂草；不过等到开春的时候，这地方用来摆放马库姆的那些钢铁女郎倒是不错。当他把这个想法告诉阿拉贝拉的时候，她兴奋不已，立刻开始清理那些衣架。屋内四周的墙壁污浊不堪，还有两根巨大的管道需要刷漆。地上绿色的油毡布也必须撤走。埃迪弯下腰去，将这块布掀起一角，发现下面其实是相当不错的橡木地板；它需要的只是打磨一番，大概200美元就能搞定。最后还需要刷一遍保护涂层，这活他自己就能干。

他和亨利达成了一个协议——从第一个月的租金里免除150美元，用于购买油漆、刷子、滚轴、梯子和涂地板用的聚氨酯涂料。埃迪知道在哪儿能买到打折货，下午三四点就把这些东西采购得一应俱全。他用街角的一部公用电话打给了电话公司，要他们来安装一条商用线路。然后他又给电力公司打电话开通了服务。

"我们或许应该开始确定货源了？"阿拉贝拉问道。

"咱们先得把这地方收拾好，才能往里搬东西。"他感觉棒极了，对接下来要做的事情一清二楚。他穿着一条旧牛仔裤和一件破绒布衬衫，正拿着一柄油灰刀跪在地上，把油毡布一块块铲下来扔到硬纸箱里。"我今天得把这破玩意儿弄下来。我已经给一家地板翻新公司打过电话了，他们明早会带着磨砂机过来。后天趁着油漆晾干的时候，咱们可以去考察你的艺术家们，然后看看给雕像搭配什么样的底座，灯光如何设计，还有怎么在墙上装些横杆来挂那些被褥。咱们还得想想在报纸上打广告的事，店门口也得放个招牌。"

"埃迪，"她说道，"你一个人就能撑起一台戏。"

"等哪天你听我唱个《星条旗永不落》。"用油灰刀的诀窍在于从油毡布下面慢慢地滑进去。"这块地板弄完以后一定棒极了。"他边干活边说道，对自己十分满意。

• • •

艾伦·克劳斯在埃斯蒂尔县经营着一家只有一个泵的加油站，距离列克星敦一个半小时的车程。一栋早该重新刷漆的木头房子里有三个互相连通的房间，每间都挂满了各式被褥，上面的图案令人眼花缭乱。前门上挂着一块牌子：**被褥待售 —— 正宗肯塔基手艺**。

"我自己不做这些，"艾伦说道，"但有好几个女的做了以后给我。我母亲以前也做一些，但我基本上只管加油的事。"她是一个身材宽大、不苟言笑的女人，五十岁上下，一头金属灰色的头发，穿着一双没系鞋带的阿迪达斯。"这些被子里面有的是垃圾，但有些真的是个宝。往这儿看……"她领着他们去看后面墙上的一床，"这张画的是《圣经》故事。"只见被面中间绣着几位站在火窑中的希伯来少年，右下角则是亚伯拉罕和以撒。

"贴花工艺。"阿拉贝拉说。

"最上乘的技法，亲爱的。"艾伦回道。对一位外表如此男性化的女人而言，她的声音出乎意料地温柔。埃迪对着这床被子研究起来。画面被分割成五块颜色鲜艳的区域，包括用布块拼接出的人群、树木、一整条挪亚方舟以及在中间的火窑中跳动的燚焰。缝合之处，针脚无不细密而均匀。一旦接受了它花里胡哨的风格，你会发现它其实相当精美，制作起来必定颇费了一番工夫。他看着她问道："多少钱？"

"那床被子是尔湾那边的贝蒂·乔·默瑟尔做的。而且她已经不在人世了，去年死于输卵管癌。她想卖500块钱。"

"的确相当珍贵。"阿拉贝拉说道。

"再给我们看一些好货吧，克劳斯小姐。"埃迪说。

她领着他们在满墙被褥的三间屋子转了一圈。最后一个房间的木头床上摞了二三十条，还有床单和枕套。大部分图案都不外乎两类：爱国主义或宗教题材。有几床还把二者混搭了起来；其中一床就在马槽中的耶稣上方绣了一面美国国旗。另一床爱国主题的被子上贴满了拼接而成的飞机，手法简单粗暴。铭文上一行大字写着：**永志不忘珍珠港**；落款的日期是1943年。

看过三四条后，埃迪觉得自己已经能靠观察挑出那些名副其实的上品了。设计是一方面，做工也同样不可或缺。其中一些看起来就廉价且随意，但另一些——尤其是已故的贝蒂·乔·默瑟尔做的那些——则明显倾注了大量精力，针线功夫更是十分了得。不过这些东西到底值多少钱，他心里却不太有数。

就在他为此暗中困扰时，门外响起了汽车喇叭的声音。艾伦抽身走开，去接待那位前来加油的顾客。

等她出去后，埃迪走到绣着《圣经》故事的那床面前，摸着上面的布料。"这个咱们能卖多少钱？"

"我不太确定。"阿拉贝拉说。

"你知道列克星敦有谁家里收藏了这些吗？或者类似的？"

"给杂志排版的那个女人有些被褥。但我不知道她那些是从哪儿买的。"

"她有这类的书吧？"

"肯定有的。"

"那就成了。等我涂完地板，咱们去找她一趟。"

・・・

待涂料完全晾干，地板看起来比他预想中的还要好。他已经买来了室内用的高级白色油漆和一个又大又沉的辊轴。他在地上铺好滴塑布，架上梯子，从天花板开始刷起。装好灯具之后它可能还需要一些零散的修整，但这不是什么难事。中午之前他就刷完了天花板，接下来是四面墙。阿拉贝拉从街角的药店里买来了清洁剂和纸巾，开始擦洗玻璃。

电话已经装好，这会儿正放在地板中间的滴塑布上。趁着休息的时候，埃迪坐在电话边上，给他从黄页中找到的一家标牌制作店拨了过去；他的身旁还放着一杯咖啡和一个巨无霸汉堡。做一块挂在门口的招牌要400美元，而把**肯塔基民间艺术画廊**几个字用金字涂在窗户上只需要130美元就能搞定。埃迪告诉他们只涂窗户就好，然后他拿起辊轴继续刷墙。阿拉贝拉已经擦完了所有的玻璃，开始在院子里清理垃圾。第二面墙刷好后，埃迪觉得肩膀有些酸痛；他决定让它歇一歇，于是转去收拾洗手池和马桶。花钱如流水的状况会持续好一阵子；但赌球的时候你也得有先出后进的准备，这对他来说并不是个问题。他从阿拉贝拉那边取了些清洁剂，把卫生间里的设施抛得光洁如新，洗手池上方的镜子也擦得干干净净。他开始吹上了口哨。接下来要置办的还有家具和雕像底座；各种灯具的挑选与安装也是个活儿。但阿拉贝拉说得没错。这份买卖大有可为。凭阿拉贝拉在客人面前的伶牙俐齿，再加上她的美貌、口音以及在大学里的人脉，说不定他们真能一飞冲天。即使他们未能如愿，这种兴奋感也能持续好一阵子。比起在学校的那间烂污活动室里给梅休打工，或为了卷土重来而在台球桌上苦苦挣扎，经营自己的生意无疑好上太多。

简·史密斯-罗斯家的壁炉上方挂着大大的一床图画被褥，上面绣的是一片牧场里的成群牛羊。埃迪凑近观察了它的贴画和绣工。与贝蒂·乔·默瑟尔的那床相比，这一床的针脚不够细小，整齐程度也略逊一筹。他们没准儿可以要来一张贝蒂·乔的老照片，放大后把它贴在墙上，注明制作者的生卒年月，把她塑造成被褥界的明星什么的。又有谁对这个行业里的人了解多少呢？看着史密斯-罗斯家壁炉架上面的这一床，他突然觉得贝蒂·乔的作品非他莫属。它们确实比这更好。

"可以告诉我这床被子你是多少钱买的吗？"他问道。

"这是我丈夫四年前买来送我的生日礼物。二十世纪三十年代的东西,我记得他花了800。"

"你知道他是在哪儿买的吗,简?"阿拉贝拉继续问道。

"当然知道,"简微微一笑地回答说,"说来讽刺,这是一床肯塔基被褥,可道尔顿却是在辛辛那提把它买回来的,在一家叫希丽托小店的地方。"

埃迪对着这床被子又看了看,发现它的图案也比不上贝蒂·乔的;羊群看起来冒着傻气,那些牛也毫无创意可言。反观出自贝蒂·乔之手的火窑,热气仿佛扑面而来,每根火苗的姿态都各不相同。虽然年头不如这床来得久远——艾伦·克劳斯说过那床被子是在五十年代织就的——但如果这床都能卖到800,那贝蒂·乔的肯定值上1000。至少在希丽托那间店里如此。

简·史密斯-罗斯借了两部关于被褥的画册给他;当晚他就做了仔细的研究。结果毫无疑问:贝蒂·乔是一颗遗珠。最大的问题在于如何营销。他准备找人安装几组轨道灯,再沿着一面墙立起展示架若干;他打算开始和艾伦·克劳斯讨价,从她手上买走所有贝蒂·乔·默瑟尔的作品。如果能把那张火窑被挂在进门左手边新刷的白墙上,那一定亮眼极了。他们可以挂上两三条,然后把其余的像台球桌布一样放在架子上。如果在那床被子旁边、离墙几英尺的地方再把迪利·马库姆做的《拉斯维加斯模特》摆在地板上——焕然一新的橡木地板上——这两样东西必定能交相辉映。想到这里,他的心跳开始加速。

· · ·

  他没花什么力气就找到了木匠和电工。每个人都需要吃饭，而且冬天还未完全过去。但当他和电工提到要给窗户装一套防盗系统时，那人说他从没听说过这种东西。于是埃迪给黄页上的一家公司打了电话，却没人接听。他决定把这件事暂时搁置，从正在天花板上装着轨道灯的电工身旁走开了，木匠则在一旁锯着用来制作展示架的木板。阿拉贝拉去市政局填了执照申请表，然后开始将画廊的事情电话告知她的朋友们，发动了口耳相传。埃迪把那两个人留在店里干活，自己跑了一趟报社商量广告的事情。他以前也会时不时地给他的台球厅打个广告，但那些都是简单的模板样式。这次为着画廊的开业，他需要的是看上去精致高雅的设计。同样不可或缺的还有广播和电视。伊诺克——或者他的秘书——或许能帮上忙。说不定他还能让阿拉贝拉上个早间节目，谈一谈肯塔基民间艺术。然后他们还得继续考察其他艺术家：除了金属雕像和被褥，他们还需要进更多的货。

  他做这些事的时候并不感到疯狂，也不觉得陌生。他与艺术向来绝缘，时至今日也从未踏足任何一家画廊或美术馆。然而他现在做的事和骗球颇有异曲同工之妙，而他又恰恰喜欢骗球这类概念，喜欢为之花费心思。这是个能来钱的活儿，钱也正是他的心头好——他喜欢和钱打交道，喜欢挣钱，喜欢花钱，喜欢在兜里深深揣着十几张或更多折叠整齐的大票。他的生命中经历了太多不合情理的事情。但钱是个例外。

"我们可以用寄售的方法拿下那些被子，这样我们一分钱都不用投。"阿拉贝拉说道。他们正向尔湾开去。

"意思是我们不用预先付钱给艾伦？"

"是的。"

"她怎么知道我们就能卖得比她好？"

"靠你去说服她。"

他默默地开了一阵，重重地踏着这辆两年新丰田车的油门。他一直在琢磨弄一辆厢式货车或者迷你大巴，侧面写上**肯塔基民间艺术画廊**，再依照马库姆的牵狗女人做一个商标贴在上面。他想了想阿拉贝拉的建议，然后说道："咱们至少得先付她一半的钱，而且既然要做，就得做好破釜沉舟的准备。每床被子我打算300进货，900出手。否则它就不值咱们的时间。"

"可怜的艾伦怎么办？"

"可怜的艾伦？首先那些被子根本不是她做的，其次这些东西在那个还装着煤油炉的破加油站根本卖不出去。如果你觉得于心不忍的话，那也应该是对贝蒂·乔·默瑟尔。艾伦是这条剥削链的始作俑者，不是什么受害人。"

"你不应该打台球，去学校里教经济学才对。"

"一个人能从打球中学到很多关于钱的事情。"

"埃迪，"阿拉贝拉说道，"你开得太快了。"

他没有接话，可脚底下也没有减速。

· · ·

"这九床我都要了,一共2700。"埃迪把数好的钱放在壁炉旁边的一张小桌子上,上面垫着网格桌布。

"你这就是胡来了。"艾伦说道,"这可是贝蒂·默瑟尔毕生的心血,而且随便哪五条都值这个价。"

"把它们挂在墙上给你带来不了任何收益。"

"我去泡点茶给你们。"说着,艾伦转身去了厨房。她对那些钱瞧都没瞧一眼。

"埃迪,"阿拉贝拉小声说,"你恐怕得往上加钱,或者少拿几条。"

"看看再说。"他又把目光聚焦在了壁炉上的那方火窑以及那三个正五花大绑着要被推进去的黑发男孩上面。如果找得到合适的买主,这床被子他能卖到1200也说不定。

当艾伦端着一托盘的茶杯回来时,埃迪问道:"你觉得九条一共值多少钱?"

"你真心看上了那些被子,是不是?"

"做工我很喜欢。"他从托盘上拿起一个杯子。

艾伦点了点头,没有说话。他们坐着喝了会儿茶,然后她突然站了起来,捋了捋身上厚重的灯芯绒衬衫。"或许你对她母亲的作品也有兴趣看看。"

埃迪抬头看着她,"她母亲?"

"贝蒂·乔的。她母亲在二战前去世了。"

"她也缝被子?"

"就是她把贝蒂·乔教会的。莉·达芙妮·默瑟尔是方圆百里最棒的绗缝师了。"

"那些被子在哪儿?"埃迪问。

"卧室里。"她从壁炉右边的门走了出去,"只有三条。"

床脚的地方摆着一个木头衣橱。艾伦拉开把手,取下了罩在上面的一张床单。一个塑料透明的衣物收纳袋露了出来,里面裹着一床被褥。她小心翼翼地把它取出放到床上,又慢慢地抽出那床被子摊开放平。当它逐渐展现出全貌时,阿拉贝拉不禁屏住了呼吸。

"这些东西我已经保存很多年了。"艾伦说道,"贝蒂·乔还在世的时候,有一个纽约的中间商想把它们全都买下来,但他后来就没有消息了。我那会儿也没那么想卖。可能现在也还是一样。"

埃迪凑上前仔细端详起来。他已经对着简·史密斯-罗斯借给他的那本书研究过几个小时,把各种详细说明翻了个遍。眼前这床是如假包换的好东西。它以提花垫纬凸纹布为底,辅以花鸟图案的贴花,针线功夫可与书中任何一幅照片上的媲美。他记得自己在书里见过类似的一床,图例上写着"收藏于纽约民间艺术博物馆";它的介绍是四色印刷,占据了整整两页的篇幅,另外还有一页专门用于展示针脚上的细节。而这一床甚至有过之而无不及。他轻轻地掀起一角,布料顺滑如丝又轻薄如翼;绣上去的花瓣亦是无可挑剔。他看向了艾伦,"其他两床我也想看看。"

• • •

"7000块!"阿拉贝拉说道。

"一不做,二不休。"埃迪说。他压着限速疾驰在回家的路上。后排放着独立包装的一打被子,包括出自贝蒂·乔·梅瑟尔之手的全部九条和她母亲留下的精美绝伦的三条。他感觉棒极了。给赌注加码是他一贯的风格。

• • •

"如果你把喷水灭火系统装上,我就能给你写保险书。否则我没法弄。"

"喷水系统?"埃迪说道。他从没想过这个,"那东西得多少钱?"

"不便宜。但没有这个的话,我提供不了保险。不管是那些被子还是别的都保不了。"

"我会研究一下的。"埃迪摇了摇头说道。

• • •

"我要请两周的假。"埃迪站在换上了新台布的四号桌旁边。梅休刚走进来。

"没戏。"梅休说。

"我来之前你一个人也没问题。"

梅休看着他,没有说话。

埃迪很想揍他,但还是忍着冲动点了支烟。然后他说道:"这是我挣来的。"

"那些旧桌布的寿命还长着呢,"梅休说着,瞧都没有瞧他一眼,"我又没让你换新的。"

埃迪看着他,"那些早就烂了。"

梅休打开收银机开始数钱。

"两周后见。"说完这句,埃迪转身便走。只有三号桌有人用着。两个安静的年轻黑人在打九球。

"不,你见不了。"梅休回道,仍然没有抬头看他。

埃迪没再说话,向着门口走去。

"如果你明天不来,就不用再来了。"梅休说。

埃迪走出房间,穿过了吃豆人和爆破彗星。外面开始下雪了。他无论如何还得找个时候回来一趟;他的巴拉布什卡还放在这里。

. . .

"埃迪,"阿拉贝拉说,"我有点害怕。"

"害怕?"

"一切都发生得太快了。我们还不知道这些东西能不能卖出去。"

时间已近午夜;他俩给那些木头架子涂完漆,又调试好了轨道灯,才刚从店里回来。门口玻璃上的字也在当天下午刷了上去。他们周六就能开业。

"会顺利的。"他说。

她沉沉地坐在那张白色沙发上。"希望如此。"她闭着眼睛、头枕着沙发背说道,"有时候你的行事风格真的吓到我了。一头扎进去。"

他看着她紧闭双眼的倦容沉默了半晌,然后说道:"在我结着婚、开着台球厅的那些年里,我一直都拘束着自己。整天就是坐在那里看看电视。一点意义也没有。"

她一脸困意地睁开了眼,"可能是吧。"

"真的一点意义也没有。玛莎和我什么都懒得张罗。我们无节制地喝酒,买一堆东西回家,然后时不时大吵一架。我每天早上去台球厅,掸掸球桌上的灰,换上新的巧粉,就这么到了五十岁。"他把烟头摁灭在了椅子旁的烟灰缸里,"我会干的事情也不多。我不知道自己的球技还能不能恢复到可以挣钱的水平;而且就算我能挣到重新开一家台球厅的钱,我也不知道那是不是我想要的。不过是同样的东西再来一回罢了。"

她一直在看着他,"你还远远没到心灰意冷的程度呢。就算这件事不成,你也能找到其他的事情做。"

他看着她,"说两件来听听。"

"埃迪,"她说,"我得去睡觉了。"

等她离开房间,他拿出了一本蓝色封面的记账簿,开始翻看那些数字:安装照明设备的支出,购买被褥和金属雕塑的费用,两个月房租数目的押金,以及往来各处的油钱。他的银行账户里还有大约

5000美元。这就是他经营台球厅廿载的全部家当了，还不如他二十多岁时有几次打一晚上球赚得多。

他把账簿放回去，又点上了一支烟。周五他们会去麦迪逊县看看那位药剂师和他的木制工艺品。两年前主编还是格里格的时候，阿拉贝拉就已经在那本杂志上写过这个人的专栏了；她给埃迪看过那篇文章，还附带了照片。那些作品皆以《圣经》故事为题材，像贝蒂·乔的被褥一样直击人心。他走到壁橱那儿，从架子上摞着的塑料包装袋中取下一只，抽出了那床被褥。他将它放在沙发上摊开，并调整了台灯的角度，让光线聚焦在被面中心、几个希伯来小孩正要被推进火窑的那片图案。

如果不是阿拉贝拉，他永远都不会发现这些被子，以及像观众一样站在客厅墙边的那几座金属雕像。肯塔基有数不胜数的人自称工匠或民间艺术大师，但绝大多数都只是泛泛之辈。完全是凭着阿拉贝拉为杂志社撰稿的经验，以及她和格里格遍历全州、登门拜访过数十位尝试用此等作品谋生之人的丰富阅历，他才得以避免在垃圾货色上浪费时间。是她提供了专业眼光和知识储备；而他仅仅贡献了资金和一点胆量。或许还有些背水一战的气势。他看着灯下耀眼的贴花燚焰——红色的、橘色的、黄色的，从火窑的洞口呼之欲出。数日来，这幅画面总在一些莫名其妙的时刻浮现于他的脑海，挥之不去的感觉有如一首广告神曲，又如他对金钱的欲望。那三个黑乎乎的小孩被一条红色教袍腰带拴在一柄宽口大铲上，像烘焙师傅用的那种器具。他们僵直地躺在那里，卡通模样的大眼睛惶恐地瞪着，嘴唇周围是一道道黑线。一只巨手正紧紧地握住铲子，随时准备将他们推入火窑。一周以来他过目的所有物品中，最令他难以忘却的就是这一件。

他决定了。明天他会把这床被子拿去店里，但不会出售。他要自己留着它。

· · ·

整个下午他都在安装悬挂被子用的支架和横杆——一侧的白墙上三组，另一侧两组；当他把贝蒂·乔的火窑被挂在其中一面墙的正中时，窗外的天色已经暗了下来。他爬到梯子上，让两盏照明灯直射着它。白色背景的映衬下，这床被褥的颜色绚丽夺目，以希伯来少年们为中心的五幅图案看起来就像一部神秘连环画。

停在店门口的车里，两座稍小的金属雕像正躺在后备厢中。《牧羊女小波》大约三英尺高，是他买的五件作品中最矮的一件。他把它取了出来，像抱着一个熟睡的婴儿一样把它捧在怀里。小波是由保险杠的部件焊接而成，部分身体被一条蓝布围裙覆盖着；它的头是拧在一起的两个半圆形小轮毂盖，上面画着一张嘟着嘴的小脸。它的手里还握着一根用汽车尾管制成的牧羊人手杖。

他在那条被子右侧的一个木头底座上将它放好，又把轨道灯聚焦在它身上。从梯子上下来后，他站到对面墙边，一并打量着这两样东西。效果令人惊叹。他走到一个空着的底座上坐下，开始琢磨要把哪些被子用于展示，哪些叠着放在货架上。每一床他现在都了如指掌。

· · ·

起先他并不怎么喜欢那些木雕，而且那个黑人工匠老头也不好打交道；但他不得不承认这些作品中蕴含了相当多的心血。其中一套八张的木版画，题名"美国崛起于群雄世界"的，没有几年的工夫决计做不出来。原料用的是深色胡桃木，上面布满了一圈一圈的年轮。每张版画都大约一码见方，用浮雕技法描绘的形象仿佛都出自一位早慧孩童的手笔。那名工匠身形消瘦，年至迟暮，皮肤黑到几乎发紫。和马库姆一样，他搬出路易斯维尔和芝加哥的美术馆或画廊一通吹嘘；当埃迪对他"重要艺术家"的自我定位提出质疑时，他开始从药品柜后面的金属架上抽出各种报纸和杂志。那摞旧报纸里有些专栏——其中几个还有他和某件木雕作品的合影——但那些剪报早已陈旧泛黄。他真正的辉煌是在周日版《信使报》上一篇横跨两页的报道，配以他数件作品的彩色照片和一张他身着工装罩衫站在药房柜台旁边的写真。标题是"一位肯塔基木雕家对历史的诠释"。上面的日期是1961年9月。

"这套在大学里都展览过。"那人说道。他名叫图桑·纽比，举手投足间带着严肃，"有些人从芝加哥过来就为了买下它。但我刻这些画不是为了让人挂在公寓里的。"

埃迪点点头，没有说话。这些版画都被钉在了墙里，而且光线很不好。他戴上眼镜，从最左边开始一幅幅端详了起来。第一幅是在一片明亮的蓝色海洋上航行的船只，甲板上站着一列可能是清教徒的人群，每个人都在睁大眼睛望着天空。一片乌云笼罩在他们头顶，伴着一道道力透木雕的黄色闪电。那群人的表情画得稚气未脱，却刻得栩栩如生。大海里的白色波浪和闪电上的一抹黄色是漆上去的；其余则全都是木头本身。整件作品散发着一种疯狂而又急迫的力量，但它却令埃迪很不自在。

下一幅描绘的场景是岩石海岸上的印第安人们向一位神色冷峻的白人男性点头致意。之前那艘船正停在远处的一个海湾里。天空的位置刻着"人世间的恩将仇报"。再接下来的一幅中，十几个印第安人正对准清教徒们拉弓射箭，结果被一个吓得面容扭曲的婴儿看在眼里。最后一幅是普通的城市天际线，然而遍地矗立着深色摩天大楼的街道上躺着一具具被遗弃的孩童尸体；他们双眼紧闭、表情狰狞。这幅画的四周边缘雕刻着一个木框，上面用油漆题了一行字：**我们亲手缔造的美国**。寓意十分明确，恰好埃迪对此也无异议。他在阿拉贝拉的杂志专栏里见过最后这幅版画的照片。那满溢的怒火令人不安，他无法确定如此阴郁的作品能否卖得出去——以他们需要的售价。迪利·马库姆的雕像直白得近乎滑稽，但这些木版画可与滑稽二字毫不相干。它们就像是黑暗绝望的心灵涂鸦，不由得让埃迪想起了那些露宿街头，随身行李之外身无长物，却又对所见所闻无不怀恨于心的流浪女。

"假如要卖的话，我猜你只会整套一起卖。"埃迪说道。

"我没说过要卖。"纽比说。

阿拉贝拉没有插话；她将目光从一个人转到另一个人身上，然后把手插进了大衣口袋。

"如果是我做的，我也不会想卖掉它们。"埃迪说，"可能这个还行。"他指着单独摆放的一幅，上面刻着一座教堂和安坐在门口台阶上的魔鬼；它的双角和三叉戟都被涂成了红色，"或者这幅三美图。"那是图桑·纽比给他们看的第一件作品；画中三个肥胖的黑人女性正躺在一张黄铜床上熟睡，下面放着三只夜壶。

纽比看着地板说道："500块。"

"两幅一共。"

"一幅。"

埃迪没有吱声，从店里走了出去。时值三月中寒冷的一天，人行道上还有些冰。很快阿拉贝拉也跟了出来。她戴着一顶能遮住耳朵的绒线帽。埃迪用围巾裹住了下巴，也用帽子遮住了耳朵。

"我觉得我们不应该再买任何东西了。"她边走向他边说。

"一开始我也没看上那套画，但我现在喜欢上了。"

"他肯定得要几千块钱，埃迪。而且我们现在都还没开业呢。"

"那几个标题不知不觉就抓住你了。"埃迪把兜里的手揣得更深了，"那个老混蛋。"

"等我们卖出一些被褥，以及迪利的雕像——"

"我不想等到那会儿。"埃迪说，"如果我们把那组八件套挂在墙上，正对着那些被子，再让这老头把报纸上那篇文章借给我们，一定会有人想买的。"

"埃迪，"阿拉贝拉说道，"我对还要追加投入的风险很害怕。如果生意失败，这些东西一件都卖不出去怎么办？"

他抬头看了看灰白的天空，感受着透体的寒气，"我不想求稳。我从没靠着稳健赢得过任何东西。"

阿拉贝拉盯着他看了一阵，像是要说些什么，最终却没有开口。

"咱们回里面去吧，"埃迪说，"外面可他娘的冷死了。"

他用现金混着支票付了钱。买完这些东西后，他的银行账户里只剩不到2000美元了。阿拉贝拉的存款还有2300，以及每月第一天到账的离婚赡养费。这就是他们的全部家当。他觉得没有问题。二十多岁在芝加哥大战肥佬的时候，他曾经在某局里倾囊而出，更是不乏一局告负则立刻加倍赌金的操作。他们曾经打过5000美元一局的14-1，也正是在那局中，埃迪展现了前所未有的状态，在豪注面前拿出了令他自己都惊讶不已的表现——而谨小慎微的伯特和查理只有看着他把球一颗颗打进的份儿。

此刻，想到后座和后备厢里装着的八件套和其他三幅木版画，他又找回了昔日那种掌控一切的感觉。回程的时候，天空中早已下起了雪，路面被冰层上的新鲜粉末染成了纯白。埃迪仿佛行驶在梦中；他毫不费力地驾驭着这辆小车，整个神经系统松弛而敏锐，精神状态也因风险的存在全面提升。

开到列克星敦的时候已近午夜。埃迪在店里停了一下，他们把那些版画搬了进去。他想看看它们在聚光灯下的样子，而且这会儿他还毫无睡意。

趁阿拉贝拉在厨房台面的电炉上煮咖啡的时候，他用卷尺丈量了进门右手边那面墙，标记了八块相同间隔的区域；然后他用四分之一英寸钻头的电钻在墙上打了洞，又装上了固定用的莫利螺栓。每幅木版画的背后都预装了一个重重的拉环；他把一整套画按照顺序挂了起来。接着，他爬上梯子再次调整了灯光的分布，让它们均匀地照在了左右两面墙上。白炽光的直射下，各种色彩都是那样炽热而璀璨。百叶窗已经在前一天装好；他走过去把它们拉到底，又把叶片转到了完全挡光的角度，于是有窗户的这面墙也成了一片白色。他走回到房间中央，脚步踏在地板上的声音惊人地响亮。

"这地方让人觉得发毛。"她说，"我有点怕。"

"看看墙上这些东西。"他说，"我的天，太漂亮了。"

她抬起头向四周看去。在图桑·纽比的胡桃木版画面前，她伫立许久，然后转向埃迪，微笑着说道："是的，太漂亮了。它们确实太漂亮了。"

· · ·

他们一到家阿拉贝拉就睡下了，不过埃迪在客厅里又待了一个小时，围绕在他身边的是他买的被褥、木版画以及那排如同愤怒的小型合唱团一般的金属女郎——它们面朝着他趾高气扬地站在墙边。上床的时候已是凌晨三点，可即便这么晚了他却仍然难以入睡，不住地想象着画廊被这些商品摆满后的样子。他们卖的没有一样是小件东西，也都不便宜；但如果他们一周能卖出一件，收入就足以支付房租并为他们提供生活来源。在此基础之上的任何部分都将成为利润。

• • •

周六早上,阿拉贝拉准备了40人份的咖啡和可颂面包,但一个顾客都没有。之前她一直都在打电话、做宣传。有几位教授保证了会来捧场,此刻却不见他们的踪影。埃迪在窗户上简单地挂了一块"营业中"的牌子,而且他的广告也在周四和周五两天都见了报,可画廊里还是空无一人。路过的行人们倒是会向里张望,有些人还停下来盯着面朝大门的《拉斯维加斯模特》和《奥莉芙·奥伊儿》以及她们背后《永志不忘珍珠港》的被子看上一会儿。再等等吧。如果一周过去店里仍然无人问津,那才是应该开始恐慌的时候。上午过到一半时,他离开画廊去了主街上的亚历山大照相馆,取回了他要求放大并钉在塑料板上的黑白照片。回到店里,他用黄铜的圆头螺丝把它们固定在了墙上。这些翻拍自老照片的人物写真有着明显的颗粒感,上墙之后所营造的艺术气息也恰到好处:白发梳成发髻、面无表情的贝蒂·乔·默瑟尔,从旧报纸中裁下来的、光头眯眼的迪利·马库姆,以及放大了一倍的《信使报》上纽比的两页专栏。待他把这些全部弄好后,已经十一点半了。

一对夫妇在一点半的时候走了进来。男人是学校里某个科学系的教工。阿拉贝拉不认识他。他们用中产阶级参观博物馆时那种安静、怀揣敬意的方式在店里浏览着。他把两只手背在肥大的骆驼毛外套后面，而她的双手始终交叉在胸前——将重心落在一只脚上看完了所有的被褥和金属雕像后，她又按顺序端详着一幅幅木版画。两人都十分在意自己的形象；比起这些作品本身，他们的兴趣更多地集中在保持正确的观赏姿势上。研究纽比那套木版画中的一幅时，她用手指捏着下巴，紧闭着双唇，内心的鄙夷被放大了写在脸上。

"你这里毫无疑问有很多有趣的作品，"男人说，"别具一格。"

"如果它们不是用了如此……"女人接道，"……夸张的手法就好了。"

埃迪看着她。他知道迪利对女人的看法，而现在他也对此感同身受。"民间艺术就是这样了。"他说。

"我猜是的……"那女人说道。接着，她挤出了一丝微笑。"我们会再来的。非常感谢。"男人带着歉意地点了点头后，两人离开了。

"迪利可以用保险杠把这女的做一个出来。"等他们走出去后，埃迪说。

不过这对夫妇带来了些人气，更多的客人开始走入店中。阿拉贝拉已经重新热好了咖啡，倒在白色马克杯里，连同涂了黄油、摆在塑料盘中的可颂面包一并奉上。罗伊和帕特·斯坎默夫妇进来的时候，店里正好有六七位顾客。他们俩都穿着臃肿的羽绒服，戴着厚厚的围巾。

"豪注埃迪，"罗伊说道，"你的天赋从未停止制造惊喜。"

"这比打九球要容易。"

"目前怎么样？"帕特问道，"你们开张了吗？"

"还没有。"

"我们最便宜的东西,"阿拉贝拉说,"也要400块。"

"我买了,"罗伊说,"是什么?"

"洗手间旁边的那床被褥,绣着花的那条。"

"我们连取暖费都没钱付呢。"帕特说道。

罗伊温和地笑笑说道:"我们可以睡在这床被子里嘛。"

"你真是个傻子。"帕特带着愠怒的口吻说道。随即她看向埃迪,露出了微笑:"我们就是来拜访一下,顺便祝你们好运。"

· · ·

五点半的时候,教育学院的某位系主任走了进来。对着马库姆的几座雕像研究了几分钟之后,他向埃迪说道:"如果你收支票的话,我想买下这件《拉斯维加斯模特》。"

过程就是这么简单。埃迪计算了消费税,收下支票,然后帮忙把货搬到了他停在马路对面的沃尔沃里。埃迪在底座的价签上标的是950美元;他从马库姆那边的进价还不到400。这一单的利润就远远超过了500美元。

周一和周二都没有人买东西,尽管有几个人表现出了一些兴趣。周二早上,电视台三频道的一位女士打来了电话;下午两点、店里正好有一些顾客的时候,她带着摄像团队走了进来,为周一早上的访谈节目录制了半个小时的素材。她一边对着麦克风解说,一边让摄影师先环拍了店里的全景,然后拍了些被褥和雕像的特写。她的言行举止时而热忱如火，时而又不屑一顾。她称赞那些被子是"美国的文物"，却在与《奥莉芙·奥伊儿》同框的时候无奈地翻了个白眼。接着她让摄像师将镜头迅速摇过八件套的木版画，同时开始了对阿拉贝拉的采访。阿拉贝拉十分兴奋，却略显拘谨；她的英国口音较平时而言更加字正腔圆。当记者女士提到马库姆的作品时，她说那些代表了美国本土民间艺术，其特征是滑稽性、讽刺性和原创性。埃迪选择了置身其外，满意地看着阿拉贝拉与那个女人谈笑风生。他可不想被问到一个台球选手是如何走上艺术品商人之路的。

埃迪之前就见过这孩子在附近晃悠。开业前一天，他在窗户边上站了好一会儿，盯着那些展品看来看去。隔日他又在马路对面站了将近半天。但他从没到店里来过。这是个看起来十分阴郁的小年轻，头发和眉毛浓黑，苍白的皮肤和毛茸茸的胳膊有着某类阿巴拉契亚❶人的典型特点。你在乡下的加油站就能看见这些人；他们会把绿色工装衬衫的袖子挽到胳膊肘的地方，裸露的白色皮肤上长着清晰的黑色臂毛。他们喜欢喝的是酷压奇❷橘子汽水和荣冠可乐。

吃完午饭回来，埃迪正好看到那孩子气急败坏地夺门而出，然后重重地摔上了身后的门，力气大得几乎能把玻璃震碎。埃迪看着

---

❶ 阿巴拉契亚山脉（Appalachian Mountains）是北美洲东部的一座山系。南起美国的亚拉巴马州，北至加拿大的纽芬兰和拉布拉多省。

❷ "Crush"音译，为橘子汽水品牌，与芬达、新奇士等品牌互为竞品。

他沿街走下去，直到他转弯后消失不见。

埃迪回到店里，挂上了大衣。阿拉贝拉正一脸阴沉地站在收银台后面。他走过去，把手放在她的后背上问道："出了什么事吗？"

"那个小混蛋。"

"我看到他摔门出去了。怎么回事？"

"他想让我在关门后陪他喝点东西。"

"他看上去太嫩了吧。"埃迪没有提起格里格，那家伙也没比这孩子大多少。

"我也是这么告诉他的，"阿拉贝拉说，"但他不依不饶的。他说只要一切都对，年龄根本不是问题。然后我就让他赶紧走人。"

埃迪从衬衣口袋里拿出一支香烟点上，"不用担心。你做得没错。"

她把手伸到他的口袋里，也给自己点上了一支。她很少抽烟，只有沮丧的时候才会。"我想是吧。"她说道。

· · ·

周一的早间节目给了他们六分钟的时间——埃迪掐着表算出来的。马库姆的女郎们在镜头里明亮又美丽，而当阿拉贝拉出镜的时候，她看上去专业、聪明且放松。这节目应该会对销售大有助益。

到十一点的时候，店里已经聚集了不少顾客，少说也有十几位。其中一些人提到了那档节目，另外几个人展现了购买东西的意向，却表示他们需要斟酌一二或考虑再三。总之没有人真正付款。六点的时候这里已空无一人,半小时后埃迪和阿拉贝拉锁好门离开了。他开始感到心力交瘁。

"得,"阿拉贝拉说道,"我们成了商人。一对精疲力尽的商人。"

"咱们去那家日本馆子吧。"埃迪说,"我还不想回家。"

餐馆就在两个街区之外;他们把车留在画廊前面,步行去了那里。饭毕他们决定去看场电影,然后在市中心附近溜达了一会儿。等他们回来取车时已经十一点了。就在他们穿过漆黑的马路走到画廊这边时,埃迪看到窗户上有些东西;随着他的脚步越来越近,那东西也越来越清晰。

有人用白色喷漆封住了画廊的招牌,又在下面用亮白色的涂料写了一行字:**肯塔基交配艺术博物馆**。

"王八蛋,"埃迪从牙缝中挤出几个词,"那个狗娘养的玩意儿。"

"我来报警。"阿拉贝拉说。

. . .

警察也无能为力,不过半小时后有个来巡查的警长说他会让人留意这块地方。埃迪得以用刀片把喷漆铲了下来,再加上金色的字母招牌本来就是从窗户内侧喷上去的,这件事没有造成实质性的伤害。

. . .

来者是个不太起眼的男人,穿着灰色粗花呢大衣,还少了一颗扣子。他看着六十上下。进店后,他立刻走到那几床被褥面前,驻足查看了许久。他先把贝蒂·乔的火窑被细细研究了一番，它下面的墙上贴着一个小小的"非卖品"的标签。接着他又走到旁边莉·达芙妮·默瑟尔的花鸟被前面，把头扭来扭去、左看右看，仔细端详了好一阵工夫。埃迪坐在角落的凳子上喝着咖啡。店里没有其他顾客。

突然间，那位男士打破了沉默。"无与伦比的提花垫纬凸纹布。"他说道，"针线活做得无可挑剔，填充物也非常紧实。"

"莉·达芙妮·默瑟尔，"埃迪说，"她曾经是最好的之一。"

"我相信你的话。"那人说道，"二十世纪三十年代的？"

"她是在二战时期去世的。"

"我看到标价是1800块。"

"我知道听起来不便宜。"埃迪说。

"这是一件美术馆收藏级的作品。"那人说，"我对价格没有异议。"

埃迪把咖啡一饮而尽，没有说话。男人开始浏览那些金属雕像。过了几分钟，他走到柜台前，拿出了一本支票。"我要那床提花垫纬凸纹布被子，"他说，"和那座《不自由女神像》。我觉得你把它们放在一起非常明智。"

女神像是1100美元。埃迪把消费税算好后，开了一张小票。正当他对支票的可靠性心存疑虑时，对方问道："你能送货吗？"

"列克星敦市内？"

"我们在郊外几英里的地方。马尼托巴农场。"

埃迪压抑着内心的讶异。马尼托巴农场的马匹在肯塔基赛马大会屡次出场；至少有一匹马还得过冠军。

"我叫阿瑟·波恩顿。"那人说道。

"我可以明天早晨把东西送过去。"

"没问题。我十点钟在那儿等你。"他把支票递给了埃迪。

· · ·

"你真应该也去看看。"埃迪一脸喜悦地说道。他把车钥匙放在了收银机旁边。店里除了他们两个没有其他人。"他们的门廊摆着各种大理石雕塑，客厅里挂满了抽象派的画。一点儿和马有关的都没有。"

"有钱而已。"阿拉贝拉回道。

埃迪看到她皱起了眉，仿佛在集中精神思考什么。"是的，"他说，"有钱。"他突然觉得很不舒服，"你在生什么气？"

"我也不知道。"她刚刚给人看了一床不那么贵的被褥，为了展示图案将它摊在了台面上；她这会儿正准备把它叠起来，"如果是我心胸太狭窄了，我很抱歉。但我开始觉得自己像在为你工作一样。都是你在做决定，然后承担责任。"

他坐在了《不自由女神像》原先所在的底座上。"是你带我们找到马库姆和其他人的。"他说，"而且你也出了钱。"

"这不一样。我才应该是对民间艺术懂行的那个人，但买什么东西都是你选的。你全都大包大揽了。"

他理解她的困扰，但还是生起气来，"你完全可以不用做个二等公民的。"

她沉默了一会儿，然后说道："也许你是对的。你一开始就搞得我不知所措。我没有想到你会行动得如此迅速。"

"我是要把失去的时间补回来。"他从衬衣口袋里抽出一支烟点上，"现在也一样。"

她叠好了那床被褥，把它拿到堆放其他被子的地方，撂在了最上面。然后她走回来站到埃迪旁边，把手放在了他的肩膀上，"我可以把过去几年写过的文章汇总一下，再加上五六篇就能成书了。我和出版社的一些人讨论过，他们很喜欢这个主意。"

他抬头看了看她，然后递过去一支烟。"听起来不错，"他说，"既然生意已经开始走上正轨，咱俩也不用都在店里看着了。"

她把烟接过来点上，"问题是大学出版社出的书没什么钱赚，而且事情还一大堆。我得拍照片，还得做访谈。我不知道自己是不是准备好了。"

"我以为你很喜欢做这些事。"

她深深地吸了一口，继而缓缓地吐出了烟雾，"我很擅长做这些事。但就像台球之于你一样，我现在也不太确定了。"

他的脑海中浮现出还锁在大学活动室的那根巴拉布什卡。"等一下，"他突然带着怒意说道，"我又不是不想和那些孩子比赛。我是赢不了他们。"

"你并不能百分之百肯定，埃迪。"

"我足够肯定。贝比斯·库利让我看起来像个老年痴呆。"

她眉头一扬,"老年？别傻了。你的问题在于你对台球就和对我一样不够投入。"她生气地对着香烟猛吸了一口，没等抽完整支就把它摁灭了,"你也从没抱着一定要击败肥佬的决心，埃迪。从来没有。"

他愤怒地站起身来，走到贝蒂·乔·默瑟尔那床贴着"非卖品"标签的火窑被面前，对着它盯了半晌。每看一次，他对这床被子的喜爱就会增添几分；它帮助他恢复了冷静。接着他转过身来，对着阿拉贝拉说道："可能你说得没错。但咱俩只能算是半斤八两。"

"半斤八两？"

"如果我们之间的事对你这么重要，你为什么还留着一抽屉格里格·韦尔斯的讣告？"

她一言不发地盯着他看了一会儿。接着，她用冰冷的声音说道："埃迪，你真他娘的好斗。"

"我觉得也是。"他说，"我恨透了那些报纸。"

阿拉贝拉耸了耸肩，"好吧。算半斤八两好了。更糟的事情也有的是。"

・・・

早餐时他们表现得礼貌却疏远。当他提到该去店里的时候，她说自己要留下来收拾碗碟，让他一个人先去。她一小时后会到。虽然这并无不妥，但也从未有过先例。他一个人开着车走了。

从车上下来，他立刻察觉出有些不对劲。临窗摆放的商品不见了,尽管玻璃并没有被打碎。开门进去,扑面而来的是浓重而湿冷的烟熏气味。他一边咳嗽着一边开了灯。透过一片雾霾,他看到本该挂着木版画的那面墙上歪歪扭扭地写着几个蓝色的大字**肯塔基交配艺术**——这一次,那些字母被来来回回、仔仔细细地涂了又涂,直到油漆顺着光秃秃的墙面一直淌到地上为止。房间里,所有艺术品都消失得无影无踪。

他知道该往哪儿看。门锁旁边的推拉门被砸出了一个茶碟大小的洞。那个混蛋只需要把胳膊伸进来——那只令人作呕的黑毛胳膊——就可以把门锁和推拉门打开。屋里冷如冰窖。门仍然大敞着。

东西全都在小花园,在依旧微微散着热气的砖砌烧烤炉里。眼前只有被褥烧毁后留下的一坨黑色烂渣,已经无法分辨哪些是火窑中的希伯来少年,哪些是莉·达芙妮·默瑟尔精美绝伦、繁复华丽的提花垫纬凸纹布,抑或哪些是贝蒂·乔·默瑟尔的缝饰精品了。他将这些东西全部付之一炬,而且为了保险起见,还接上花园的水龙头把它们浇了个遍。迪利·马库姆的女郎们也一个不留地被肢解砸烂后扔进火堆,只剩下皱巴巴地躺在被子中的一堆烂铁。那个王八羔子肯定一宿都在干这些。

《牧羊女小波》的一只手臂掉在了地上。埃迪把它捡起来,用它扒拉着这片狼藉。在所有东西的最下面,他看到了烧焦的木头。那狗娘养的居然把纽比这些魔法般的木雕画拿来点火。拿来点火。

第 8 章

The
Color
of
Money

地毯是森林般的深绿色,从地板向上延伸到墙高的一半。房间正中央摆着一张矮床,离地六英寸高,上面盖着焦黄色的山羊皮床罩;床的旁边立着一只用米黄色人工大理石砌成的圆形浴缸。一圈透亮的镜子中间,一个黑色大理石洗手池在远处一个角落里闪着点点微光。台盆和水龙头都是金色。牙具托的上方架着一台白色迷你电视机。埃迪进来时它就开着,正通过闭路节目播放着这家塔霍湖凯撒酒店里的百家乐❶规则。四处都是灯具,镀了铬的底座仿佛打磨后的镜子一般光可鉴人。这是一间巨大的客房,为赢家们准备的下榻之处。

门童拽下绳子,拉开了又大又厚的绿色窗帘;窗外是深蓝色的天空和更加幽蓝的一汪湖水 —— 正是塔霍湖的一隅 —— 尽管被高速公路对面的撒哈拉酒店挡去了大半。地毯和墙毯营造的葱茏之间,一张配了软垫、罗马风格的单人椅面朝窗户摆放着。墙上没有挂装饰画。房间里也没有任何艺术品。

❶ 赌场中的纸牌游戏之一。

他付了一笔慷慨的小费给门童。待他走后，埃迪脱到只剩短裤，坐在罗马椅上对着天空看了许久。无论是窗外还是室内，他都没有见到一星半点学院派生活的影子；看到这些，他感到了一种青春焕发般的兴奋。床头柜上放着他带来的一沓旅行支票，每张都是100美元面值。他的婚姻戛然而止，生意被付之一炬，工作也彻底黄了。不过无所谓。接下来的两周内他都用不着考虑这些。这家酒店和窗外的风景就像是为他量身打造的；一所大赌场、四家餐馆、一众酒吧、一座剧院和摆着五张台球桌的一间巨大的舞厅就在十二层楼之下。他对眼前世界的理解胜过他对人生所能触及的全部感悟。而此时此刻，身处西岸、钱粮充足的他正端坐在其巅峰，他人生的巅峰。

他站起来，光着脚走到放行李的地方，拿起了旁边的杆套。他拉出那柄做工扎实、精雕细琢的巴拉布什卡，又回到窗前，一边看着天空和远处撒哈拉背后成排的松树，一边把两节球杆拧在一起。

之前他先飞到旧金山，从机场租了一辆车，驶过湾桥，再沿着四车道的高速公路穿越奥克兰，在加州驱车两百英里后，才最终抵达此地。经过奥克兰的一段有十数英里，这座城市同时也是他的出生地，但对他而言这些都已经没有任何意义了。高速出口指示牌上的街名他一个都不认识，从前矗立在公路两旁的高楼也都不见了踪影。依旧熟悉的只有天空中的晨曦和从车毂击驰的湾桥上隐约可见的一抹海湾。他从前住的房子在高速下面的什么地方，被一些加油站和质地粗糙的建筑挡在了后面。他并不清楚具体的位置。话虽如此，行驶在与美国其他地方并无二致的某条道路上时，他仍然知道自己至少有那么一刻回到了家。后座上放着他的行李箱和球杆；兜里揣着钱。除了竭尽所能把球打好，他在接下来的两周里不必操心任何事情。

此刻置身酒店，他洗了一个长长的澡。窗帘仅仅拉上了半边；他站在房间正中的浴缸里，任由热水冲刷着他的身体，过了很久才涂上肥皂。他事先打开了床对面那台大大的电视机，这会儿边洗边听着里面对轮盘赌玩法的详细介绍。"每位玩家都会拿到不同颜色的筹码，"貌似可靠的声音用对孩子说话一样的口吻解释着，"并需要在离开本桌前始终拿着它们。每桌的管理员会解答你的任何问题。"画面中，一位年轻的女管理员正把筹码交到一位赌客手上。钱的事情只字未提。每个人都兴高采烈。这也就是你站在房间中央洗澡的时候随便看看的东西。那柄巴拉布什卡躺在床上，镀铬的接头在内华达明晃晃的天空下熠熠生辉，时刻准备着投入战斗。

· · ·

光是保持所有玻璃的整洁就得耗去黑帮一半的人力。电梯的墙上全是镜子；迈步出来走到一楼后，你又会发现自己站在一条墙壁由几百块菱形镜砖铺成的走廊上，每一块都洁净无污、一尘不染。之后你向左转，走下几级铺着地毯的台阶后就来到了赌场。足有一英亩的大厅里堆满了用铬金和玻璃搭成的老虎机——全都擦得光可鉴人、亮丽如新，尽管不停有目光呆滞的一干人或流连于10美分和1美元一局的机器，或穿梭于25美分和50美分的那些。每台机器都装着背投的彩色屏幕。有些人会在某台前面站上几个小时，从一个纸杯中掏出银色硬币，塞入投币口，拉下把手，目睹偶尔会从出币口滑出来的钢镚被机器不断吞噬，如此循环直到纸杯中空空如也，再把杯子重新填满，周而复始。赢钱的概率未免太低了，埃迪想着；但那些人似乎并不在意。或许他们恐于在胜率较高的游戏中面对管理员或发牌人时纰漏百出或出尽洋相。而就老虎机而言，你所能犯的唯一错误就是决定将它玩上一玩。

空调强劲的抽气功率远高于人群制造烟味的速率。一墙之隔的户外是夕阳西下的内华达，赌场里却透不进一丝阳光；一望无际的大厅中，百万瓦特级的电力耗散在姹紫嫣红的各色荧光灯中，仿佛是为一部永不停歇的情色音乐剧所搭建的舞台。

一英亩老虎机后面摆着成排的赌桌——双骰子和21点——都铺着和台球桌一样的绿色台布。转向左边，用天鹅绒绳圈出的隐秘角落便是百家乐之所在，更有身披燕尾服、化着舞台妆的男男女女值守于此，全都穿着电力十足的蓝色带褶衬衫。此刻并无任何酋长或电影明星就座，但如果他们光临这家塔霍湖凯撒酒店，此地便是他们出没的不二之选。老虎机的声音被红蓝交织的地毯弱化后传到这片相对安静的区域，仿佛某种无调性的大堂音乐。唯一的嘈杂声来自双骰子赌徒摇骰子时的喧闹。

双骰子和百家乐的背后是若干家餐馆和一个寿司吧。埃迪朝寿司吧走了过去。

正当他打算在一张可以眺望赌场的空桌旁就座时，他忽然发现上面立着一块预约牌。颇为不悦的他穿过正在畅饮的人群,找了一张靠墙的小桌子坐下。他向一位脚蹬渔网袜、身穿小短裙、名牌上写着"玛吉"的女侍者要了一杯曼哈顿。垫在碎冰上的寿司摆在房间正中的自助餐柜上;它所在的位置在几年前理应属于一架钢琴——在寿司加入可颂面包的行列成为时尚符号之前。

就在玛吉端着酒回来的时候,他抬头看到一个熟悉的身影正穿过房间向他走来。是布默。"你那根电路控制的巴拉布什卡还在吗?"布默说道。

"在我房间里。"埃迪在账单上签了字,"坐吧。"

"给我来一杯杜林标加冰,玛吉。"布默边叹了口气边坐了下来,"如果第一轮就碰你,我一定得找组织方说理去。"

埃迪端起酒小啜了一口,结果发现太甜了,"你看过桌子了吗?"

"我刚到这儿。"布默看上去并没有在耍花样。他的声音确实闷闷不乐。杜林标上来后,他几口便喝了个精光,然后又叫了一杯。埃迪的目光机械地跟随玛吉走向吧台,直到他看见三个清瘦的年轻人衣着光鲜、精神抖擞地从赌场朝这边走来。最前面的那个人是贝比斯·库利,在他旁边的是厄尔·波查德。布默从喉咙里挤出一句:"这帮混蛋。"

几个小年轻正聚在一起开怀大笑。他们走到摆着预约牌的那张桌子前径自落座。两位女服务生满面春风地迎了上来,开始为他们点单。

"小王八羔子们。"布默阴郁地说道。

埃迪没有接话，拿起了他的曼哈顿。

・・・

酒店一楼的布局就像那种在允许你购得所需之物前百般引导你错买无用之物的超市：不管想去哪儿，你都得把整个赌场走上一圈。作为比赛场地的大舞厅在一条长长的走廊尽头；无论从电梯还是餐馆出来，你总免不了要穿过那些老虎机、双骰子、百家乐、21点、轮盘赌、骰子掷好运和幸运大转盘。快乐彩自然比比皆是；只要你站在赌场里，画满数字的告示牌就能轻易吸引你的眼球，身着绿裙的游戏主持更是无处不在。

舞厅不如埃迪想象的大，但也够用了。五张球桌被一排排木头看台围在中间。房间最里面的舞台上摆了一张桌子，架着几个为播报员准备的麦克风。

球桌一水儿是全新的靓货。几个衣着讲究的年轻人拿着真皮杆套站在桌子附近；埃迪走进来的时候，其中一位正把手掌在整洁的绿色台面上摩挲，但没有人在击球。观众席上坐了几十来号人。主席台上，一个男人用一只手调试着麦克风，另一只手里端着杯酒。今天没有比赛，但九点半的时候会有一场欢迎仪式；有些球员还没有来，那项活动也不是必须参加。这会儿的时间是七点半。

埃迪在两组看台中间的地方站了几分钟，看着这些球桌。几个年轻人走了进来，迫不及待地从他身边硬挤了过去。他望向右边，看台后面贴着一行大字：**训练区：选手专用**；而就在他瞥到角落里的一张球桌和上面的一抹新绿时,他听到了开球的声音。有人开始训练了。霎时间,他的胃里一阵翻腾。他转过身,离开了这里。

· · ·

他没有碰电话,而是打开了那台大大的电视机。他说过到了以后会打给阿拉贝拉,但他给任何人都不想打。窗外已是一片黑暗,除了撒哈拉酒店闪烁着的霓虹。他应该去吃个晚饭,参加欢迎仪式,然后投入训练,但这些事他一样都不想做。他不想打球,也不想看别人打球。他不想听到其他球员尊姓大名、已将多少桂冠锦标收入囊中,不想知道一众裁判姓甚名谁,也不想听到主持人对球桌赞助商、记分员、赛事总监和他诸多助手的致谢之词。但最重要的 —— 最令人沮丧的 —— 是他不想拿起他的巴拉布什卡去打球。

电视屏幕上放着一部警匪片。灰蓝色的警车尖啸着穿过旧金山的街头巷尾,旋即在忽大忽小的低频声中一路下坡向着湾桥扬长而去。音量调得很轻,仅比低声细语略响上些许。埃迪拿起电话,拨通客房服务,点了一份三分熟的汉堡和两杯曼哈顿。他靠在床上看着电视。画面上是镜头拉近了些的海湾。远处微光闪闪、若隐若现的那片灰色便是恶魔岛❶了。

贝比斯·库利的问题在于他让埃迪想起阿拉贝拉的已故情人。

---

❶ 曾为美国著名的联邦监狱;电影《勇闯夺命岛》取景地。

如此地自信满满。如此地朝气蓬勃。

第二杯曼哈顿喝到一半他就睡着了。等他在喉咙的疼痛中醒来时已是六点过半，窗帘还没拉上，天空中晨曦初现。之前设定的空调温度足够高，他都还没钻到床单下面，而是仍然躺在焦黄色的床罩上，旁边放着他的巴拉布什卡。一个老师模样的女人正在电视上用西班牙语教着什么。他觉得身体有些僵硬，开始有了感冒的症状。

有那么几分钟，他很想就这么穿着衣服钻进被子，然后继续睡觉。他早就被这一觉搞得晕头转向了，可能已经睡了十个小时，但他还能接着睡。这个点儿起床还太早了。和玛莎还结着婚的时候他也这么干过——有时会放纵自己睡上十六个小时，再借助咖啡和香烟的力量用那天剩余的所有时间让自己醒过来。

想到这里，他猛地摇了摇头，坐了起来。窗外肉眼可见地变亮了一些。他脱掉褶皱的衬衫，走进浴室开始刮胡子，用热水冲醒睡眼惺忪的脸。是时候认真起来了。说不定他能去舞厅训练一番。

· · ·

但是舞厅的大门紧闭着，还上了锁。赌场则显然不会。清晨七点的这里虽然算不上熙熙攘攘，却也绝非无人问津。五个疲惫的双骰子玩家围坐在一张桌前；几场21点牌局激战正酣；老虎机那边还有一群人——多半是大妈模样的中年妇女。埃迪从他们旁边穿过，找到咖啡店吃了早餐。然后他在酒店一层四处转了转——它本身就像一座迷你城市。他发现了一条被长长的镜子拱门罩在下面的走廊，鳞次栉比的商店左右两边一字排开，有些刚刚开始当天的营业。橱窗中陈列着价格不菲的各式装束：法国人制作的泳衣或意大利进口的粗花呢夹克。一家店里在售克朗牌的巧克力；还有一家卖的是卡地亚手表。他继续朝前走，手里握着他的杆套。走廊尽头的门口挂着一块牌子：**健康俱乐部和泳池**。他迈步进去。

泳池很大，而且别出心裁地开了天窗。大块的灰色石头围起了泳池的一部分，营造出岩穴的感觉——事实上，他对面一侧的水里的确有一个用大石头堆成的、类似岩洞的入口，人也可以直接游进去。四周摆了些小棕榈树。房间一侧立着一个瓷砖按摩浴池，足够十几个人同时泡在里面。再后面是一排树；透过缝隙依稀可见一道玻璃门和一小片天空。这是他在整个酒店一层见到的绝无仅有的自然光。泳池后面是一家餐馆，这会儿还关着门；池边的餐桌上铺着粉色桌布。古典音乐正从某处的音箱中飘然而至。

餐馆左手边是健康俱乐部的入口；透过玻璃门，他看到一个女人正坐在办公桌前。他踩着池边的水泥平台，穿过空空荡荡的泳池，推门走了进去。

办公桌过去几码的地方就是一间健身房——同样空无一人。健身房里面放着几台诺德士牌的器材，上面的铬金材料闪着亮光，深红色的真皮座椅和长凳擦得光洁如新。健身房后面的一块牌子上写着：**男子更衣室和桑拿**。

他转身看向那个女人，"能给我一条泳裤吗？"

她笑得像一位空乘，"当然可以。"

看过他手上的房间钥匙后,她拿了条一次性泳裤给他,上面的千鸟格花纹与他和阿拉贝拉决定开店那天在假日酒店里穿的一模一样。柜台上有一摞大号的黄色毛巾。他取了两条,走到后面的更衣室里换了衣服。泳裤的内衬不怎么样,他在里面穿了平角内裤。寄存好衣服后,他拖着步子走到水泥台上,深吸一口气扎进了泳池。随着长而有力的划臂,他开始游起圈来。

二十分钟后,他上岸擦干身体,把诺德士健身机上的负重调成了和他在列克星敦时用的一样,然后慢慢开始了训练:臀背、屈腿、腿部伸展、二三头肌和肩胸。这些器材比他以往用过的任何器材都好,正如这所室内泳池之高级也是他前所未见。齿轮联动的时候非常安静;重量的传递也十分顺滑,没有丝毫的咣当声。他在每个器材上都把相应的肌肉群练到了力竭为止,汗也出得畅快淋漓。音箱中播放的乐曲戛然而止,一个典雅的声音播报了接下来的作品:《费加罗的婚礼》序曲;莫扎特的音乐随之响起。埃迪上上下下地举着杠铃,穿着他湿漉漉的泳裤挥汗如雨。他只在挺举时将重量在通常的基础上减了20磅。他不想过度使用自己的肩膀;为了九球,他必须保持肩部活动的顺畅。

比赛将在下午一点开始,但舞厅十点钟就开了。埃迪提前十五分钟回到房间,用干内裤换下了湿的;舞厅开门的时候,他已经站在门口等着了。他走到一张用来训练的球桌前,在绿色台布上码好十五颗彩球,拧紧球杆开始练习。他的击球清脆而犀利,视线也无比清晰。他的身体——干净清爽、锻炼完毕,又从冗长的睡眠中复苏——甩掉了所有的疲惫感。他清光了这轮球,然后又是一轮。观众席后面两张训练球桌中的另一张上,几个年轻人开始打热身赛;他无视着他们,继续把球一个个撞落袋口。

· · ·

"……全时代最伟大的球手之一,豪注埃迪·菲尔森!"播报员装出一副激情满满的口吻说道。一些零星的掌声响了起来。还有人从上下牙中吹响了口哨。

正在进行的是下半区的比赛,埃迪的对手是一位来自阿拉梅达县的珠宝商。此人的兴奋之情溢于言表,却几乎做不到连进哪怕三四颗球。他戴着金属边框的眼镜,挺着个大肚子,看起来完全没考虑过获胜的可能。埃迪轻松击败了他,但并没有什么特别出色的表现。他还需要更多的练习。

· · ·

他犹豫再三,终于拿起电话,一股脑儿地按下了肯塔基的号码。她应答时不再紧绷的声音令他颇为惊讶;他也同样惊讶于自身语气的平和。也许远隔千里对他们二人有所助益。他问起了警察那边的情况。

"他们说正在调查,"她说道,"但我不知道他们能证明什么,即便能抓住他。"

"我不想去考虑这些了。"他够着身子从床的另一边拿了根烟,

"我赢了第一轮的比赛。"

"真是个好消息。你需要赢几轮才能赚到钱？"

"如果我击败下一个对手，就能赢回报名费。1500块。"他停顿了一下说道，"我得回下面去训练了。"他想不出还有什么可以说的。

"好的，"她应得似乎有点太快了，"明后天再给我打个电话，告诉我一下你的进展。"

· · ·

他走进舞厅的时候，第二轮的比赛已经开始了。贝比斯·库利在一号桌，那附近的看台被观众塞了个满满当当。埃迪凑到尽可能近的地方站上了看台的最后一排，越过前面观众的头顶，穷其目力所及地看了一会儿比赛。贝比斯准备开杆，正一声不响地将注意力集中在击球位置上。炸球的一瞬，他瘦弱的身体里迸发出的能量实在惊人；九颗球如流星般爆裂开来，仿佛一朵烟花，又好似被中子轰得四分五裂的重原子。等台面上的球完全停下后，贝比斯涂好巧粉，俯身击球，把它们一一收入囊中。

埃迪转过身，顺着看台背面爬了下去。他占到一张训练桌，摆上十五颗球开始练习。

过了半个小时，他抬起头来，发现布默正在看着他。

布默不再是一身工装打扮；他穿着一件亮黄色衬衫和一条设计师品牌的紧身牛仔裤。他的胡子刮得清清爽爽。

"豪注埃迪，"布默说，"不要拿十五颗球来打，你要打的是九球。"

埃迪从桌边直起身来看着他。

"我也不知道干吗要跟你说这个,"布默说道,"但你在马上要打九球比赛的时候练14-1可没什么好处。完全不同的东西。"

"我知道它们不同。"

"你的击球方式也得改变。在九球里你不能像怕把那些球打坏了一样。你必须铆足了劲儿打。"

"这我知道,布默。"埃迪说。

"那就把你的头从14-1里抽出来。14-1都快要玩儿完了。我也犯不着和你说这些。如果你想做个打14-1的绅士球手,悉听尊便。"

另一张训练桌上的选手刚把地方腾了出来,布默走了过去。他把球堆码成菱形,从杆套里拿出了球杆。"而且当你开球的时候,不要想着风度之类的,"布默接着说道,"也别舍不得那根巴拉布什卡。轰死这些小混球们就对了。"转好最后一圈后,他拧紧了球杆。"真搞不懂我为什么还得教别人这个。"他向后拉杆,炸开了球堆。

布默说得没错。他一直都在下意识地保护着他的球杆。他把号码最大的六颗球拿到一旁,重新码好了剩下的九颗。然后,他把母球放到开球线上,紧紧握住巴拉布什卡的杆尾,拉开比他通常引杆时更远的距离,停顿片刻,向前轰了出去。球堆四散开来,有两颗球落了袋。相当不错的开球,比他在新伦敦时的任何一次都好。他能感受到右肩在推杆时释放出的力量。

重新码球的时候,他听到比赛区爆发出一阵掌声,接着是扩音器里传来的赛事主持的声音:"库利先生以10∶3赢得了比赛。"埃迪咬着牙轰开了球堆。球窜得到处都是。9号球滚到球桌对面一侧,在离底袋近在咫尺的地方停了下来。

· · ·

舞厅里的空调出了些问题。当埃迪从观众席后面的训练桌离开、回到比赛区的时候,天花板下缭绕着一层厚厚的烟霾;聚光灯像阳光透过云层般从中穿过。赛事第一天的傍晚,观众终于多了起来。鸡尾酒女郎们四处穿梭,承接着酒水的点单。埃迪挤开站在看台间的人群,把目光投向了比赛场地。

五张球桌上面各悬挂着一只一码宽的金属灯罩,在正中的位置贴着红色的"百威"商标,两侧各有一个卡片托盒。一位戴着白色袖套的男人正站在凳子上更换中间那桌的选手名牌,另一个人在用一把大刷子清洁着台布,扫去巧粉和滑石粉的印迹。凳子上的那人在一侧放上了写着"梅克皮斯"的卡片,另一侧则是"菲尔森"。埃迪走过去等在了那里,手中握着他的球杆。

不一会儿,一位黑人大高个走了过来,身上的棕色西装剪裁完美。他将巨大的手掌伸向埃迪,埃迪握住了它,"我是梅克皮斯。"

"菲尔森。"

"豪注埃迪?"

"是的。"

裁判把凳子放到一边,套上燕尾服,又整了整他的领结。他在桌上摆好两颗白球，然后看向埃迪和那个黑人，"争先球已准备就绪。"

音箱中传出了主持人的声音："三号桌上，来自新泽西州奥兰治市，1983年东部列州九球锦标赛的亚军得主，布莱恩·梅克皮斯先生！"看台上响起了不大不小的掌声。"他的对手是在中部美国人电视台系列赛中与已故的伟大球员明尼苏达肥佬对决的明星——来自肯塔基州列克星敦市的豪注埃迪·菲尔森！"

看台上掌声寥寥。厄尔·波查德正在一号桌上比赛，大多数观众的注意力都集中在他身上。"中部美国人电视台的明星。"他们能想到的仅此而已？但他的确没有任何头衔，哪怕是某个地区锦标赛的亚军。他所拥有的就是一个名号，而且当他偶尔从音箱里听到它被这么念出来的时候，他也并未把自己和那个人联系起来——豪注埃迪。

他弯腰推出争先的一杆，结果打过了头。梅克皮斯赢得了开球权，他先起身站直，又重新俯下身去，以一种饿虎扑食的气势把母球猛地轰向了球堆。7号球落了袋。他像个学者那样撇了撇嘴，研究了一下线路，然后俯身打进了1号球。这是位酷酷的、淡定的黑人男子。埃迪从他身上没感到有什么威胁，自己要做的就是保持冷静、果断击球、在必要的时候进行防守，直至把对手磨出局。梅克皮斯一波连进到8号球，然后出现了状况——8号球在袋口来回撞了几下，却最终停在了那里。看到这一幕，他紧紧皱起眉头，把目光扭到了一旁。埃迪用不着是个九球大咖也能看出这人是个输家。他仔细地涂了些巧粉，打进了8号球，接着又把9号球送入了中袋。下一局开球的时候，他想着布默的话，使出全身力气炸开了球堆；9号球被直接撞入了底袋。2∶0。这是他生平第一次开始在九球比赛里有了不错的感觉，把可以赢得一局的诸多方法视为了一种财富而非困惑。他可以在开杆上直接带走9号球；他也可以在开杆后用组合球将它击落袋口；而如果这条路也行不通，他还可以像打14-1那样，先把其他八颗球打进，最后以9号球收尾。从这个角度来说，九球可谓简单。他把本来也没在看他比赛的那群观众置于脑后，俯下身子埋头工作。一个小时之后，他便以10∶2赢下了比赛。他的发挥算不上出彩，但足够扎实。梅克皮斯紧绷的神经在第五局时彻底崩溃，那之后胜负就已经没有了悬念。

裁判宣布比分时观众的掌声较先前大了些。已经连闯两关。再赢一场他就稳赚不赔了。

他的夜场比赛被安排在主席台左边角落里的二号桌，对手是个小孩。那孩子名叫帕森斯，算是个十七岁的神童之类。他在14-1世界公开赛上拿到了第三名，但这是他第一次参加九球比赛。他的水平相当不错——比梅克皮斯强得多——但仍有所欠缺。埃迪一路领先，最终以10∶7取得了胜利。这样一个孩子不是什么问题。在全部128名选手中，也许只有十几位会是个麻烦。

他拆解了球杆，从球桌下面拿出杆套，把上下两节塞进去，然后拉上了拉链。他抬头看了看。空调一定已经修好了；天花板下面没有了烟雾。他感到疲惫不已。有钱可赚的感觉着实不错——这是一个真正的开始。在他穿过人群往外走的时候,好几个陌生人向他表达了祝贺:"真不错,豪注埃迪!"和"打得漂亮!"离开舞厅的一刻,他吹起了口哨。

已经晚上十点了,他还没有吃东西。这倒是几乎无关紧要——时间在这里失去了外部世界的参照,赌场也永远不会打烊。他在一张几乎空着的21点赌桌前坐了下来;最低下注额是25美元。他买了四个筹码,结果第一手就拿到了"黑杰克"❶。到午夜时分下桌时,他已经赢了900美元。他给了发牌人一个筹码作为小费,然后去酒店的波利尼西亚餐馆吃饭。体积巨大的蕨类植物中间装饰着一挂人工瀑布;他坐在瀑布旁边,用筷子吃着蜜汁猪肉。他把盛在椰子里端上来的饮料放到一旁,点了半瓶新酿的博若莱葡萄酒搭配他的晚餐,一如阿拉贝拉的行事风格。阿拉贝拉这个可人儿啊。用刚才在21点赢的钱,他足可以让她也飞过来。侍者过来倒酒的时候,他脑海中的这个念头一闪而过,但随即又被自己否定。一个人待在这里也没有什么问题。他既不用寻求帮助,也对陪伴或性爱并无欲望。他需要的是保持良好的心理状态,那种赢钱给他带来的感觉,更何况他还得练球。

凌晨一点时他回到舞厅,在看台后面找到一张空球桌,码上不多不少九颗球,一直练到了三点舞厅关门为止。尽管酒精上头、身

---

❶ "黑杰克"(Blackjack)为21点游戏中最强的手牌组合,由"A"和"K、Q、J、10"中的任意一张组成。游戏名称"Blackjack"也因此得来,但游戏本身常见的翻译为21点。

体疲惫,他的球却打得反而更好了。只需瞥上几瞥,他便可以盱衡全局,将九颗球合而为一地视为某种具象化的实体。他能以局为整体将所有球清光。这曾是他打14-1时的傍身之技,却又将其遗忘在了过去。那种感觉神秘莫测、只可意会。那些球像被施了魔法一样为他前仆后继地跳入袋口。

又过了一会儿,他在平整的床单之间躺了下来,边听着空调低沉得若有若无的嗡嗡声,边从敞开的窗帘中间看着撒哈拉酒店巨大的霓虹招牌在夜空中泛起的辉光。他已经在两天里赢了三场比赛,在每个清晨独自去健身房锻炼,在偌大的游泳池里游了十几圈,在酒店的几家餐馆里吃了饭,还在赌场中玩了一回21点。他的内心逐渐平静了下来。为梅休工作,四处购买被褥、雕塑和木刻作品,然后马不停蹄地对画廊进行粉刷、布线和清洁的那些疯狂的日子都已离他远去;一并消逝的还有人到中年的种种困惑:性、金钱和情爱。他属于这个地方,这间屋子。他属于楼下的舞厅、巨大的赌场和连接着各种超凡脱俗的店铺、如迷宫般绵长蜿蜒的镜面走廊。他还一步都不曾踏足室外,也完全无意于此。这家酒店仿佛是一座蚁丘或一艘飞船,将埃迪在生命中想要的一切尽数奉上。当下的一周就像一场宗教静修。凌晨四点躺在床单下,他的肩膀正因连续几天挥动那根华丽的球杆而微微颤抖,他全情投入地感受着昔日赌徒人生的无上快感:生活在心无旁骛的世界,游走于真实世界的边缘,还不时穿越至梦幻的疆域;那里,彩球在靓丽的绿布上旋转穿梭,他在层叠的烟雾下肆意炫技。如今他眼中的自己宛如一位僧侣,生命的梦游者。就像僧侣会受到来自神明的召唤——或在其被允准的那些时刻受到召唤——埃迪则被金钱牢牢地吸引着。他打球就是为了钱，他对钱的热爱一往而深、情真意切——连崭新华美的钞票纸面上那暗色的铭文也深得他心。他对台球这项运动和那些设施同样不乏喜爱：木头库边和球桌台布、酚醛树脂制成的光滑小球、阳具般球杆上的喷漆涂层和击球时的丰富声响与缤纷色彩。但他的最爱仍非金钱莫属。

接下来的一天，球桌将主要被败者组的选手们占据；埃迪只需要打一场，如果他能取得胜利的话。赛程如下：第一轮过后会产生64位胜者和同等数量的败者；第二轮过后会剩下32位胜者，然后是第三轮过后的16位。这个数字将继续变成8，然后4，接着2，最后是1——每天依次递减，将胜者组的人数逐步缩小。

到这里还没有完。剩下的那一位球员将与败者组的头名进行最后的决赛，因为赛程是双败淘汰制。败者组的较量将在五张球桌上马不停蹄地进行，从早上十点开始一直持续到午夜，仿佛是为胜者组与日俱减的明星们进行的伴唱。埃迪是16位未尝败绩的选手之一，波查德和库利亦是如此。同属此列的还有布默——尽管布默只能算在苦苦挣扎。

. . .

他当天的比赛在上午十点。来到楼下，他先吃饭游泳，然后在健身房练了一会儿，接着又游了几圈；锻炼完毕，他坐在按摩浴池里喝着咖啡，让喷涌翻腾的热水按摩他的肩膀。此时到了九点。又过了十五分钟后，他从浴缸里出来，擦干身体，坐在池畔的餐桌上边吃炒蛋边盯着几个身穿比基尼、刚开始游泳的年轻女人。漂亮的小胸脯，屁股也很翘。他又点了一杯咖啡，看着她们从泳池中爬出来站定，心知肚明自己正被目光包围的同时大笑着把贴在脸上的湿头发甩到脑后。音箱里在播放着莫扎特。埃迪吃光他的吐司后离开了。

比赛的过程非常、非常艰难，他不得不依靠足够的运气才能赢下来。而运气也的确在他这一边。第三局，年轻的对手打进了9号球，但母球也在碰撞后很不走运地洗了袋；第五局，母球在经过了一番长长的、出人意料的滚动后，留给了埃迪一记简单的组合球。还有两次，埃迪虽然打丢了球，却幸运地没有留下任何机会。最终的比分是10∶7，这次的掌声异常响亮。与其他比赛相比，观众们对他这一场的关注度最高；他们在他打进制胜局的9号球后热烈地鼓起了掌，甚至还吹上了口哨。现在他是8位选手之一。运气什么的无关紧要了；他正在渐入佳境。

正当他准备离开的时候，他看到布默走了进来，如往常般一脸阴郁地把球杆拧在一起。

"干得不错，"布默说道，"下一场是我。"

"你对谁？"

布默的整张脸都扭曲了，"波查德。"

"我挺你。"

"等他进来的时候把他胳膊掰断就行了。"

埃迪费力挤上了看台；人们为他腾出了个位置。比赛没有持续多长时间；布默毫无机会。波查德打得像一位魔法师，以一种云淡风轻的镇定将球一颗一颗收入囊中。一旁的布默则是大汗淋漓、牢骚不断；他一边忙不迭地往杆头上涂巧粉，一边在自己的咒骂声中不断失手。比分是10∶1，观众们掌声雷动。

比赛结束后，埃迪和布默握了握手。

"狗娘养的，"布默说，"那个混蛋像阵季风一样把我扫了。"

埃迪走到后面一张训练桌前开始击球。看完波查德的比赛，他注意到那个年轻人在走位上的一些手法，用不带旋转的中等速度击出母球，并远比14-1球员更频繁地利用库边控制球的滚动。他自己也想试试看。实践起来颇为棘手；这与埃迪在三十年前所学到的截然相反；但他没有停下，心里想着如果你不能击败他们，就加入他们，用中速且不加旋转的杆法尝试将母球封在角落里或停在库边。这费了些工夫，但他渐渐找到了感觉。

他训练了三个小时，然后去吃午饭。走去那家法国餐厅的路上，他在一张21点桌前玩了二十分钟，赢了600美元，每次要牌的时候都拿到了需要的那张。运气又一次降临，而他也足够明智地知道这些靠的全是运气，因为游戏的赔率原本对他不利。他取走了钱，点了菜单上最贵的午餐，并且喝了巴黎水代替葡萄酒。他希望在随后的训练中也能保持头脑清醒。他对九球有了些心得；他的内心深处对此有所感觉。他想要不停地击球，目送母球被自己用各种手法送至合适的位置，为下一球准备就绪，然后再来一球。

回舞厅的路上再次经过那些21点赌桌时，他没有落座，而是径直走开了。正当他即将步入通向赛场的最后一片赌区时，他听到一个低沉而熟悉的声音喊道："老天爷，来个大的！"循着声音望去，他看到布默正在一张双骰子赌桌边掷着骰子，整个身体都压在了桌上。

埃迪停了下来。布默穿的不是他打九球时的衣服。丝质衬衫和紧身裤都不见了；他穿着皱巴巴的咖啡色灯芯绒裤子、棕色工装衬衫和蹭得伤痕累累的伐木靴。他的头上戴着一顶橄榄绿纯色澳式帽——帽檐上有别针的澳新军团宽边软帽。毛茸茸的胳膊在他卷起的袖子外面裸露着，一张又宽又丑的脸涨得通红。"给我开！"他在骰子即将停下的那一刻大喊了一声，可随即整张脸便痛苦地扭曲了起来。"垃圾点，"赌桌后面身穿燕尾服的男人说道，"把骰子交给下一位。"埃迪继续朝着舞厅走去。

他码好球，用最大的力气冲开了球堆，试图直接将9号球打进。可是它只移动了几英寸。他重新码好了它们，再次开球。9号球滚向边库，反弹，然后停了下来。他又一次码了球，接着又一次。这次9号球进了。他需要在出杆上控制得当，同时还要使出最大的力量。他先尝试着加了上旋，之后下旋，之后不带任何旋转，一直到他感觉可以了为止。在14-1中你永远不需要这样加力打任何球，但这不是14-1。对开球的练习满意了之后，他开始摆弄彩球，用手把它们布置成母球需要遍历桌面才能清台的局面。他在这项技术上也仍然很弱，因为在14-1中你用不着为了走位连吃三库，从一头到另一头追着彩球如此往复。他就这样一直练到了八点钟。尽管肩膀疼得要死，但他的收获颇丰。拆解球杆的时候他抬头看了看，发现布默正站在那里，换回了他打九球的装束，手里握着球杆。布默穿着丝质的亮蓝色衬衫和白色的裤子。那顶帽子并未戴在头上。

"你这混蛋还真把自己当个人物，"布默说道，"你在这儿泡了一整天了吧。还是一晚上，或者一什么的。"

"你怎么样了？"

"去喝一杯吧。"

埃迪动了动右肩，"我需要泡按摩浴池。"

"这有那玩意儿？"

埃迪点点头。

"那咱们先喝杯东西，然后去泡池子。"

经过赌场的时候，埃迪说道："我看到你玩双骰子。"

"全世界都他妈看到了。我只要上桌玩双骰子，就会有多大脸现多大眼。一向如此。我生来是做工程师的料。以我的这些天赋，赌博根本就不是个事儿。"

"所以结果如何？"

布默把双手插进兜里，"我出局了。"

"双骰子还是台球？"

"都是。"他朝二人正在经过的双骰子赌桌轻蔑地点了下头，"梅克皮斯，就是被你打得屁股都没离开过凳子的那个，跟我比赛的时候就像个他妈的男巫。"他摇了摇头,"我全输进去了。"他们正穿过通向泳池的那条过道,"他们打我的时候就跟魔鬼一样。我去组装无线电都能干得比这强。"

埃迪把手伸进口袋,掏出两张他刚从21点里赢的100美元大钞,"拿着。你可以下次还我。"

"谢了。"布默说着皱了皱眉。

"我欠你的,"埃迪说,"你说的关于九球的那些都是对的。"

按摩浴池里只有他们两个。布默身材结实,苍白的皮肤上长着很重的体毛,下水的时候加了十二分的小心。他们相隔几英尺并排靠在瓷砖上,布默一杯又一杯地灌着杜林标,而埃迪则慢慢地呷着一杯单份酒精的曼哈顿。水浴缓解了埃迪的肩痛,鸡尾酒帮他放松了心情。

第三杯酒下肚,布默的情绪好了一些。他在翻腾的水下抻直双腿,把脚指头伸出水面晃动起来。"我需要告别这样的生活。"他说,"赌博这种他妈傻到家的玩意儿。我太老玩不动了。"

"你多大了?"

"三十七。"

"我五十了,布默。"

布默转过头来看着埃迪。他仍在用脚指头搅着水。"我们不是一路人,"他说,"我喜欢赌博,但赢不赢的对我不是那么重要。我喜欢的是鬼混的感觉。"

"那我呢?"

"这么说吧,"布默答道,"你可能还不太习惯,但你是个赢家。"

埃迪看了他一阵。"再来杯杜林标吧。"他说。

・・・

第二天早晨,他输掉了比赛。他的准备工作与前一天并无二致:良好的睡眠,健身,游泳,吃早饭,带着强大的内心和一切就绪的感觉步入了舞厅。他的对手是一位名叫威利·普拉默的年轻人;他是这项赛事去年的季军,今年西海岸九球公开赛的冠军得主。他又矮又瘦,打起球来就像一台机器。他仿佛永远不会失手。埃迪打了生平最棒的一场九球比赛,却仍然以7:10告负。他能够做的只有和对方的小手握上一握,然后走到看台后面的墙边,看看签表上的自己被分到了败者组的哪个位置。

当天晚上他只有一场比赛,对阵一位名叫海斯廷斯的选手。如果那之后他还能留在赛事中,接下来的一天将会面临多达三场比赛。再后面的一天同样是三场。他深吸了一口气。他已被推回到泥沼之中,只有奋力寻得出路才能重新呼吸到新鲜空气。许多像布默一样的球员都被淘汰了,鱼腩们早已悉数出局,就算在败者组也一样。从这里开始将是全程上坡,通往山巅之路更是无比险峻。

第 9 章

The
Color
of
Money

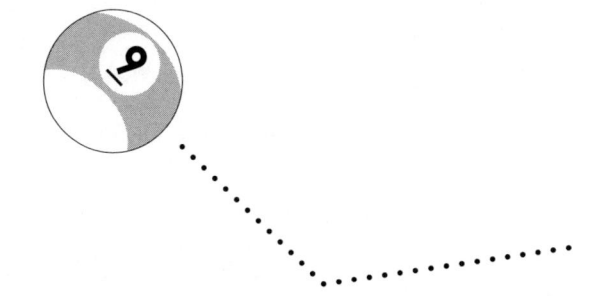

他向后靠着身体，试图将注意力转移到冲刷着肩膀的热水和面前墙上的一簇簇蕨类植物上面，但落败的记忆却挥之不去，如同感染一般驻扎在他的体内。浮现在他眼前的是威利·普拉默在桌前一颗颗把球打进、沉着冷静地统治着比赛的场景，而他自己则坐在几英尺外的小桌子旁无助地看着这一切。他以前从未听说过威利·普拉默。威利·普拉默不是类似厄尔·波查德或贝比斯·库利那样的球员，而且他穿得像个拉皮条的。绿色鲨皮裤搭配灰色丝质衬衫，上面印着一堆棕色的方块图案。窄口意大利皮鞋。脸颊和双手都白得瘆人。普拉默在比赛中的某局通过一记组合球打进了9号球，观众们甚至起立喝彩；无论是令彩球吃库后翻入袋口的手法，还是让母球吃库后撞进彩球的技巧，都在他的比赛中有所展现。他杆下的母球飞舞在球桌的各个角落，最终仍能稳稳停于立锥之地。

"不要让一场球把你击垮了。"是布默的声音。埃迪抬头看去，只见布默穿着短裤站在旁边，略微有些罗圈腿；他一手端着杜林标，一手端着另一杯饮料。"我给你拿了杯曼哈顿。"布默说。

"那个混蛋是忘了还有打不进这回事儿了吧。"

"赶上了也没辙,"布默说,"最好的办法就是喝上一杯。"

埃迪接过酒杯后,布默钻进了按摩浴池。"台球比赛,"布默说道,"一直是我人到中年后的绝望。二十岁的时候我以为是它让我成了男人。我曾经觉得在八球里打败别人就是生命的意义。"

埃迪坐起来吞下了一口酒,"也许你是对的。"

布默在水下的台阶上坐了下来,贴着浴池瓷砖伸展着两只胳膊。"说实话,"他说,"我还没找到能替代它的念想。"

"二十岁以后我就没学到过多少东西。"埃迪说。他喝光了酒,把杯子放在了浴池边上,"我得去训练了。"

"我打算去趟金三角,"布默说,"不如你也一起?"

"金三角是什么?"

布默抬了抬眉毛,"有好戏的地方。"

布默看起来和大货车般配,却开了一辆蒙着灰的保时捷。回到户外的感觉很奇怪,尽管各式灯光和人行道上的拥挤让塔霍湖的主街在夜色下看起来也像一家赌场。布默载着二人开了一英里左右,然后突然转到旁边一条街上停住了车。一栋纯砖建筑的霓虹灯上闪着几个字:**金三角台球厅**。他们走了进去。

这是一间烟雾缭绕的小屋子,里面有八张台球桌和一个小吧台,后面挂着各式各样的啤酒标牌。一众人等把最里面角落旁的那张桌子围了个水泄不通,完全挡住了看过去的视线。它旁边的那张球桌上,梅克皮斯正在冷静地击球,与一个埃迪不认识的人进行着比赛。另外两个也参加了大奖赛的球员在最前面的桌子上打着翻袋式台球。

每张吧台椅上面都坐着一个手握球杆的男人。其中一个看到布默的时候笑了笑。"你好啊，布默，"他说道，"八球来不来？"

布默冲他皱了皱眉。"50块一局。"他说。

那人打开杆套，站了起来。靠近门口的几张球桌中有一张空着。他们朝那儿走了过去。布默身上的钱比50多不了多少。他最好别上来就输。埃迪跟过去看了几分钟，直到布默打进8号球，并重新码好了下一局的球为止。埃迪从兜里拿出两张50，悄悄塞到了布默手里，"以防万一。"说完，他走到房间最里面人群聚集的地方。两个正在观战的人认出了他，腾了些地方出来。他得以向里挤到了能看清局势的位置。贝比斯·库利正弯腰击着球；手握球杆站在球桌旁边的则是厄尔·波查德。他们正在打九球。两个人都安静如斯、剑拔弩张、全神贯注。贝比斯在清光其余球后，小心地打进了9号球。有人为他们重新码好了球。埃迪转向他旁边的一个人，"赌注是多少？"

"500。"那人小声地说道。

"几局500？"

"一局500。"

贝比斯在开杆上就带走了9号球。之前那人又一次码好了球，贝比斯也又一次开了杆；虽然有球落袋，但其余球的位置形成了斯诺克，于是他打了一杆精准而完美的防守。

埃迪看了一个小时，其间二人交替领先。他感到越来越沮丧。他俩的球都打得非常漂亮；球风犀利、毫不手软。但这都还不是最糟的。令埃迪觉得愈发不舒服的是两个人不但一副看上去就不可战胜的样子——那俩孩子像在酒店舞厅一样把这地方也当成了自家后院——而且在他看起来,他们二人的球技已经超过了自己任何时候的水平。甚至包括他的巅峰时期,在他二十多岁,生命中的一切都是台球的时候。

后半个小时里,波查德开始逐步领先,更加频繁地在开球时就将9号球打进或者一杆清台,无论轻推重击都打得迅速、放松、绝无失手。最后,库利用柔软得有些异样的语气说了一句"就到这儿吧",然后拆解了他的球杆。埃迪看了看表,时间刚过十二点。

就在埃迪走向门口那张桌子的时候,布默把8号球薄进了中袋。看到埃迪过来,他挤了挤眼睛,从裤兜中掏出一卷钞票,然后抽出两张100美元面值的递给了埃迪。"我正在恢复新生呢。"他说道。

门口的另一张球桌现在也空了下来。埃迪让吧台后面的那人给他开始算时间,然后拎起球杆,走到那张桌子码好了九颗球。他轰散了球堆,然后开始下球。他需要连赢6场才能从败者组突围,而那之后他仍然不得不面对库利或者波查德。他使出了十足的力量,将一颗颗彩球砸向袋口后沿。有几个人走了过来,靠在旁边的另一张空桌上看着。他清光了这一轮,码好球,又是一杆清台。再次码球之际,他抬头看到波查德也倚在另一张桌子旁看着他。"你这些球打得相当利落。"波查德用一种乡村青年冷若冰霜的口吻说道。

埃迪把木头球架从球堆上拿开,塞到了球桌下面。

"你愿意打些九球吗?"波查德礼貌地问道。

埃迪看着他,"我不知道。"

"我明白你是一位14-1球员。也许我可以让你一些。"

"让多少？"

"10局对8局。"

这着实像在打埃迪的脸。埃迪的一生中从未被让过分，"打多少钱的？"

"5000。"

"我没有这么多钱。"

"你的朋友们或许能帮忙。"

"什么朋友们？"

"这样吧，"波查德带着冰冷的笑容说道，"10局对7局。这你总不可能输吧？"

"我没有这么多钱。"埃迪说。那人的笑容让他怒火中烧。

"我有。"另一个声音响了起来。埃迪转过头去，看到了快枪手奥利弗。他穿得比在新伦敦的时候好了一些，而且看上去也没喝醉。他正把钱包握在一只手上。"我来保你，"他说，"你的本事我见识过。"

埃迪目不转睛地看着他。他曾经以为快枪手已经是个潦倒不堪的老穷鬼了；而此时此刻，他举着一个鼓鼓囊囊的皮夹子，主动提出拿5000美元为他作保。

"如果你赢了，"奥利弗清了清嗓子说，"我和你对半分。如果输了，你也没有任何损失。"

房间里的一众人等都安静了下来，其他桌上的比赛也戛然而止。布默走了过来，把球杆拿在手里看着他们。

埃迪不想和波查德打,但此时也无路可退了。他看着对方,看着他浓密的小胡子,他沾满了巧粉的白色衬衫,他的一双小手。没有谁是无法战胜的。"好。"他说。

"那咱们就来争先吧。"波查德说。

埃迪赢得了开球权,发力冲开了球堆,但9号球没有落袋。他打进了五颗球,然后不得不选择防守,把母球藏到了7号球后面紧贴库边的位置。波查德神态自若,让母球吃一库后碰到了6号球,而且没有留下任何机会。这令埃迪心有不悦。他向周围看了看。人群中的两个人正在下注,把钱交到穿着棕色大衣的另一个人手上。这家破球厅里的每个人都在看着这场比赛,连吧台坐着的那些人也不例外。他弯腰击球,又打了一杆防守。母球滚得远了几英寸。波查德需要打出最薄的一杆才能下球,而且一旦失误便会葬送这局,但这的确是个机会。波查德一脸平静地涂了些巧粉,然后俯身出手。他的出杆丝滑如冰;6号球穿过球桌掉入了底袋;母球在桌上绕了整整一圈后,停在了叫7号球的绝佳位置。波查德蜻蜓点水般将其磕进,然后是8号和9号球。人群中的一位迈步上前,开始码球。

埃迪走到一边,靠在了布默旁边的那张空桌上。布默用手抓住了埃迪的胳膊,"别放过那小子。"

波查德一记猛冲击出了母球;9号球在袋口来回弹了两下,最终掉了下去。埃迪的胃里泛起一阵恶心。现在波查德只需要8局了,而且他还握有开球权。埃迪的优势已经算是消失殆尽,就在比赛的前五分钟内。"他会失误的,"布默说,"你需要做的就是等待。"

但是波查德并没有失误。他选择了打进四颗球后进行防守，留给埃迪的橙色5号球远在一整张球桌的长度处——而且距离顶库正中只有区区的一英寸。5号球没有薄进的可能，但7号球就停在底库一侧的袋口边上。他摘下眼镜，检视了一下上面的灰尘。确认一切无恙后，他又看了看7号球。它需要的只是轻轻一碰。他深吸一口气，俯下身去，用不带旋转的中速推出了母球。母球击中5号球的边缘，在顶库的角落里碰撞两次后，沿着对角线回滚向底库，直直地朝7号球冲了过去。两球相撞，7号球应声落袋。母球继续着滚动，又一次在底库边反弹后，最终停在了球桌中间的位置，而5号球距离顶库的底袋也仅有一英尺之遥。观众中有人吹上了口哨。一个低沉的声音说道："这就对了！"正是布默。镇定了不少的埃迪在打进5号和其余彩球后，用扎实的一杆将9号球送入了中袋。

等待球被重新码好的时候，埃迪拎起他的巴拉布什卡，试图把精神集中在接下来的开球上。猛然间他想起了些什么。他左边墙上摆着一架子的俱乐部球杆。他走过去，查看了几根杆上的数字，然后发现了一柄二十三号的——量产球杆中最重的一款。回来的时候，他把巴拉布什卡交到布默手里，给这根俱乐部球杆上了些巧粉，然后走到开球区前轰出了母球，并立刻感觉到了额外的重量在他出手速度加持下的威力。球堆被炸得四散开来，9号球直落袋口。

下一局开球时他没能打进9号球。它只是在桌上转了几圈，但其他两颗球进了。他没有看向一旁的波查德，而是全神贯注于眼前的局面，用他的巴拉布什卡把一颗颗球稳稳地送入袋口，最后毫无困难地收掉了9号球。

"就像在往面包上抹黄油。"布默说。

"你的八球打得如何了?"

"600块。"布默说道,"我都用来赌你赢了。"他朝穿着棕色大衣、一直在收集赌金的那个人努了一下头。

"赌得好,"埃迪说,"我绝无失手。"

他在接下来的3局里都没有出现任何问题。现在他体会到了如何控制比赛,前一晚躺在床上时那种透彻的感悟又滋生出些许。虽然没能再次在开球上直接带走9号球,但他每次都打进了些别的什么球,然后顺势一杆清台。这和14-1颇为相似:无非是掌控局面,建立信心,然后明白这项游戏其实,说到底,难以置信地简单。

然而在接下来的第四局上,尽管他的冲球仍有着那根23盎司俱乐部球杆的加持,却没有任何球落袋。3号球滚向了中袋,但在最后一刻被7号球撞飞到一旁。9号球则停在了顶库端的底袋边上两英寸的地方。

但比分已经是5∶2了。他只需要再拿2局,而波查德需要8局。在波查德摆好架势、从简单的1号球开始的时候,埃迪走到吧台点了一杯曼哈顿,结果刚一扭头便看到波查德用一记组合球打进了9号球。5∶4。这个混蛋。波查德在开球的时候打进了一颗,随后开始清台。顶底两库各有两颗球紧紧贴在一起;无论如何应该有一对能打断他的连进,迫使他至少打一杆防守;可是事与愿违。打进3号球的同时,他像一位14-1球员那般轻描淡写地利用母球的走位磕开了其中一对，又在下一球上如法炮制地分开了另外两颗。他清光了所有的球。5：5。

接下来的一局中，他控制母球借3号球走位变线后直接打进了9号球，仅仅出手三次便拿下了这局。再下一局，他在开球打进2号球后一举清了台；随后又是直接带走9号球的一记开杆。埃迪和布默一言未发。比分来到了8：5。波查德看上去势不可挡。观众们早已鸦雀无声。

波查德又一次沉默而专注地走上前去开杆；7号球落袋，1号球的位置也很理想。他将其轻松打进，接着是2号和3号。4号球唾手可得，而从所在的位置来看，接下来的5号球他也十拿九稳。波查德看着4号球，犹豫片刻后俯身出杆。他打丢了。他没打进4号球，那颗球悬在了袋口。他抬头看向天花板，双肩向下一沉说道："狗娘养的。"

它真实地发生了。它对任何人来说都有可能发生。埃迪给球杆涂好巧粉，走了上来。波查德给他留下的是一个完全开放的分布和一张清晰的导航图：4、5、6、8、9号球依次打过去，轻松又容易。然后再来一局，便可以彻底带走胜利。无论波查德是心慌手抖、急于求成、得意忘形，还是经历了所有球员都碰到过的莫名失常，他那一杆所导致的局面就是如此。

埃迪打进了4号球，用定杆锁住母球以继续打5号球。接着他清光了5、6、8号，母球最后所停的位置用来叫9号球可算是万无一失。他轻松将它磕进。8：6。

他紧紧握住那根大号球杆，猛地击了出去；但那些球却懒洋洋的，9号球几乎纹丝未动。1号球摇摇晃晃地掉入了袋口。2号球却很棘手——不仅位于球桌远端，而且需要用埃迪很不喜欢的反角切球。他瞅了瞅看上去满心期待的波查德，然后又瞧了瞧布默。布默倒是神态自若地冲他挤了下眼睛，看起来足够笃定。爱谁谁吧，埃迪想着，我还非把2号球打进不可了。他又看了看那颗球。真是够混蛋的。有那么一瞬间，他纵容自己设想了一下打丢这球的各种可能，但立刻意识到这种想法本身才是最致命的，于是把它从脑海中踢了出去。他这五十年不是白活的。你用不着考虑失手的事情。他一定会打进2号球。只要它能落袋，喜悦定将如期而至。

轻巧的运杆之后，他把球击了出去。母球一路滚过桌面，以恰到好处的薄度和速度撞到了蓝色的2号球。蓝球随即沿着与白球轨迹相切的方向前进，径直掉入了底袋。母球则继续行进着。3号球正贴在底库边上。母球滚回到这一侧，缓缓减速，最终停在了与3号球和袋口三点共线的位置。整个房间一片寂静。

打进3号球后，埃迪觉得更加放松了，而母球也走到了叫4号球的位置。他继续着清台，4号、5号，然后6、7、8。浅黄色带条纹的9号球仍停在它从开杆后就没动过的位置。埃迪迈步上前，涂好巧粉，以一记大力击球将其轰入了底袋。它落入袋底的声音是那么**清脆悦耳**。

"话说，"载着二人回去的时候，布默说道，"真难以想象1200块就能把一个人的想法彻底改变。"

"别拿这些钱去玩双骰子。"埃迪说。

"八球。我天生就是打八球的料。"

埃迪的裤兜里揣着赢来的2500美元,他用拇指向下按了按那沓钱。后座上放着那根23盎司的球杆——他用10美元把它买了下来,"他拿了8局。如果我们打的是不带让球的,赢的就会是他了。"

"你别扯这些形而上的。"布默说,"那家伙输了。你打赢了他。"

败者组还有6场比赛要打,每一场都是生死之战。埃迪在周四和周五将各有3场比赛,如果他都能赢的话。输掉任何一场,比赛就结束了。周六晚上,持全胜战绩的那位球员将迎战从败者组中成功突围的选手,这也将是争夺冠军的决赛。而冠军在前一轮战胜的对手将赢得季军。第三名的奖金是7000美元,第二名是15000。第一名则能领走30000美元和一座奖杯。

他在凌晨三点的时候上了床,睡到了八点半;他赶在早餐前游了游泳,又泡了泡按摩浴池,但没有时间进行锻炼了。十点的那场比赛中,他兵不血刃地拿下了对手。此时刚过十一点半。他在周围遍寻布默未果,于是直接去健身房简单地活动了一会儿,出了些汗,然后继续在浴池里泡着。下一场比赛是两点。他今天不打算训练了;他需要为接下来的两场比赛倾力而为。他已经击败了波查德,而且凭借那一场比赛就赢回了他投在被褥上的全部本金。那一刻他想到了贝蒂·乔·默瑟尔圆圆的黑色脸庞和嘟起的双唇,对她的喜爱又一次涌上心头。有这种才能的女人乃是凤毛麟角。失去那些被褥——尤其是三个男孩拿着铲子站在明火前的那床火窑被——令他伤心的程度堪比输掉一场台球比赛所能带给他的最大痛苦。而被子是无法被赢回的。它们就这么永远地消失了。还是不要想这些比较好。他把脖颈舒服地倚靠在温暖的瓷砖上，让翻腾的热水冲刷着他的脖子和脸颊，放松着他的肩膀，又在水下向前伸直了双腿漂浮着。一首弦乐四重奏正从他右手边穿过宽阔的泳池飘向这里，一如从他身边的蕨类植物中透入的阳光般优美典雅。他闭上眼睛，感受着自己将睡未睡的状态。年轻人是可以被战胜的。他就打败了波查德。九球也只是台球而已。他已经打了一辈子的台球了。

在按摩浴池里泡了好一阵子后，他懒洋洋地晾干身体，穿上了衣服。他吃了一个三明治当午餐，回到舞厅，在一张训练桌上热了十分钟的身，然后击败了前一天刚刚赢了自己的那个人，威利·普拉默。比分是10 : 3，且埃迪全场没有任何失误。埃迪有两局在开杆上没能进球，普拉默就此拿到了两分，又在应对埃迪的某记防守时靠运气球赢下了一局，但胜负始终毫无悬念。下一场比赛将在当晚九点。

布默此刻正在一张训练桌上和赛事的某位官员打着八球。埃迪走过来的时候，他停下了手上的动作，抬头看着埃迪说道："库利输了。中午的时候。"

埃迪一直没有留意签表，"谁干的？"

布默把一颗花色球薄进了中袋，"你觉得是谁？厄尔·波查德。"

埃迪走了出去，顺着过道一直来到了赌场。想从败者区逃出生天，他——或者不管什么人——都不得不打败库利。之后还有波查德等在那里，而且没有了10对7的让局。穿过这片堆满了21点赌桌，接着又是一大排老虎机的区域时，他感到一阵疲惫。他很想把车开去旧金山，登上下一班回家的飞机，和阿拉贝拉团聚。他走回楼上刚被清洁工打扫过的房间，躺在干净的床单里睡了一觉，而且立刻就进入了梦乡。

晚上九点的比赛打得十分接近，而且埃迪还在两记关键球上出现了失误，差点将胜利拱手相让。他的对手比他更加疲顿，而且紧张慌乱。快结束的时候，埃迪给他留下了一个可以轻松叫到6号球的位置；他打进了6、7、8号，然后把9号球打飞了。不知为何，埃迪对此早有预料，以至于都没有坐下。他随即走上前去，打进9号球并赢得了比赛。十点过半，他离开舞厅直接回房休息了。

第二天一早的比赛同样激烈；赛事进行至此，留在签表中的没有一个是菜鸟，半数以上的球员都已回家。十小时的睡眠和丰盛的早餐让埃迪精力充沛；与他交手的那个孩子看起来却像是一宿没睡，全靠安非他命或可卡因强打着精神。他眼下泛着乌青，击球时架起的手桥不住地颤抖，还不停地拢着他的头发。埃迪以10∶6击败了他。还剩两场比赛——一场在下午三点，和一位名叫温盖特的球员；然后是晚上九点，对库利。

午饭时间他去了那家寿司吧，还不得不排了一会儿队。拿到餐食、正在四下寻找座位时，房间对面的一个人向他招了招手。他走了过去，对方是他在赛事中不时见到的一个人，但埃迪不知道他的名字。"坐。"那人说道。桌边坐着另一个男人，还有两把空椅子。

埃迪坐了下来。他并不想交谈，但没有别的地方可坐了。"我叫欧菲尔德，"那人开口道，"这位是伯根。"

"幸会二位。"

欧菲尔德嚼完了嘴里的食物，"久闻大名，昨日夜里终于得见阁下的球技。"

埃迪看着他，没有说话。

伯根是个留着八字胡的小个子男人，一副超然于世的样子。他的声音听上去几乎带着歉意，"欧菲尔德先生损失了一点钱。他把赌注押在了波查德身上。"

"波查德球技了得。"埃迪说。

"我知道，我知道。"欧菲尔德说，"我是他在这项赛事里的赞助人。去年也是。"

"那些孩子里面有很多都一文不名。"伯根说。

"我可以想象。"埃迪说，"你输了多少钱？"

"12。"

"1200？"

"12000[1]。"

埃迪摇了摇头，"相当多的钱。"

他感到一阵厌烦，对方的话就像在责备他一样。欧菲尔德站起

---

[1] 在英文中表达数字时，以此文为例，"12"后面可以接"百"（即1200），也可以接"千"（即12000）或其他更大的单位。所以埃迪有此一问。

身来，随后是伯根。"回见，豪注埃迪。"他说道，"午餐愉快。"那两个人走了。埃迪边吃饭边思考着昨晚的事。有其他人也在那场比赛中下了注。穿棕色大衣的那个人握着一手的钱，人群中还暗中涌动着其他交易。有一种十分古老的骗术叫作"陌生人与两兄弟"，指的是两个人联手做局，其中一个给他朋友的对手作保，赌他这位朋友——也就是"兄弟"——输球。如果波查德和快枪手一直在玩这手，如果他们当真串通一气，埃迪就成了那个陌生人，而他的胜利也便毫无意义。

午饭后，他在健身房和按摩浴池里待了一个小时，然后回房间换上了新的衬衣和牛仔裤。来到舞厅，他穿过站在座无虚席的看台之间的人群挤进了赛场，然后发现贝比斯·库利正与自己四目相对。贝比斯穿着紧身的黑色裤子，搭配了一双黑色皮鞋和一件白色丝质衬衫。他脸上红通通的，一双眼睛闪着亮光。他站在二号桌旁边；埃迪的比赛在三号桌。

"昨晚的球打得不错，老前辈。"贝比斯带着冰冷的微笑说道。他正用一条白毛巾擦着球杆的杆尾。

"谢了。"埃迪说。

"别一下子都花完了。"

埃迪狠狠地看着他。"用这2500块钱，"他说，"我能找个人把你右边的胳膊拧断。"

库利的笑容依旧挂在脸上，"我用左手照样能赢你。"

埃迪走到三号桌，从杆套里拿出了球杆。

他的对手罗斯·阿尔内蒂是个三十多岁的男人，看起来像一位意大利理发师。主持人向观众介绍他们的时候，阿尔内蒂的头衔之多令人印象深刻，尽管都是些第二或第三名的成绩。他在14-1的比赛中曾两度获得世界公开赛的亚军和一次美国邀请赛的季军，此外还有地区性九球巡回赛的两次亚军。主持人对埃迪的介绍则是"在本届比赛中大放异彩的、全时代的最佳球员之一"。

埃迪赢得了开球权。正当他迈步上前时，他听到邻桌传来球堆炸开的声音，转头瞥到贝比斯·库利正准备开始他的表演。埃迪拎着那柄23盎司的攻城槌，把它紧紧握在手中，一发暴击轰开了球堆。5号球进了；9号球停在了顶库端的底袋边上，而且3号球刚好在它前方。埃迪清掉1号和2号球，又在仔细瞄准之后击出了那记组合球。9号球掉入了袋口。

虽然先前在寿司餐吧的谈话令他有些不悦，但此刻他对贝比斯·库利的恨意早已将那点情绪冲得烟消云散。阿尔内蒂看上去是个友善之人，一位技术扎实的职业选手；要讨厌他不那么容易。埃迪对邻桌那个小年轻的憎恶四处蔓延，又被他自己重新接收封存了下来；这为他的击球带来了优势，也令他的视线无比清晰。他打得行云流水；比赛进行到中局时，他就已经能感觉到对手内心的崩塌了。阿尔内蒂挺直了身子坐在椅子上，但他无力地握着水杯，在埃迪瞥向他的时候试图显得毫不在意。拿下第九局的一瞬间，埃迪对他生出了些同情——被人死死捏住、毫无周旋余地——但他立刻就摆脱了这种想法。这不是该动恻隐之心的时候。他在下一局的开球上直接带走了9号球。比赛结束得很快。10∶4。热烈的掌声响彻赛场。正当他拿着两根球杆往外走的时候,另一阵掌声在身后爆裂开来,他听到扩音器里主持人的声音:"库利先生以10∶6赢得了比赛。"埃迪没有回头。

房间门一打开便是更衣区。往里走的时候,他看到一件敞着拉链的灰色粗呢大衣被扔在了地毯上,它的旁边还放着一台便携式打字机。这时他听到了水流的声音,注意到房间中央的浴帘被拉了起来。他走过去打开了它。阿拉贝拉正光着身子坐在浴缸边上,把双脚浸在水中等着它被水填满。

"这是我有生以来见过的最大的浴缸。"她说道。

"你从哪儿冒出来的?"

她抬头看着他,"飞到雷诺市。换乘大巴。是清洁工让我进来的。你刚才在哪儿?"

"打球。"

"我这双可怜的脚被水浇着的感觉好极了。你赢了吗?"

"是的。"

"好耶。"阿拉贝拉说。

"我今天晚上九点对库利。"

"我的天,"阿拉贝拉说道,"你能打赢他吗?"

"他在新伦敦赢了我。"

她把手够过去关掉了水龙头,然后滑进了浴缸。"那是在新伦敦。"她说,"时过境迁了。"

"我恨他恨得牙痒痒。"埃迪说,"我恨他就像恨你那个小屁孩情人一样。"

她没接话,但开始把肥皂涂在身上。埃迪脱掉衬衫,点上了一支烟。他在铺着垫子的长椅上坐下,看向窗外。过了一会儿,他听到浴缸中传来了抽水的声音,接着是她开始擦干身体的动静。然后她说道:"店里那堆乱七八糟的东西已经收拾干净了。警察没有抓捕任何人。"

"指纹的事怎么说?"

"什么都没有。都被污染了或者之类的。"

"如果我能夺冠,"埃迪说,"咱们就可以把买卖重新开起来。"

"埃迪,"她说,"买卖重不重新开起来现在对我来说一点都不重要。你只管赢下比赛。"

他转过身来看着她。她已经穿好了衣服,一件灰色衬衫搭配着黑色的毛衣。"我很怕库利。"他说,"怕得他妈要死。"

阿拉贝拉想找个好点的座位,于是他们提前来到了赛场。她如愿以偿地在观众席第三排坐了下来,紧挨着和库利一起旅行的那个安静的金发女孩。现在场地上只有一张球桌了,就摆在房间的正中央。埃迪走到训练区开始热身。他的手感很紧,眼镜把鼻梁夹得生疼,一双手也冰冰凉。他继续练习着,直到出杆终于松弛了些;正当他渐入佳境时,主持人的声音响了起来:"败者组的决赛将在三分钟后开始。对阵的双方是戈登·库利先生和埃德·菲尔森先生。"埃迪只觉得紧张不已。他拿起立在墙边的那根从台球厅里弄来的球杆,和他的巴拉布什卡一起握在右手，朝看台间的缝隙走了过去。空荡的球台摆在一座梯形灯池下面，观众席上的人们安静地等待着。库利从对面看台走过来，在灯光下停住了脚步。这里仿佛是拳王争霸赛的竞技场。埃迪把空着的那只手揣进了兜里，以免让人看到他止不住的颤抖。

库利有着一众拥趸。当他把杆套放在桌上打开时，观众中有人喊了起来："你一定能赢，贝比斯！"接着另一个人也跟着吼道："杀他个片甲不留！"库利微笑着，低头看了看他正从杆套中往外拿的球杆。然后，他抬头瞥了埃迪一眼，没有说话。

主持人对他们做了介绍，罗列了十几个库利获得过的冠军头衔——包括新伦敦的比赛和去年的该项赛事。埃迪则被称为"传奇的豪注埃迪·菲尔森。"

裁判身上的白色衬衫前襟在灯光下闪闪发光；他看上去全新的燕尾服也熨得不带一丝褶皱。"请两位先生争先。"他戴着白色手套，手里拿着两颗白球。待他在开球线上把球摆好后，两位选手同时俯身出杆。埃迪用力过大；他的球回到开球区一侧，在库边反弹后又滚了一英尺才停下来。库利的这一杆却十分完美。

自此，库利开始了稳定高效的表演。他把母球置于开球线上，拉杆冲开球堆，击落了5号和8号两颗球。他一边目不转睛地盯着绿色的台面，一边涂了些巧粉，随即便开始了清台。不到两分钟的时间，球桌上一干二净，观众席掌声四起，裁判重新码了球。埃迪坐在椅子上看着，试图让自己冷静下来。

297

就在库利向后引杆准备开球时,一个声音喊道:"一杆收,贝比斯!"话音未落,他轰散了球堆。9号球没有进,但桌上的局面完全开放。他清光了所有球。这次掌声更热烈了。2∶0。埃迪开始在地板上抖起了脚。

下一局,库利在开杆上打进了9号球,激起了一波雷鸣般的掌声。巧粉上到一半时,库利停下了手里的动作,转过来对着观众席:"必须的。"说完他又回过身去,开球,然后用组合球带走了这局。4∶0。埃迪像被寒冰封住了五脏六腑一般,掌心湿透、嘴唇发干。贝比斯向他投去睥睨的一瞥,又立刻将视线转回了球桌。埃迪听到他不加掩饰地低声说了句:"蛋疼了吧。"埃迪的心开始剧烈地跳动,手里像握着武器一般紧紧攥着他的球杆。

贝比斯又一次开球,打进了1号,开始依序下球。但在4号球上他的走位出现了偏差,母球未能将顶库附近堆在一起的三颗球分开。他稍稍研究了一下局面,然后做了一杆防守给埃迪;母球被他留在了顶库,5号球则远在对岸的底库。埃迪站了起来,竭尽全力地保持着镇定。虽然确实存在一丝薄球的线路,但你绝不应该在面对库利这样的球员时贸然进攻。正确的应对是以彼之道还施彼身。他来到球桌前一阵考量,与其说是在决定,不如说是在冷静下来。他能打进这个球。也许能。他曾经连更难的球都打进过。如果是库利的话,一定会回一杆安全球。肥佬也是一样。已经4∶0的情况下,冒这个险可谓愚蠢。

然后他朝库利的方向看了过去。那家伙甚至都没有坐下。他正等着片刻之后再次击球。埃迪从球桌边上拿起一颗方形巧粉块，给他的球杆涂了粉。就在那时，一个低沉沙哑的声音从观众席上冒了出来："拿下这球，埃迪！"喊的人是布默。埃迪的心里舒缓了些。他把巧粉放下，握住巴拉布什卡的重心位置，将身子俯向了球桌。5号球就在那里，八英尺之外，轮廓分明地躺在他的视野中。需要处理的还有必须被分开的那三颗球，否则即使打进5号球也毫无意义。他深吸一口气推出球杆，感受到了杆头与母球之间那扎实的触感。白球向对面迅速冲去，蹭到了5号球的边缘；随即它在角落里连吃两库，弹回到顶库一侧，将那三颗堆在一起的球撞散开来。5号球用颤巍巍的速度缓缓滚向底袋，在袋口边缘短暂地将坠未坠后，终于从正中掉了下去。看台上的掌声瞬间爆裂开来。

埃迪没有抬头。6号球并不好打，7号球的位置也很糟。最佳的策略就是再冒一回险，用翻袋把6号球打进，这样母球便能依靠天然形成的角度滚向7号球。他又一次屏住呼吸击出了这杆球。6号球空心落入中袋，母球所停之处也能完美地叫到贴库的7号球。他将其打进，接着清掉了8号球。最后的9号球也被埃迪收入囊中。掌声再次响了起来。

他抬头望去，库利坐在了椅子上。

之后的一切都简单了起来。埃迪的专注和镇定已经不可撼动。赢得接下来的两局后，他在应对一记运气欠佳的开球时被迫采取了安全打法，而那一球的防守将对手锁得死死的。库利完全无计可施。埃迪得到码自由球的机会，轻松清台。在下一局的开球上他直接带走了9号，又利用借5号打9号的组合球再下一城。他还有过几次不得不做一杆防守的情况，库利也又设法赢得了一局，但这些都无关紧要了。如今当埃迪开球时，观众们喊的是"一杆收，豪注埃迪！"他能听到阿拉贝拉那强大而饱含雌性的英式口音夹杂其中，一同的还有布默的大嗓门，"一！杆！收！"

他进入了自己几乎已经遗忘的那种境界——不仅他的出手例无虚发，而且他的意识可以凌驾比赛，将自己在这块彩球翻滚的绿布上所做的一切化繁为简，洞悉得无比清晰透彻。时间仿佛在静止中悄然流淌着，直到广播里的声音说道："10∶4。豪注埃迪。"疾风骤雨般的掌声将他淹没，把他拉回了现实。

他把巴拉布什卡放到一旁，摘下眼镜，又恢复成了五十岁的模样。他把这些人都赢了。他先在九球里击败了波查德，现在又战胜了这个不可一世的天才小子。库利已经离场。阿拉贝拉从观众席间向他走来，旁边是一起的布默。布默抢先一步闪到他面前，一身酒气地搂住他说道："这群小王八蛋，埃迪。这群小王八蛋。"阿拉贝拉春光满面地紧随其后。他挣脱了布默，和阿拉贝拉抱在了一起。

先前离开的库利又折了回来。就在阿拉贝拉从埃迪身边走开时，这位年轻人上步来到他身旁，伸出了一只手。埃迪握住了它。"打得不错，老前辈。"库利挤出一丝微笑说道。

"谢谢。"埃迪嘴上说着，心里仍然恨之入骨。

"厄尔，"库利继续说，"会把你打得满地找牙。"

"上一次和厄尔打的时候是我赢了。"

库利默不作声地看了埃迪几秒，脸上仍然挂着刚才的笑容。"陌生人与两兄弟。"他撂下了这么一句。

· · ·

决赛将在两点举行。正值周六早晨，阿拉贝拉坐在一张健身长凳上看埃迪健身。然后他们游了泳，又一起去泡按摩浴池。这会儿是上午九点。

在热水中的时候她说道："英国的孩子们会在学校里学习很多关于美国的知识。比如大峡谷。"

"我们也一样。"

"对你们来说这些不是异国风情。我们三年级的课本里有一幅塔霍湖的照片。我记得一清二楚。"

"据我的理解，你说的地方就在外面。"埃迪说着，头朝远处的墙那边扬了扬。

"它是世界上最为壮观的山中之湖。上千英尺的深度，无比清澈的湖水。"她正挨着他坐在按摩浴池水下的边沿上，用手搭住了他的胳膊，"它边上有一栋叫维京斯霍姆❶的房子。我想去看看。或许我们中午可以搞个野餐。"

他在过去的几天中已经完全忘记了湖的事情。每当他从房间窗

---

❶ 这是一座建于1929年、有着斯堪的纳维亚风格的石头城堡，共有38个房间，被认为是美国斯堪的纳维亚建筑最好的范例之一。

户望出去的时候,映入眼帘的只有撒哈拉酒店的灯火或一片天空;大湖露出的那抹蓝色小角被他从印象中抹除了。

"我要在一点前回来。"他说。

"没问题。我们能去了吗?"

"那房子有多远?"

"我不知道。绕湖一圈是70英里。"

"你或许能问前台要一本旅游手册。"

"前台不提供手册。他们希望你哪儿都不要去。"

· · ·

车程是20英里的蜿蜒公路。阿拉贝拉有几次从茂密的松树和红杉中瞥到了塔霍湖,激动地喊出了声。他把车停到宽阔的观景区,两人下车细赏。湖水之蓝比天空更甚,而这片位于内华达和加州交界的天空本已蓝得慑人。湖背后的远山之巅,皑皑白雪正闪着银色的光辉。树木几乎绿得泛黑;湖面仿佛是置于树林之下百码深处的一面镜子。埃迪点上一支烟,注视着正陶醉于大湖之美的阿拉贝拉,可脑子里想的却是波查德。空气稀薄而凛冽;他把双手插在兜里,叼着烟等在旁边。驻足户外已然出乎他的意料。令他大为震撼的还有这片近在眼前的湖,那么大,那么完美。不知为何,它令他心生畏惧;它的缥缈胜过凯撒酒店里的豪华赌场,也比那些21点赌桌和老虎机更加虚幻。这样的湖泊是属于明信片上的东西,一起的还有葱郁的松林、无云的天空和山顶的积雪。他抽完了烟,把它摁灭在公路边缘的碎石上，俯视着这汪湖水——它平整而冷酷的静谧质感——脑海中浮现出蓝色的佛罗里达海湾和明尼苏达肥佬。肥佬至死都是赢家。这是可以做到的。它关乎的只是够不够胆。

阿拉贝拉从观景区的边缘走了回来，脸颊被冷风吹得通红。"它的美丽和课本上宣称的分毫不差。"说完，她把胳膊和埃迪的挽在了一起。过了一会儿，她抬头看着埃迪的脸庞，"现在先别想那些了，埃迪。回头再说。"

还未到旅游的季节，标着"维京斯霍姆"的小停车场在入口处挂着一块更小的牌子，上面写着：**不对游客开放**。"咱们就当没看见。"阿拉贝拉说。他们跨过铁链，沿着向下的通路往半英里外的湖边走去。这会儿天气暖和了些，松木的气味十分浓郁。每走一段，他们就会在转弯处看到一摊从黑色花岗岩下涌出的积水。冬去春至，冰雪消融。正是这个湖的形成方式。两只花栗鼠正沿着一根倒掉的断木飞快地奔跑着，穿梭在蕨类植物的叶子中。走过某个转角后，埃迪和阿拉贝拉发现了一栋被繁密的树丛围绕着、用石头和木材搭建成的房子，屋顶是高高的三角形状。再过去50码的地方便是塔霍湖的边缘。

"天啊！"阿拉贝拉说道，"我想要这座房子！"

湖水无比轻柔地轻拍着岸边。除了沙砾中黄铁矿的点点闪光外，水里不带一丝颜色。他们转过来面对着房子。门口右边，一排平开窗俯瞰着塔霍湖。"你可以坐在那儿吃早餐，然后就这么看着外面。"阿拉贝拉说。

埃迪没有接话。

"它是一个女人建的。"阿拉贝拉又说道。

"嫁了个有钱丈夫的女人。"

她看着他,"两个有钱丈夫。"

离房子几码远的地方有一棵红杉,下面设了一张长椅。他们坐在上面,就着咖啡吃了些甜甜圈和夹了瑞士奶酪的黑麦面包三明治。她还带了两瓶啤酒,但埃迪没有喝,他想保持头脑的清醒。他靠在树干上试图休息一会儿——试图将台球和桌布的亮绿色从他的脑海中甩掉,忘记右手握着巴拉布什卡的感觉,让胃里不再打结。

"我们刚开始在一起的时候,"阿拉贝拉说,"我觉得我是你的一份助力。你那时候情绪低落,也不自信。你不想告诉我你的工作是什么。结果其实我很喜欢你打球,这对你有所帮助,是不是?"

"是的。"

"埃迪,我的问题在于我和男人在一起的时候很好,但独处的时候则不然。当我离开哈里森的时候,我害怕极了。"她手里握着塑料咖啡杯,朝他那边看去,"怕得要死。我的婚姻生活不费力气,也过得足够舒适;所以即便我早就不在乎哈里森了,我还是将它又维系了几年。那会儿我爱上了格里格。能吸引到像格里格一样年轻又聪明的男人让我感觉很好。结果又出了车祸那事。"

"我明白。"

"我不确定你是不是真明白,埃迪。他的前胸整个被压碎了。他的家人们恨透了我,都没有邀请我去参加他的葬礼。膝盖缠着绷带的那几个月,我觉得自己无论如何都没法离开哈里森了。"

埃迪正点上一支烟。"这根给我。"说着,她把烟抢了过来,"我那点钱连狗屁都不算。我有3000块的定期存款,还有400块的活期。一年之后我才鼓起勇气做了个了断。我对没钱这件事太害怕了。"

埃迪点起了另一支烟。"我也是。"他说。

"我知道。"

"当我到处跑的时候,你还想做民间艺术的生意吗?"

"你还打算到处跑吗?"

"我不知道。"他说,"今晚之后一切就清楚了。现在我不确定。"

"关于台球?"

"我仍然不知道自己能不能靠打巡回赛为生。"他看着坐在旁边的阿拉贝拉,看着她被冻得通红的双颊,"关于咱俩的事我也不确定。"

她皱着眉眨了下眼睛,"之前我也不确定,直到我买了来雷诺市的机票。"

"那你现在确定了吗?"

"我把那些报纸扔掉了。"

他沉思了许久,开口说道:"如果我有那样的报纸,也会把它们扔掉的。"

她看着他,"听上去不谋而合。"

就算只站在门口,面对场内仅剩的一张球桌和隔在他与球桌间的观众席,一切看上去都已是那么地不同。灯光有之前的两倍那么亮；而当他从看台间的人群中挤过去后，他明白了加装这些灯的缘由：电视转播。比赛区上方架了一根20英尺长的金属横梁，悬挂着一台摄像机和若干泛光灯。两个他没见过的人正站在球桌旁聊着天，对正在一旁等待的观众们置若罔闻。他们俩都穿着蓝色尼龙夹克，肩部有一块圆形的标志，绣着"美国广播公司"的字样。正是"体育大世界"。他们最终也没选中埃迪和肥佬的那档节目，但这会儿却跑来了。这帮混蛋。球桌周围另有架在滑轨上的三台摄像机，每台旁边都站着一个穿尼龙夹克的人。主席台的桌上还摆着一排电视监控器。

他没看到波查德。已经一点五十分了。阿拉贝拉让库利的女伴给她占了个座位，她现在跑去坐下了。埃迪走到球桌旁边，被温热的灯光照得眯起了眼。显然电视台的人还未布置妥当，但提前适应一下这个亮度可能也不错。穿蓝色夹克的那两个人无视了他。他们正低头看着一块写字板；埃迪走过来时，他们抬头看了一眼，又把头低了下去，一副大事在身的样子。正感到一阵厌烦时，他看到波查德穿过人群走了过来。观众们开始鼓掌。电视台的那些人也停下了手上的活。他们中的一个朝波查德招了招手，然后两人走到他旁边寒暄了几句。掌声更加热烈了。埃迪打开杆套，取出了他的巴拉布什卡。

接下来的二十分钟里，埃迪在两把为选手准备的转椅中选了一把坐下，又喝了一杯水，试图让自己冷静下来。身着光鲜夹克的电视台工作人员们仿佛把自己当成了比赛的主角。他们装上去的那根横梁，他们那些固定着沉甸甸的灰色摄像机、架在橡胶轮子上的滑车，他们粗大的橡胶电缆，他们的监视器和他们手中的一块块写字板，一并构成了这场大戏。终于，那群夹克男中的一个走了过来，向他确认了姓氏的发音后说道："称呼应该是豪注埃迪，对吗？"埃迪表示了肯定。那根横梁也就比球桌高出了几英尺。两侧的支架旁边各站了一个穿着牛仔裤的年轻人，他们开始转动金属把手。横梁慢慢地升了起来，好像在为一场马戏表演做准备。当它升到距离天花板一英尺的地方时，主席台桌上的一个人进行了一些远程操控，摄像机随之移动，将镜头向下对准了球桌。波查德一直在和观众席第一排的几个女人说话；他牛仔裤配工装衬衫的打扮本身看起来就像舞台工作人员中的一位；这会儿他也走过来坐在了转椅上，旁边是一张放着水、两条毛巾、一个烟灰缸和一些巧粉块的小桌子。他没有看向埃迪那边。

横梁上的摄像机开始转来转去，最终指向了墙的位置。埃迪看了看表，两点半了。

音箱里响起了噼里啪啦的杂音，然后传来了主持人的声音："对于比赛的延误我们十分抱歉。电视台的工作人员们说他们必须对球桌上方的摄像机进行更换，我们还需要大约一小时才能开始。因此带来的不便，我们深表遗憾。"

"妈的。"波查德说道。

埃迪站了起来。阿拉贝拉爬下看台走了过来。"我们去喝杯咖啡吧。"她说。

埃迪看了看她,"我需要单独待一会儿。"她耸了耸肩,"好吧。我去喝点东西。"

泳池里有十几个人,在健身房里锻炼的人更多,但按摩浴池是空着的。埃迪慢慢滑了进去,在浴缸边缘放松着后背,又用下颚抵着胸口,轻轻地闭上了眼睛。毫无效果。他仍觉得胃里像打了结,一种无力感涌上心头。始作俑者正是电视台的这群家伙,吹毛求疵又目中无人,到头来还造成了比赛延期。他们不过是些技术人员。他们不用承担任何风险,也不会把自己置于生死攸关的境地。真是些混蛋。想到这些,他的头就疼了起来。

他必须在四十分钟之内回到赛场,可他完全不想回去。躺在按摩浴池里,他一度感到害怕极了,觉得自己已然年迈。热水不断冲刷着他的身体,形成了一圈圈泡沫。渐渐地,他胃中的那个结松开了一些。他听着水流涌上来的声音,开始注意到了从天花板上的音箱中飘来的音乐;他让身体瘫软在水中,随水面的起伏一同晃动着。有那么几分钟的时间,他奇迹般地睡着了——或者说,进入了半梦半醒、不知身在何处的那种状态。

· · ·

当他走回到舞厅的时候,九颗球已经在木框中码好,裁判也已把两颗争先球摆放就位。波查德就站在球桌旁边。埃迪把球杆拿出来接在一起时,主持人向观众介绍了两位选手。埃迪几乎什么都没听到。他的一双手正稳稳地握着球杆。

他的争先球可堪完美，接下来的开球亦如猛虎下山。9号球撞到顶库后，滚过了一整张球桌的距离。尽管它没有进，但另外两颗球落了袋。正当埃迪研究局面的时候，一位摄影师将摄像车向他移近了些，另一位则跪在几英尺外，将摄像机对准了他的脸。埃迪对他们视而不见，把其余球清光后，打进了9号球。观者如山，掌声如雷。埃迪点上一支烟，看着裁判码球。波查德坐在选手椅上，视线游离。阿拉贝拉坐在观众席间，全神贯注地盯着球桌；她身后的看台上，布默正坐在最后一排。埃迪把烟摁在烟灰缸里，拎起那根23盎司的球杆，冲开了球堆。9号球掉入了底袋。趁裁判码球的空隙，他继续抽起了烟。如果你击球的方式正确，那些球就会乖乖落袋。他又一次开球、清台、和那群小年轻一样让母球在需要时走遍整张球桌，而不去担心球速是否合适或母球洗袋的可能。结果是它每次都停在了埃迪想要的位置。3∶0。

但是在第四局的开杆上，尽管他的力道未减、彩球们也在桌面上四处乱撞，却没有球掉入袋口。一颗也没有。更糟的是，母球所停的位置可以轻松叫到1号球。埃迪盯着桌面看了看。事已至此，无计可施。他走到椅子摆放的地方坐了下来。波查德站起了身。

在台球这项运动中，无论你多么斗志昂扬、蓄势待发——正如此刻的埃迪一般——也不管你的手感多么无敌，如果在击球的是另一个人，这一切都毫无意义。他的身体跃跃欲试，恨不能亲自上阵，但他却不得不坐在那里，看着对手的表演。

而对手的力量也被彻底激发。波查德——这个蓄着浓密下垂的八字胡、穿着生胶底麂皮靴的精致而安静的东部乡村男孩——好似已将比赛收入囊中。他无视了观众，无视了裁判，也无视了埃迪，而将全部精力集中在了眼前的九颗球上，将它们一颗接一颗地送入袋口，将母球永远停在它最该停的位置。他在每击之后都会给杆头上粉，并且他的视线从未离开过球桌。几位摄影师围着他和球桌忙不迭地拉近切出；观众的掌声随着9号球的每一次落袋愈加爆裂；波查德的表情和专注则是岿然不动。接连拿下6局后，一记不太走运的开球迫使他选择了防守。比分是6∶3。波查德只需要再拿4局，对埃迪而言则是7局。埃迪站了起来。

球的分布相当糟糕。母球被7号球挡在了后面。能碰到1号球都算他走运了，更何况还不能给对手留下机会。看着这个局面，埃迪的脑中闪过一丝直接走人的念头。波查德站在离球桌几英尺远的地方，年轻的面孔上挂着冷酷而内敛的微笑，等待着埃迪的失误。面对如此噩梦般的位置，除了捅上一杆然后默默祈祷，他实在没有什么能做的。

埃迪咬紧牙关，将球杆的连接处拧了又拧，盯着下球的路线。就在这时，头顶横梁上的灯灭了。

观众席上的一个人鼓起了掌，另外几个人跟着笑了起来。埃迪站在那里等着。他看向主席台；赛事总监正眉头不展地坐在那边，对着电话说个不停。过了一会儿，他挂掉电话拿起了麦克风，随即音箱中传来了他的声音："我们被告知有一根保险丝烧断了。比赛将暂停十分钟。"

看台上的一些人开始起哄。

"我们对比赛的延误十分抱歉。"总监的声音继续说道。

波查德此时正粗暴地从站立的观众中往外挤。其间有些人对他喊话,但波查德看都没看他们一眼;他双唇紧闭,以一种急不可耐的架势推搡着人群,仿佛在奔赴一场他已经迟到了的重要会议。

埃迪把球杆留在桌上,去了观众席后面为选手设置的卫生间。那里别无他人;他独自站在宽大明亮的镜子前面。他的双眼十分暗淡,头发也耷拉了下来。低头看看自己的手:指甲缝中塞满了泛着绿色的桌布绒毛;左手根部被桌上的灰尘弄脏了一圈。他打开水龙头,边等热水灌满洗手池边撕下一块肥皂的包装。然后他关上水龙头,开始用肥皂涂抹手掌和手背,一直向上到手腕的部分。他开始用力揉搓,将一根根手指沾满泡沫,用右手手指磨掉左手上的污痕。他用整池的水洗掉了手上的泡沫,又涂抹了一遍肥皂,然后又冲洗了一遍。接着他拿起肥皂开始洗脸,先往鼻子和眼睛周围打上泡沫,接着是后颈,最后是下巴。这一套下来十分舒缓。他让水从龙头中流出,再次填满洗手池,然后把头埋了下去,开始冲洗干净。

正当他用纸巾把水擦干时,门开了,进来的是厄尔·波查德。他对埃迪熟视无睹,径直走到埃迪背面那侧墙的便池旁边,面无表情地把鼻子贴到距离墙砖几英寸的地方,释放时弄出不小的动静。埃迪开始梳理他的头发。

随着冲水的声音,他转身看到波查德走进了其中一个大理石砌成的隔间,然后重重地摔上了身后的门。埃迪继续把头发梳理完毕。

就在埃迪把梳子放回口袋中的时候,波查德从隔间走了出来,依旧对埃迪视而不见。他来到镜子前面,站在埃迪旁边,看着镜中自己的同时也拿出了一把梳子。在荧光灯的强光下,他脸上的红斑清晰可见。

波查德不过是个自命不凡又惹人生厌的黄口小儿。没有了手上的球杆,这些就是他全部的特质。埃迪转过头去对他说道:"有时候事情就是这么扯淡。"

波查德猛地把头转了过来。"我可不是你的朋友。"话音传来,他的嘴唇却几乎纹丝未动。

随即他便把目光从埃迪身上移开,从墙上的纸杯分发机中取下一个,接了半杯水,又一次倏地转向了埃迪。"我会把你打得屁滚尿流。"他低头看了看手上的水,微微一笑,然后回过头来,眼都不眨一下地盯着埃迪的脸。"这东西会打趴你。"他张开了嘴,一颗半黑半绿的湿漉漉的胶囊在他的舌头上赫然可见。

埃迪的回应如同条件反射一般。他几乎在一瞬间就抬起了空着的手,像家长教训耍小聪明的孩子那样,对准波查德的脸结结实实地扇了过去。波查德打翻了手里的水杯。

那颗药掉在地上,转了几圈后,停在了几英尺外的地方。被逮了个正着的波查德呆若木鸡地站在那里。埃迪走上前去,用鞋跟踩碎了那颗药丸。虽然背对着波查德,但他并未感觉到任何威胁。那个小屁孩是不会打他的。他朝门口走了过去。

"我这儿还多的是呢。"正当埃迪推门出去的时候,波查德在他身后说道。

"那就来上十几颗。"埃迪说。

· · ·

"比赛将在球员们返回场地后立即开始。"扩音器中的声音说道。埃迪穿过人群,来到灯光再次洒满了绿色台布的比赛桌前。裁判双手背在后面,已经站立就位。埃迪走上前去,抬起杆尾,轻轻把母球朝库边推了出去。母球反弹后缓缓地向前滚动,在碰到1号球的边缘后停了下来。1号球前进了几英尺,然后停在了埃迪最希望的位置上,没有留给波查德任何机会。

直到几秒钟后裁判提醒波查德轮到他击球,波查德才走了过来。他皱着眉头看看桌上的局面,仍没有瞥向一旁的埃迪。然后他一脸苦相地摇了摇头,回了一杆安全球。埃迪也做了一杆防守,把母球送到了远离1号球的地方。

观众中有人喊了一句:"出手吧,厄尔!"波查德迈步上前,俯身瞄准。他一边摇着头一边向前送出了球杆,把球用力击了出去。母球急速地滚过桌面,磕到了1号球,但球速太快了些。于是它又折返回来,撞开了贴在一起的两颗球后,停在了让埃迪有机会打进1号球的地方。难度自不待言,但是可以一搏。

波查德迅速转过身去,走到那张小桌子旁坐了下来。

霎时间埃迪觉得青春焕发;他架好球杆,不带一丝犹豫地薄进了1号球。然后是2号和3号。他已然不会失手。他弯腰瞄准4号球,用薄如纸片的入球角度将其送入了袋口。随即他又打进了5、6、7、8号球。击落9号球之后,他几乎没有注意到响起的掌声。他把巴拉布什卡靠着椅子立住,拿起了那根沉甸甸的大棒球杆。裁判码好了球。埃迪在开球上打进了两颗球,顺势清了台。裁判重新码球后,埃迪再次开杆。他一颗接一颗地将它们打进,球与球之间仿佛脚不沾地;为电视转播布置的白色荧光灯下,他的目光之犀利有如刀锋一般。那些球按照既定路线向前滚动,再按照既定路线落入球袋。一切就是这么简单。

当他再次站定准备开球时,此起彼伏的喊声响彻四周:"来个一杆收,豪注埃迪!"和"9号球,埃迪,9号球!"而他也以雷霆之势把母球冲了出去,确信9号球必进无疑。事实也正是如此。掌声尚未停息,裁判已码好了球堆。随着他又一次在开杆上带走9号球,观众们——在他的意识中有些遥远,却封存着他的几分球魂的观众们——爆发出震耳欲聋的掌声。他继续开球,打进两颗,轻松清台。下一局,9号球在一记组合球中落袋。没有人能撼动他;任何情况都不可能令他失误——在这些光可鉴人、毫无难度的球上。他再一次开了球,目光跟随着母球,直到它停在了1号球的后面;他打进了1号、2号、3号……最后,他以一记稳稳的推杆将9号球贴着库边送入了底袋。就在那一瞬间,他听到扩音器里出其不意地传来了主持人深沉的、几乎淹没在掌声中的声音:"菲尔森先生赢得了本场比赛和本届赛事的冠军。"他眨了眨眼,环顾四周。看台上的观众们在鼓掌,有人吹起了口哨,还有人在喊着些什么。他们开始站立起来,掌声经久不息。

· · ·

埃迪一猛子扎进深深的泳池里,埋头潜行,直到他一只手能摸到12英尺之下的混凝土池底为止。接着他又缓缓地晃动身体,浮回水面。他甩了甩头,睁开双眼,发现阿拉贝拉正坐在泳池边上看着自己。他向相反的方向翻了个身,用长而缓慢的划水游进了前方尽头的砖砌岩穴。伫立于此,他可以闻到湿漉漉的石头气味。这边的水很浅,也更加暖和。水下照明灯射出的柔和灯光随波荡漾。在这里他已经看不到阿拉贝拉了。

30000美元。他将他们一一击败。先是库利,然后是波查德。水边有一块石凳。他慢慢爬出水面,在上面坐了下来;他的身上往下滴着水,湿漉漉的大腿抵在粗糙的石头表面,小腿和双脚仍在水里泡着。在五十岁的年纪,他战胜了这些孩子。现在的他完全放松了下来,在此之前胃里挥之不去的最后一块结也终于解开,他任由这份快乐传遍周身,如同一件温暖的衣物将他包裹。他的胳膊上堆起了鸡皮疙瘩。他伸了个懒腰,又打了个哈欠,享受着作为赢家的舒爽。有生以来,他的感觉从未如此美好。

"回家之前,我想开车把整个湖绕上一圈。"等他游回阿拉贝拉身边时,她说道。

"明天一早就去。"他从泳池里爬了出来,坐在她的旁边。

过了一会儿,扩音器里的音乐停了下来,一个柔美的女声说道:

"泳池区将在五分钟后关闭。"埃迪回过头,朝通向健身房的走廊上方的时钟看去;还差五分钟就一点了。他开始感觉到了疲累。

阿拉贝拉站起身来,开始用毛巾把自己擦干。"这个地方像座教堂一样。"一边说着,她一边环顾泳池四周的巨大混凝土结构,然后又抬头看了看视野广阔、漆黑一片的屋顶天窗。

"我很喜欢这里。"埃迪懒洋洋地把双脚从水里抽了出来,伸手够向毛巾,"咱们去换衣服吧。"

. . .

转过一个拐角后,赌场出现在他们眼前;这里的灯光虽然极尽浮夸之能事,却也有着某种安抚人心的功效。三张桌上的双骰子游戏激战正酣;21点赌局无一例外地座无虚席;堆满老虎机的广阔区域,一群人正在漫无目的地四处游荡。毕竟是周六的夜晚。"你要试试手气吗?"埃迪问道。

她紧张地围起双臂抱住了自己,"我不知道。我还没缓过神来。"

"那咱们去睡觉吧。"

她仍然保持着拥抱自己的动作,看着他淡淡一笑。他们正站在一段宽阔而平缓的楼梯顶端,它通向的是仍然空无一人的百家乐赌桌,"你确实赢了,对不对? 你是真的赢了。"

他们穿过了这片无论人群或金钱都能畅行无阻的赌场。阿拉贝拉用手挽着他的胳膊。纵然疲惫,他的脚步却很轻盈。正当他们经过最后一张双骰子赌桌时,一个异常年迈的老头正摩拳擦掌地准备掷出骰子；随着他用力地向前一送，手上的骰子顷刻间被甩到了长长的绿色桌面上。埃迪和阿拉贝拉停住脚步，看着两颗骰子在明晃晃的射灯下跳跃地闪着光芒。最终的点数是11。"就是它！"老头开心地大喊道。他向前倾着身子，将一沓钞票拢到了自己面前。

译 后 记

大　海

大受欢迎的台球主题长篇小说《午夜球手》(The Hustler)出版二十五年后，其续作，即本书《金钱本色》(The Color of Money)，终于在1984年姗姗来迟。沃尔特·特维斯在为主角"豪注埃迪"的回归之旅安排妥帖的同时，也赶在同年因肺癌去世前，为自己的创作生涯画上了圆满的休止符。同前作一样，本书也被搬上了大银幕，并且取得了辉煌的成功。由马丁·斯科塞斯于1986年导演的同名电影在次年的奥斯卡金像奖颁奖典礼上获得了包括最佳男主角和最佳女配角在内的四项提名；埃迪的饰演者保罗·纽曼更是在六次逐鹿均铩羽而归后终于迎来了他的首个影帝头衔——尽管他在前一年就已经被授予了荣誉性的终身成就奖。

我从试译前所做的功课中了解到了以上背景。可当我满心欢喜地期盼着能先通过这部电影一窥本书的全貌时，却发现接下来的介绍中赫然写道："本片剧本由理查德·普莱斯重新编写，与原作剧情相差甚远。沃尔特·特维斯曾根据小说内容撰写了一份剧本，但并未被制片方采用。"

直至今日，我也从未试图探究以下三件事的先后顺序——沃尔特的死亡、本书的出版日期和制片方弃稿的决定——因此无从推测作者在临终前所感受到的，是得以亲见作品问世的欣慰，还是最后心血被"借壳上市"的无奈。❶然而在翻译工作全部结束后，我五味杂陈地观摩了这部除男主角（以及他那根球杆）的名字外与小说毫无关联的电影，几乎可以确信，这不是会被沃尔特认可的改编。纵有威名赫赫的学院奖为其艺术背书和年方廿四的汤姆·克鲁斯担任票房保证，但电影将原著中诸多生动的人物形象和独特的风土人情一并舍弃，不仅令人遗憾，而且属实平庸。

这并非是指原作的情节胜在跌宕起伏。毕竟，我们的主角不再是那个怀揣少年心气闯荡江湖的青年埃迪，虽然全盛时期的他就已经被一针见血地指出了"天生输家"的气质。我们在本书起点处看到的，是一个依旧与输家气质为伍的中年男人，一个已过天命之年却

---

❶ 根据1987年3月29日发表在《洛杉矶时报》上题为"向豪注埃迪之父致敬"的文章，以及1986年10月19日发表在《纽约时报》上题为"《金钱本色》：三个男人和一部续集"的文章，保罗·纽曼在《金钱本色》正式出版前，就读到了书稿。1984年8月1日，本书由华纳书业出版。8天后，沃尔特·特维斯去世。9月，保罗·纽曼找到马丁·斯科塞斯。导演对特维斯的改编剧本和另一份由他人改编的剧本不满意，因为他不想只做一部忠实于原著的续集，于是找到作家理查德·普莱斯。——编者注

仍然"需要成长起来"的大孩童,一个总是"抓不住属于自己的东西"的失败者,一个能力与成就不匹配的昔日天才。褪下台球的光环和豪赌的快意,他迷惘的人生之路与普罗大众并无二致。而他回归台球的整段旅程,包括他最初的决定和努力,也都更像是不得已而为之——为窘境所迫、为自尊所迫、为友人所迫、为意外所迫。他需要亦师亦友的肥佬为他事无巨细地筹谋指点,需要聪慧优雅的阿拉贝拉对他时时加以鼓励,甚至需要从随机遇到的对手那里收集稍加研究便不难获得的信息。他渴望重回巅峰,却对正确的方向一无所知。他自负天赋异禀,却在稍遇挫折后便患得患失。他以肥佬为"可以做到的"人生榜样,却在面对前辈中肯的建议时经常摆出被动攻击(passive aggressive)的架势。他向别人致谢或致歉的次数屈指可数,却每每凭空生出"不知为何感到一阵厌恶"的古怪情绪。作为读者,我十分欣赏作者对埃迪性格连贯性的把控,却始终难以对他建立任何喜爱之情。

当然,好胜心犹存的埃迪并非别无所长或难堪重任,相反他在两段工作中的表现称得上可圈可点。当他沉下心来拿出经营自家台球厅都不曾有过的认真时,那炫技般的工匠技术可谓赏心悦目。涉足民间艺术这一他前所未闻的全新领域后,即使仅凭直觉,他的眼光也不逊于引他入门的专业人士;当他从中嗅到商机时,他的尽职调查和可行性分析做得如此细致,全然不似他对待台球时的漫不经心;而当他认定这个商业模式大有可为后,他行事果决且动力十足,事无巨细地亲力亲为,连阿拉贝拉都对他发出了"一个人就能撑起一台戏"的由衷赞叹。

至于他时隔多年回归赛场的举动，虽然从始至终都显得畏手畏脚，但这是本就可以想见地困难重重。不仅这个行业的游戏规则早已不是他熟悉的那一套，在他重拾信心的道路上更是荆棘遍布：身体机能的退化，只及年轻时一半的初始水平，后辈们不加掩饰的轻蔑，以及鬼魅般如影随形、时刻可能将所有努力拉回原点的自我怀疑。从任何球手都梦寐以求的巅峰一朝跌至谷底，又以几近自我弃绝的模式度过了二十年的失意人生后，豪注·天才球手兼天生输家·脑力量子态·情绪测不准·埃迪的被动回归之旅注定充满了艰辛。

所幸他不必独自面对这一切。有过一战之缘的肥佬出任了他的精神导师，有过一面之缘的阿拉贝拉达成了与他的相互救赎。二人不但合力将埃迪拖向了人生正轨，而且令人欣喜地呈现了与他固执无趣的单一性格截然相反的立体形象。

尽管在前传中以"国王已死"的悲情结局黯然退场，肥佬却在年迈之际再次以高山之巅的姿态回归。不难想象，在押上他巨额身家和全部骄傲的命运之战中落败后，肥佬所做的，除了将苦涩咀嚼到再无味道，便正是他今日告诫埃迪的那般："一天训练八小时。然后去打比赛挣钱。"当他察觉到14 - 1日渐式微后，他果断放下江湖传奇的身段，在鱼龙混杂的小镇酒吧打起被埃迪蔑称为"小孩子游戏"的八球，为他日后的海滨公寓、电动游艇、摄影器材和AA级的债券聚敛了一张又一张的绿色纸票。他似乎能将一切牢牢掌控，而他的一切又是如此多彩：即使远离台球多年，他依旧保持着匪夷所思的竞技状态；即使（同样）未曾受过高等教育，他的日常读物却是政治杂志与哲学巨著；即使没有工作过一天，他依然享受着优渥稳定、阳光海风的退休生活。而最令我震撼不已的，则是他貌似轻描淡写、实则振聋发聩的那句："我是一名台球选手……否则，我就什么都不是。"对涉猎之事几乎样样在行的通才，却有着全书中最为深刻而精准的自我定位。与大半生都在迷雾中挣扎的埃迪相比，肥佬的洞见和睿智，正是他多年来傲视群雄、"稳坐云端"的秘诀所在。

在"层级"上远超埃迪的自然还有我们的女主角阿拉贝拉（是的，我与埃迪有着相同的疑问：他有何德能与这样一位女人在一起）。甫一登场，她便被作者毫不吝啬地赋予了难以抗拒的吸引力——"摄人心魄"的身材相貌、自带高贵的英国口音和周身散发的谜样气息。作者为其投入的笔墨相当饱满，不仅为她与埃迪的结识构建了令人信服且易于共情的背景，而且自始至终借由埃迪的视角和内心，展现了她诸多难能可贵的性格与品质：毫不势利的言行、润物于无声的亲和和不时展露的直率飒爽。最令我欣赏的一点，是她从失败的婚姻中收获的对厌恶之事的清醒认识和主动规避的智慧。虽然对自己教授夫人的身份早已厌倦，但出于对明星丈夫残存的崇拜和对独自生活的恐惧，她曾在相当长的时间内难以下定离婚的决心。幸而在她最终摆脱心理和经济上的双重束缚后，无论与埃迪一起旅行还是共同创业时，她始终都保持着独立的思想与人格，在意着自己的知识和建议是否被实际认可，并严密地杜绝着自己在情感和事业上再度依附他人的可能。作为普通人，我们恐怕难以效仿天赋异禀且行动力过人的肥佬，仅靠"不断地赢"便能躲开包括老去在内的一切烦恼；但至少，我们可以如阿拉贝拉一般警醒，时刻将身心健康作为优先考虑，用"避害"的策略实现最大程度的自我保护。

而阿拉贝拉远远不只是一个美丽聪慧的符号。她的人脉为埃迪介绍了一份仿佛为他量身定制的工作，帮助他在最需要的时候获得了将一件事情做正确的心理慰藉。她引领埃迪涉足了学院派生活的方方面面，不仅激发了他品味上的跃迁，也使他了解到看似完美的职业也会带来无法安抚的抑郁。更不必说，本书将最多台球之外的篇幅都放在了对美国民间艺术的介绍上，而这正是阿拉贝拉当仁不让的专长所在。感谢她过人的艺术直觉和细致的实地考察（以及那位可怜青年的深刻影响），我们见识了风格迥异却各为翘楚的数类作品；尽管创作手法千差万别，但艺术家们或粗放或内敛的性格，或原始或细腻的处理，乃至或朴素或激进的政治观点，无一不在他们的作品中清晰地得以体现。是的，阿拉贝拉不仅实实在在地改变了埃迪的人生轨迹，而且为我们带来了非行家里手不能提供的珍贵体验。即便不论她迷人的外在与气质，以及她出众的学识与能力，阿拉贝拉周身绽放的活力仍然散发着绚丽的光芒。

本书中的不少配角也值得单独提及。斯坎默夫妇充满默契的日常调侃，结合那场鲜有人知的精神创伤，令人深感于伴侣间相互支撑、共同进退的最佳状态；尤其是斯坎默先生——尽管他最初的言行举止略显浮夸，本质上却是相当纯真的良善之人。亚洲面孔的宇正不仅因其优雅从容令人印象深刻,而且几乎是除肥佬外埃迪唯一欣赏过的同行;四十年前,这样的设定本身就具有着相当积极的正面意义。曾经敌意满满的布默居然与埃迪不打不相识,最终戏剧性地变成了后者的头号拥趸;看到他试图抢先拥抱埃迪却被躲开,恐怕很少有人会对这个喜剧效果拔群却充满真情实意的胖子不产生好感。至于米莉——哦,米莉——她是无拘无束的具象体现,是原始性张力的完美化身,更是埃迪认知之外的自由灵魂。他们二人间的一期一会,尽管在我看来不啻为另一场错配,却也同样不失为"Einmal ist keinmal"的美妙诠释。

翻译本书的过程中,我多次感受到与文中场景产生关联时的共鸣。正是这些共鸣从头至尾帮助我在脑海中将原文转化为画面,再将画面还原为尽可能准确的译文。坦率地说,我对本书最初的兴趣源自第一章关于红树林的描述——精准的文笔所营造出的意境,仿佛将我带回到若干年前与蛇、短吻鳄、海牛和海豚为伴的佛罗里达探险之旅。此后书中或核心或琐碎的若干内容,都让我获得了极其愉悦的私人体验。连接旧金山与奥克兰的湾桥,曾是我每天或从其上方驶过、或于其下方穿梭的必经之地;深邃如海的塔霍湖,有着我误入私人湖滩却收获绝美风景的难忘记忆;当时尚属稀罕之物的寿司和可颂,如今成了我幸福感的重要来源;被剥去神秘面纱的大学城和学院派生活,更是令校园情结严重的我每每感觉身临其境。我猜想,沃尔特必定将二十五年来最值得记录的经历——他数十年的教授生涯、他对于民间艺术的深刻了解、他对佛罗里达的熟悉,乃至他或许亲历过的甜蜜偶遇——都囊括进了这本续作中。正是这些与台球无关的主题，让我与作者建立了跨越时空、深刻隽永的奇妙联系。为此，我感谢沃尔特通过这部作品，向包括我在内的读者传达了如此丰富而厚重的人生见闻。

一并需要感谢的，还有伴随我青少年时光的那些熠熠生辉的斯诺克巨星。他们之间的不朽对决，为我翻译这本台球小说奠定了基础与信心。

最后，本书的翻译工作也帮助我同埃迪一样，在需要的时候收获了尽力将一件事情做正确的精神慰藉；我为拥有这个机会，向人民文学出版社深表谢意。

2023年6月于北京

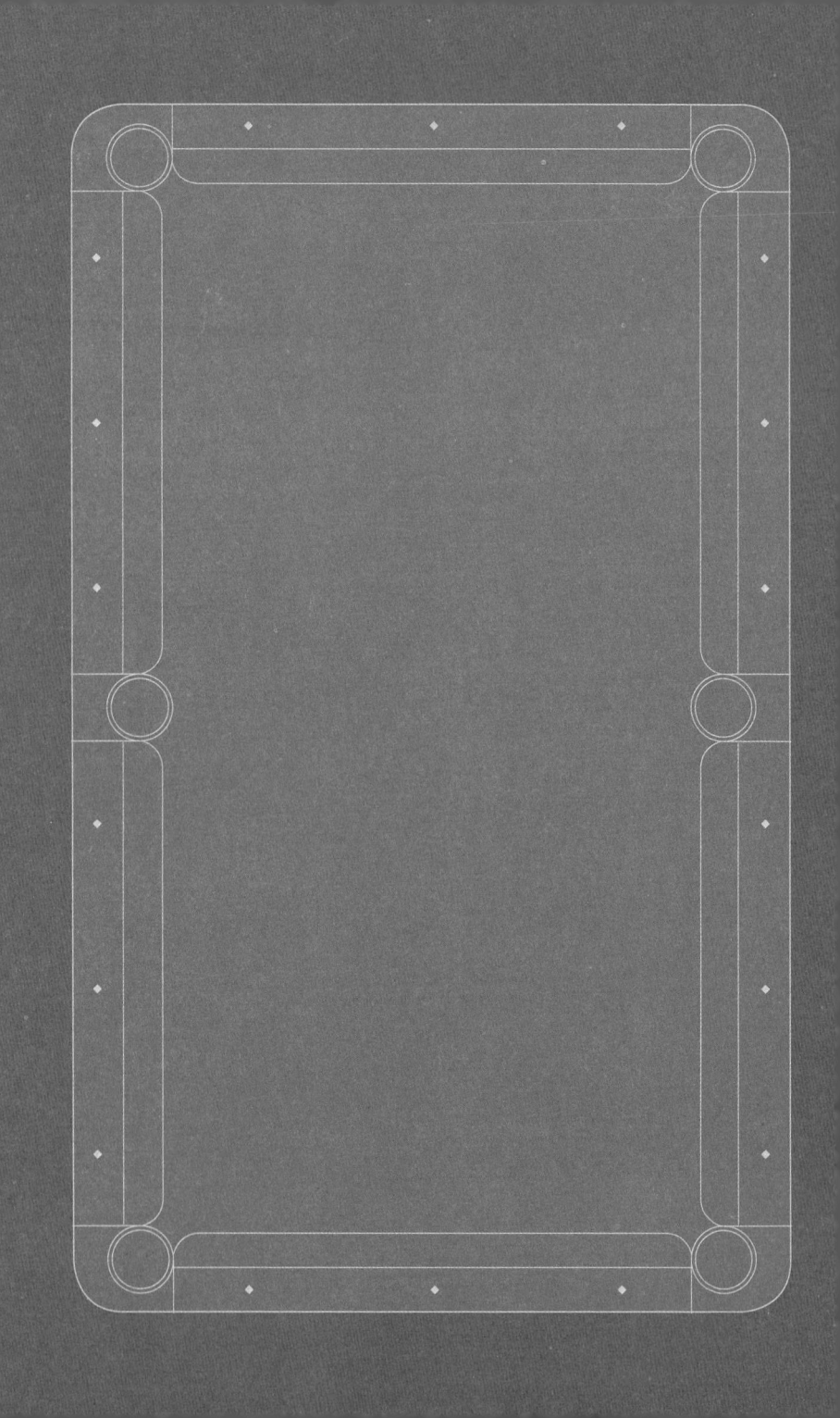